Charles Bukowski
(1920-1994)

CHARLES BUKOWSKI nasceu a 16 de agosto de 1920 em Andernach, Alemanha, filho de um soldado americano e de uma jovem alemã. Aos três anos de idade, foi levado aos Estados Unidos pelos pais. Criou-se em meio à pobreza de Los Angeles, cidade onde morou por cinquenta anos, escrevendo e embriagando-se. Publicou seu primeiro conto em 1944, aos 24 anos de idade, e somente aos 35 começou a publicar poesias. Foi internado diversas vezes com crises de hemorragia e outras disfunções geradas pelo abuso do álcool e do cigarro. Durante a sua vida, ganhou certa notoriedade com contos publicados pelos jornais alternativos *Open City* e *Nola Express*, mas precisou buscar outros meios de sustento: trabalhou catorze anos nos Correios. Casou, teve uma filha e se separou. É considerado o último escritor "maldito" da literatura norte-americana, uma espécie de autor beat honorário, embora nunca tenha se associado com outros representantes beats, como Jack Kerouac e Allen Ginsberg.

Sua literatura é de caráter extremamente autobiográfico, e nela abundam temas e personagens marginais, como prostitutas, sexo, alcoolismo, ressacas, corridas de cavalos, pessoas miseráveis e experiências escatológicas. De estilo extremamente livre e imediatista, na obra de Bukowski não transparecem demasiadas preocupações estruturais. Dotado de um senso de humor ferino, autoirônico e cáustico, ele foi comparado a Henry Miller, Louis-Ferdinand Céline e Ernest Hemingway.

Ao longo de sua vida, publicou mais de 45 livros de poesia e prosa. São seis os seus romances: *Cartas na rua* (1971), *Factótum* (1975), *Mulheres* (1978), *Misto-quente* (1982), *Hollywood* (1989) e *Pulp* (1994), todos publicados pela L&PM POCKET. Em sua vasta produção destacam-se livros de contos e histórias: N

Erections, Ejaculations, Exhibitions, and General Tales of Ordinary Madness (1972; publicado em dois volumes em 1983 sob os títulos de *Tales of Ordinary Madness* e *The Most Beautiful Woman in Town*, lançados pela L&PM Editores como *Fabulário geral do delírio cotidiano* e *Crônica de um amor louco*), *Ao sul de lugar nenhum* (1973; L&PM, 2008), *Bring Me Your Love* (1983), *Numa fria* (1983; L&PM, 2003), *There's No Business* (1984) e *Miscelânea Septuagenária* (1990; L&PM, 2014). Seus livros de poesias são mais de trinta, entre os quais *Flower, Fist and Bestial Wail* (1960), *O amor é um cão dos diabos* (1977; L&PM, 2007), *You Get So Alone at Times that It Just Makes Sense* (1996), sendo que a maioria permanece inédita no Brasil. Várias antologias, como *Textos autobiográficos* (1993; L&PM, 2009), além de livros de poemas, cartas e histórias reunindo sua obra foram publicados postumamente, tais quais *O capitão saiu para o almoço e os marinheiros tomaram conta do navio* (1998; L&PM, 2003) e *Pedaços de um caderno manchado de vinho* (2008; L&PM, 2010).

Bukowski morreu de pneumonia, decorrente de um tratamento de leucemia, na cidade de San Pedro, Califórnia, no dia 9 de março de 1994, aos 73 anos de idade, pouco depois de terminar *Pulp*.

BUKOWSKI

NUMA FRIA

Tradução de MARCOS SANTARRITA

www.lpm.com.br

L&PM POCKET

Coleção **L&PM** POCKET, vol. 296

Texto de acordo com a nova ortografia.

Título original: *Hot Water Music*

Este livro foi publicado em primeira edição pela L&PM Editores, em formato 14 x 21, em 1993.
Primeira edição na Coleção **L&PM** POCKET: abril de 2003
Esta reimpressão: agosto de 2020

Tradução: Marcos Santarrita
Capa: Ivan Pinheiro Machado
Revisão: Renato Deitos, Flávio Dotti Cesa e Camila Kieling

ISBN 978-85-254-1222-5

B932n	Bukowski, Charles, 1920-1994
	    Numa fria / Charles Bukowski; tradução de Marcos Santarrita. – Porto Alegre: L&PM, 2020.
	    240 p.; 18 cm. (Coleção L&PM POCKET)
	
	    1. Ficção norte-americana-contos. I. Título. II. Série.
	
	                                    CDD 813.1
	                                     CDU 820(73)-36

Catalogação elaborada por Izabel A. Merlo, CRB 10/329.

© Charles Bukowski, 1969

Todos os direitos desta edição reservados a L&PM Editores
Rua Comendador Coruja 314, loja 9 – Floresta – 90.220-180
Porto Alegre – RS – Brasil / Fone: 51.3225.5777

PEDIDOS & DEPTO. COMERCIAL: vendas@lpm.com.br
FALE CONOSCO: info@lpm.com.br
www.lpm.com.br

Impresso no Brasil
Inverno de 2020

para Michael Montfort

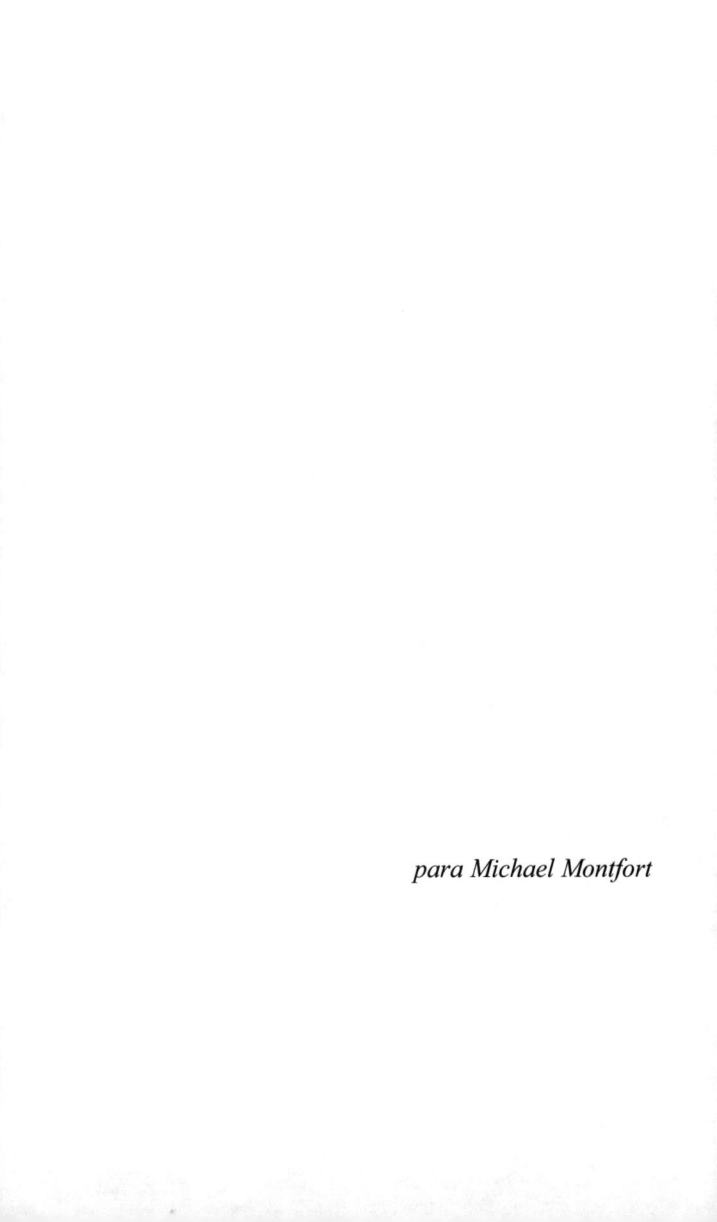

Sumário

Menos delicado que os gafanhotos / 9
Grite quando se queimar / 15
Dois gigolôs / 23
O grande poeta / 30
Você beijou Lilly / 35
Dona quente / 42
É um mundo sujo / 48
450 quilos / 53
Declínio e queda / 59
Já leu Pirandello? / 65
Braçadas para o meio do nada / 69
Bela mãe / 77
Dor de vagabundo / 83
Não exatamente Bernadette / 90
Uma senhora ressaca / 96
Um dia de trabalho / 102
O homem que adorava elevadores / 110
Cabeçada / 116
Pescoço de peru matinal / 124
Entra, sai e acaba / 128
Eu te amo, Albert / 135
Dança do cachorro branco / 141
Bêbado interurbano / 149
Como ser editado / 153
Aranha / 159
A morte do pai I / 165
A morte do pai II / 171
Harry Ann Landers / 175
Cerveja no bar da esquina / 178

O pássaro em ascensão / 182
Noite fria / 188
Um favor para Don / 193
Louva-a-deus / 198
Mercadoria quebrada / 203
Corrida para casa / 210
Enganando Marie / 221

Menos delicado que os gafanhotos

– Bolas – ele disse. – Estou cansado de pintar. Vamos sair. Estou cheio desse fedor de tinta, estou cansado de ser grande. Estou cansado de esperar pela morte. Vamos sair.

– Sair pra onde? – ela perguntou.

– Pra qualquer lugar. Comer, beber, ver.

– Jorg – ela disse –, que é que eu vou fazer quando você morrer?

– Vai comer, dormir, foder, mijar, se vestir, andar por aí e encher o saco dos outros.

– Eu preciso de segurança.

– Todos nós.

– Quer dizer, não somos casados. Eu não vou poder nem receber o seu seguro.

– Tá tudo bem, não esquenta com isso. Além do mais, você não acredita em casamento, Arlene.

Arlene sentava-se na poltrona cor-de-rosa lendo o jornal da tarde.

– Você diz que cinco mil mulheres querem dormir com você. Onde é que eu fico?

– Cinco mil e uma.

– Acha que eu não consigo outro homem?

– Não, pra você não tem problema. Pode arranjar outro homem em três minutos.

– Acha que eu preciso de um grande pintor?

– Não precisa, não. Um bom bombeiro serve.

– É, desde que ele me ame.

– Claro. Ponha o casaco. Vamos sair.

Desceram a escada do sótão. Para todos os lados, quartos baratos, entupidos de baratas, mas ninguém parecia passar fome: pareciam viver cozinhando coisas em panelões e sentados por toda parte, fumando, limpando as unhas, bebendo latas de cerveja ou dividindo uma comprida garrafa azul de vinho branco, gritando ou rindo uns com os outros, ou peidando, arrotando ou dormindo diante da TV. Não havia muita gente com dinheiro no mundo, mas quanto menos dinheiro tinham melhor pareciam viver. Só precisavam de sono, lençóis limpos, comida, bebida e pomada para hemorroidas. E sempre deixavam os quartos um pouco abertos.

– Idiotas – disse Jorg, quando desciam a escada –, passam a vida fofocando e enchendo a minha vida.

– Oh, Jorg – suspirou Arlene. – Você simplesmente *não gosta* das pessoas, gosta?

Jorg ergueu uma sobrancelha para ela, mas não respondeu. A reação de Arlene ao que ele sentia pelas massas era sempre a mesma – como se não amar as pessoas fosse algo que revelasse uma imperdoável deficiência espiritual. Mas ela era uma foda excelente e uma companhia agradável – a maior parte do tempo.

Chegaram ao boulevard e seguiram andando, Jorg com a barba vermelha e branca, os dentes amarelos podres e o mau hálito, as orelhas roxas, os olhos assustados, o casaco fedorento rasgado e a bengala branca de marfim. Sentia-se melhor quando estava pior.

– Merda – disse –, tudo morre cagando.

Arlene rebolava o rabo, não fazendo segredo dele, Jorg batia na calçada com a bengala, e até o sol olhava lá de cima e dizia Ô-hô! Chegaram finalmente ao velho prédio miserável onde morava Serge. Jorg e Serge vinham ambos pintando há anos, mas só recentemente tinham vendido suas obras por mais que peidos de porco. Tinham passado fome juntos, agora se tornavam famosos separados. Jorg e Arlene entraram no hotel e subiram a escada. O cheiro de iodo e fritura de frango enchia os corredores. Num quarto, alguém fodia sem fazer segredo disso. Eles subiram até o sótão e Arlene bateu. Abriu-se a porta, e lá estava Serge.

– Tchan-tchan! – ele disse. E corou. – Oh, desculpem... entrem.

– Que diabos deu em você? – perguntou Jorg.
– Senta aí. Pensei que fosse Lila...
– Você brinca de esconder com Lila?
– Esquece.
– Serge, você precisa se livrar dessa dona, ela está fundindo sua cuca.
– Ela aponta meus lápis.
– Serge, ela é jovem demais pra você.
– Tem trinta anos.
– E você sessenta. São trinta anos.
– Trinta anos é demais?
– Claro.
– E vinte? – perguntou Serge, olhando para Arlene.
– Vinte anos é aceitável. Trinta anos é obsceno.
– Por que vocês dois não arranjam mulheres da sua idade? – perguntou Arlene.

Os dois olharam-na.

– Ela gosta de fazer piadinhas – disse Jorg.
– É – disse Jorg –, é engraçada. Vamos lá, escuta, eu mostro a vocês o que estou fazendo.

Seguiram-no até o quarto. Ele tirou os sapatos e estendeu-se na cama.

– Estão vendo? É assim, olha. Todos os confortos. – Serge amarrara os pincéis em longos cabos e pintava numa tela presa ao teto. – É minhas costas. Não posso pintar dez minutos sem parar. Assim, pinto horas.

– Quem mistura suas tintas?
– Lila. Eu digo a ela: "Mergulhe no azul. Agora um pouco de verde." Ela é muito boa. Posso acabar deixando os pincéis a ela e ficar por aí lendo revistas.

Então ouviram Lila subindo a escada. Ela abriu a porta, atravessou a sala da frente e entrou no quarto.

– Opa – disse –, vejo que o velho vagabundo tá pintando.
– É... – disse Jorg – diz que você machucou as costas dele.
– Eu não falei nada disso.

– Vamos sair pra comer – disse Arlene.

Serge gemeu e levantou-se.

– Palavra de honra – disse Lila. – Ele só fica por aí deitado como uma rã doente, a maior parte do tempo.

– Preciso de um trago – disse Serge. – Aí volto à forma.

Desceram juntos para a rua e foram a The Sheep's Tick. Dois rapazes em meados da casa dos vinte se aproximaram. Usavam suéteres de gola rulê.

– Oi, vocês são os pintores Jorg Swenson e Serge Maro!

– Sai da frente, porra! – disse Serge.

Jorg brandiu sua bengala de marfim. Atingiu o mais jovem dos rapazes bem no joelho.

– Merda – disse o rapaz –, me quebrou a perna!

– Espero – disse Jorg. – Talvez você aprenda um pouco de boas maneiras!

Seguiram para The Sheep's Tick. Quando entraram, subiu um zunzum dos comensais. O chefe dos garçons acorreu imediatamente, curvando-se e acenando com menus e falando coisas lisonjeiras em italiano, francês e russo.

– Veja esses pelos negros, compridos, nas narinas dele – disse Serge. – Realmente nojento.

– É – disse Jorg, e gritou para o garçom: – ESCONDA O NARIZ!

– Cinco garrafas de seu melhor vinho! – berrou Serge, enquanto se sentavam à melhor mesa.

O chefe dos garçons desapareceu.

– Vocês dois são dois babacas – disse Lila.

Jorg correu a mão pela perna dela acima.

– Dois imortais vivos têm direito a algumas indiscrições.

– Tira a mão de minha xoxota, Jorg.

– A xoxota não é sua, é de Serge.

– Tira a mão da xoxota de Serge, senão eu grito.

– Minha vontade é fraca.

Ela gritou. Jorg tirou a mão. O chefe dos garçons aproximou-se com o carrinho contendo um balde de vinho.

Rolou as garrafas no gelo, curvou-se e tirou uma rolha. Encheu a taça de Jorg. Jorg esvaziou-a.

– É merda – disse –, mas tudo bem. Abra as garrafas!

– Todas?

– Todas, seu babaca, e *depressa* com isso!

– É um trapalhão – disse Jorg. – Olha só pra ele. Vamos jantar?

– Jantar? – disse Arlene. – Vocês só fazem beber. Acho que nunca vi nenhum dos dois comer mais que um ovo mole.

– Suma de minha vista, covarde – disse Serge ao garçom.

O chefe dos garçons sumiu.

– Vocês não deviam falar assim com os outros – disse Lila.

– Pagamos nossas contas – disse Serge.

– Não têm o direito – disse Arlene.

– Acho que não – disse Jorg –, mas é interessante.

– Os outros não têm de aceitar essa merda – disse Lila.

– Os outros aceitam o que têm de aceitar – disse Jorg. – Aceitam muito pior.

– Só o que eles querem são os quadros de vocês – disse Arlene.

– *Nós* somos nossos quadros – disse Serge.

– As mulheres são idiotas – disse Jorg.

– Cuidado – disse Serge. – Também são capazes de terríveis atos de vingança...

Ficaram umas duas horas tomando vinho.

– O homem é menos delicado que o gafanhoto – disse Jorg por fim.

– O homem é a cloaca do universo – disse Serge.

– Vocês são dois babacas mesmo – disse Lila.

– Claro que são – disse Arlene.

– Vamos trocar esta noite – disse Jorg. – Eu fodo sua xoxota e você fode a minha.

– Ah, não – disse Arlene – nada disso.

– E isso aí – disse Lila.

— Estou com vontade de pintar – disse Jorg. – Estou chateado de beber.

— Eu também estou com vontade de pintar – disse Serge.

— Vamos dar o fora daqui – disse Jorg.

— Escuta – disse Lila –, ainda não pagaram a conta.

— *Conta?* – berrou Serge. – *Você não acha que a gente vai pagar por essa merda?*

— Vamos – disse Jorg.

Quando se levantavam, surgiu o chefe dos garçons com a conta.

— *Essa merda fede* – berrou Serge, dando saltos. – *Eu jamais pediria a ninguém que pagasse por uma coisa dessas! Quero que você saiba que a prova está no mijo!*

Serge agarrou uma meia garrafa de vinho, abriu à força a camisa do garçom e despejou o vinho no peito. Jorg mantinha a bengala como uma espada. O chefe dos garçons parecia confuso. Era um belo rapaz com unhas compridas e um caro apartamento. Estudava química e certa vez ganhara o segundo prêmio num concurso de ópera. Jorg brandiu a bengala e atingiu o garçom, com força, pouco abaixo da orelha esquerda. O garçom ficou muito pálido e oscilou. Jorg atingiu-o mais três vezes no mesmo lugar e ele desabou.

Saíram juntos, Serge, Jorg, Lila e Arlene. Estavam todos bêbados, mas tinham um certo porte, uma coisa singular. Saíram pela porta e alcançaram a rua.

Um jovem casal sentado a uma mesa próxima tinha visto tudo. O rapaz parecia inteligente, só uma grande bolota de carne perto da ponta do nariz estragava esse efeito. A garota era gorda mas linda, num vestido azul escuro. Um dia quisera ser freira.

— Eles não foram magníficos? – perguntou o rapaz.

— Foram babacas – disse a garota.

O rapaz acenou pedindo uma terceira garrafa de vinho. Ia ser outra noite difícil.

Grite quando se queimar

Henry serviu um drinque e olhou pela janela a quente e nua rua de Hollywood. Nossa, fora um longo estirão, e ele ainda estava contra a parede. A seguir viria a morte, a morte estava sempre ali. Cometera um erro estúpido e comprara um jornal alternativo, e ainda idolatravam Lenny Bruce. Havia uma foto dele, morto, logo depois da dose ruim. Certo, Lenny tinha sido engraçado às vezes: "Não posso gozar!" – essa tinha sido uma obra-prima, mas ele não era tão bom assim. Perseguido, certo, claro, física e espiritualmente. Bem, todos morremos um dia, era simples matemática. Nada de novo. A espera é que era um problema. O telefone tocou. Era sua namorada.

– Escuta, seu filho da puta, estou cansada de suas bebedeiras. Me fartei disso com meu pai...

– Ah, diabos, não é tão ruim assim.

– É, sim, e não vou passar por isso de novo.

– Escuta, você está exagerando.

– Não, estou cheia, estou lhe dizendo, estou cheia. Vi você na festa, pedindo mais uísque, foi aí que fui embora. Estou cheia. Não vou aguentar mais nada...

Ela desligou. Ele foi encher outro copo de uísque com água. Entrou no quarto com o copo, tirou a camisa, as calças, os sapatos, as meias. De cueca, foi para a cama com a bebida. Faltavam quinze para meio-dia. Sem ambição, sem talento, sem sorte. O que o mantinha fora da sarjeta era pura sorte, e a sorte jamais durava. Bem, era uma pena aquele negócio da Lu, mas Lu era uma vencedora. Esvaziou o copo e deitou-se. Pegou *Resistência, Rebelião e Morte,* de Camus... leu algumas páginas. Camus falava de angústia, terror, e da miserável condição humana, mas falava disso de uma forma tão cômoda e floreada... a linguagem... aquele ali achava que nada afetava a ele ou a *sua* literatura. Em outras palavras, era como se tudo fosse ótimo. Camus escrevia como alguém que acabou de concluir um lauto jantar de bife com batatas e salada, e depois enxaguou com uma garrafa de bom vinho francês. A humanidade podia ter andado sofrendo, mas ele não. Um sábio, talvez, mas Henry preferia alguém que gritasse quando se queimasse. Largou o livro no chão e tentou dormir. Era sempre difícil. Se conseguia dormir três horas em cada vinte e quatro, dava-se por satisfeito. Bem, pensou, as paredes ainda estavam ali, era só dar quatro paredes a alguém que ele tinha uma chance. Nas ruas, nada se podia fazer.

A campainha da porta tocou.

– Hank! – gritou alguém. – Oi, Hank!

Que merda é essa, ele pensou. E agora?

– Sim... – respondeu, ali deitado, de cuecas.

– Oi! Que está fazendo?

– Espere um minuto...

Levantou-se, pegou a camisa e as calças e entrou no quarto da frente.

– Que está fazendo?

– Me vestindo...

– Se vestindo?

– É.

Eram meio-dia e dez. Ele abriu a porta. Era o professor de Pasadena que ensinava literatura inglesa. Trazia um mulherão consigo. O professor apresentou-a. Assistente editorial numa das grandes editoras de Nova York.

– Oh, coisinha fofa – ele disse, e avançou e apertou forte a coxa direita dela. – Eu te amo.

– Você não perde tempo – ela disse.

– Bem, você sabe, os escritores sempre tiveram de puxar o saco dos editores.

– Eu achava que era o contrário.

– Não é. É o escritor que morre de fome.

– Ela quer ver seu romance.
– Eu só tenho uma edição encadernada. Não posso dar a ela uma edição encadernada.
– Dê uma a ela. Talvez eles comprem – disse o professor.

Falavam do romance dele, *Pesadelo*. Ele calculou que ela queria apenas ganhar um exemplar de graça.

– Nós estávamos indo para Del Mar, mas Pat queria ver você em carne e osso.
– Que legal.
– Hank leu os poemas dele para minha classe. Nós lhe pagamos cinquenta dólares. Ele estava assustado e chorando. Tive de empurrá-lo para a frente da classe.
– Foi uma coisa indigna. Só cinquenta dólares. Auden ganhava dois mil. Não acho que ele seja tão melhor assim do que eu. Na verdade...
– É, sabemos o que você acha.

Henry recolheu as cartelas de corrida em torno dos pés da assistente editorial.

– O pessoal me deve mil e cem. Não consigo receber. As revistas de sexo se tornaram incríveis. Tive de conhecer a garota do escritório da frente. Uma certa Clara. "Oi, Clara", telefono pra ela, "teve um bom café da manhã?" "Oh, sim, Hank, e você?" "Claro", eu digo, "dois ovos duros." "Sei por que está telefonando", ela responde. "Claro", eu digo, "o mesmo de sempre." "Bem, estamos com ele aqui, nosso p.o. 984765, no valor de 85 dólares." "E tem outro, Clara, seu p.o. 973895, por cinco contos, 570 dólares." "Ah, sim, vou pedir ao Sr. Masters que assine esses." "Obrigado, Clara", digo a ela. "Oh, tudo bem", ela diz, "vocês merecem seu dinheiro." "Claro", eu digo. E então ela diz: "E se não receber, você liga de novo, não liga? Ha-ha-ha." "Sim, Clara", digo a ela. "Eu ligo de novo."

O professor e a assistente editorial riram.

– Eu não consigo, porra, alguém quer um drinque?

Eles não responderam e Henry serviu-se um.

– Cheguei a tentar conseguir jogando nos cavalinhos. No princípio fui bem, mas fiquei sem grana. Tive de parar. Só tenho dinheiro pra ganhar.

O professor começou a explicar o sistema para ganhar no vinte e um em Las Vegas. Henry aproximou-se da assistente editorial.

– Vamos pra cama – disse.

– Você tem graça – ela disse.

– É – ele disse –, como Lenny Bruce. Quase. Ele morreu e eu estou morrendo.

– Ainda tem graça.

– É, sou o herói. O mito. Sou o não mimado, o que não se vendeu. Minhas cartas são vendidas em leilão por 250 dólares lá no leste. E eu não posso comprar um saco de peidos.

– Todos vocês, escritores, vivem chorando miséria.

– Talvez a miséria tenha chegado. Não se pode viver da própria alma. Não se pode pagar o aluguel com a alma. Experimente fazer isso um dia.

– Talvez eu devesse ir pra cama com você – ela disse.

– Vamos, Pat – disse o professor, levantando-se –, temos de chegar a Del Mar.

Dirigiram-se para a porta.

– Foi um prazer conhecer você.

– Claro – disse Henry.

– Vai conseguir.

– Claro – ele disse –, adeus.

Voltou para o quarto, tirou a roupa e meteu-se na cama. Talvez conseguisse dormir. O sono parecia a morte. Então adormeceu. Estava no jóquei. O homem do guichê lhe dava dinheiro e ele o guardava na carteira. Era dinheiro paca.

– Precisa comprar uma carteira nova – disse o homem –, essa aí está rasgada.

– Não – ele disse –, não quero que os outros saibam que estou rico.

A campainha tocou.

– Oi, Hank! Hank!

– Tudo bem, tudo bem... espere um minuto...

Vestiu a roupa de novo e abriu a porta. Era Harry Stobbs. Outro escritor. Conhecia escritores demais.

Stobbs entrou.

– Tem alguma grana, Stobbs?

– Porra, não.

– Tudo bem, eu pago a cerveja. Achei que você estava rico.

– Não, eu estava morando com uma garota em Malibu. Ela me vestia bem, me alimentava. Me deu um chute. Agora estou morando num chuveiro.

– Chuveiro?

– É, é legal. Portas de vidro corrediças de verdade.

– Tudo bem, vamos. Tem carro?

– Não.

– A gente vai no meu.

Entraram no Comet 62 dele e subiram para Hollywood e Normandy.

– Vendi um artigo pra *Time*. Cara, achei que tinha entrado na grana. Recebi o cheque deles hoje. Ainda não saquei. Adivinha quanto? – perguntou Stobbs.

– Oitocentos dólares?

– Não, 165.

– Quê? A revista *Time?* Cento e sessenta e cinco dólares?

– É isso aí.

Estacionaram e foram a uma pequena loja de bebidas pegar a cerveja.

– Minha mulher me chutou – disse Henry a Stobbs. – Diz que eu bebo demais. Uma mentira descarada. – Pegou duas embalagens de seis cervejas no freezer. – Estou chegando ao fim da corda. Festa ruim ontem de noite. Só escritores mortos de fome, e professores em risco de perder os empregos. Papo profissional. Muito cansativo.

– Os escritores são prostitutas – disse Stobbs –, os escritores são as prostitutas do universo.

– As prostitutas do universo se dão muito melhor, meu amigo.

Dirigiram-se ao balcão.

– "Asas da Canção" – disse o dono da loja.

– "Asas da Canção" – respondeu Henry.

O dono da loja tinha lido uma matéria no *L. A. Times* cerca de um ano atrás sobre a poesia de Henry e jamais esquecera. Era o número Asas da Canção deles. A princípio ele detestara, mas agora achava engraçado. Asas da Canção, deus do céu.

Entraram no carro e voltaram. O carteiro tinha passado. Havia alguma coisa na caixa.

– Talvez seja um cheque – disse Henry.

Pegou a carta, abriu duas garrafas e a carta. Dizia:

"Caro Sr. Chinaski, acabei de ler seu romance *Pesadelo* e seu livro de poemas *Fotografias do Inferno,* e acho o senhor um grande escritor. Sou casada, 52 anos, filhos crescidos. Gostaria muito de ter notícias suas. Respeitosamente, Doris Anderson."

A carta vinha de uma cidadezinha do Maine.

– Eu não sabia que ainda tinha gente no Maine – ele disse a Stobbs.

– Acho que não tem – disse Stobbs.

– Tem. Esta aqui.

Henry jogou a carta no saco de lixo. A cerveja estava boa. As enfermeiras voltavam para o alto edifício do outro lado da rua. Moravam muitas enfermeiras ali. A maioria usava uniformes transparentes, e o sol da tarde fazia o resto. Ele ficou ali com Stobbs vendo-as saltar de seus carros e passar pela entrada de vidro, desaparecendo para seus chuveiros, aparelhos de TV e portas fechadas.

– Veja só aquela – disse Stobbs.

– Um-hum.

– Lá vai outra.

– Oh, nossa!

Estamos agindo como garotos de quinze anos, pensou Henry. Não merecemos viver. Aposto que Camus nunca ficou espionando pelas janelas.

– O que você pretende fazer, Stobbs?
– Bem, enquanto tiver aquele chuveiro, eu vou levando.
– Por que não arranja um emprego?
– Um emprego? Não dê uma de maluco.
– Acho que tem razão.
– Veja só aquela! Olha que rabo!
– É, de fato.

Ficaram sentados, atacando a cerveja.

– Mason – ele disse a Stobbs, falando de um jovem poeta inédito – foi viver no México. Caça carne com arco e flecha, pesca peixes. Levou a mulher e uma empregada. Faturou quatro livros. Escreveu até um *western*. O problema é que quando a gente está no campo, é quase impossível receber o dinheiro. A única maneira de receber o dinheiro é ameaçar eles de morte. Sou bom nessas cartas. Mas se o cara está a mil e quinhentos quilômetros, eles sabem que a gente esfria até chegar à porta deles. Mas eu gosto de caçar minha própria carne. É melhor do que ir ao A & P. A gente finge que os animais são assistentes editoriais e editores. É sensacional.

Stobbs ficou até umas cinco da tarde. Falaram mal da literatura, dos caras importantes que realmente fediam. Caras como Mailer, Capote. Depois Stobbs foi embora e Henry tirou a camisa, as calças, os sapatos e as meias e voltou para a cama. O telefone tocou. Estava no chão perto da cama. Ele baixou o braço e pegou-o. Era Lu.

– Que está fazendo? Escrevendo?
– Raramente escrevo.
– Bebendo?
– Chegando ao fim da corda.
– Acho que precisa de uma enfermeira.
– Vamos às corridas esta noite.
– Tudo bem. A que horas você passa?
– Seis e meia tá bem?
– Seis e meia tá bem.

— Té logo, então.

Esticou-se na cama. Bem, era bom estar de volta com Lu. Ela era boa para ele. Estava certa, ele bebia demais. Se Lu bebesse como ele, não a quereria. Seja justo, cara. Veja o que aconteceu com Hemingway, sempre sentado com uma bebida na mão. Veja Faulkner, veja eles todos. Bem, merda.

O telefone tocou de novo.

— Chinaski?

— É.

Era a poetisa Janessa Teel. Tinha um belo corpo, mas ele nunca fora para a cama com ela.

— Eu gostaria que você viesse jantar amanhã de noite.

— Estou firme com Lu — ele disse. Nossa, pensou, sou fiel. Nossa, pensou, sou um cara legal. Nossa.

— Traga ela junto.

— Acha que seria sensato?

— Pra mim, tudo bem.

— Escuta, eu ligo pra você amanhã. Pra confirmar.

Desligou e tornou a estender-se. Durante trinta anos, pensou, eu quis ser um escritor, e agora sou um escritor, e que é que isso significa?

O telefone tornou a tocar. Era o poeta Doug Eshlesham.

— Hank, querido...

— Sim, Doug?

— Estou duro, querido, preciso duns cinco dólares. Me passa uns cinco.

— Doug, os cavalinhos acabaram comigo. Estou duro, absolutamente.

— Oh — disse Doug.

— Desculpe, querido.

— Bem, tudo bem.

Doug desligou. Doug já lhe devia quinze paus. Mas ele tinha os cinco. Devia ter dado a Doug. Provavelmente, Doug estava comendo comida de cachorro. Não sou um cara muito legal, ele pensou. Nossa, não sou um cara muito legal, afinal.

Estendeu-se na cama, pleno, em sua inglória.

Dois gigolôs

Ser gigolô é uma experiência muito estranha, sobretudo para os não profissionais. A casa tinha dois pisos. Comstock morava com Lynne no andar de cima. Eu, com Doreen no de baixo. A casa ficava num belo cenário ao pé de Hollywood Hills. As donas eram ambas executivas, com empregos de altos salários. A casa vivia estocada de bom vinho, boa comida, e com um cachorro de rabo frisado. Havia também uma grande empregada negra, Retha, que passava a maior parte do tempo na cozinha abrindo e fechando a porta da geladeira.

Todas as revistas certas chegavam todo mês no dia certo, mas Comstock e eu não as líamos. Apenas zanzávamos pela casa, nos refazendo de nossas ressacas, esperando a noite, quando as donas nos davam vinho e comida de novo por conta de suas verbas de representação.

Comstock disse que Lynne era uma produtora de cinema muito bem-sucedida, num grande estúdio. Comstock usava uma boina, uma echarpe de seda, um colar de turquesa, uma barba, e tinha um passo sedoso. Eu era um escritor empacado no segundo romance. Tinha meus aposentos num prédio de apartamentos bombardeado em Hollywood leste, mas raramente estava lá.

Meu transporte era um Comet 62. A jovem da casa defronte sentia-se muito ofendida com meu carro velho. Eu tinha de estacionar defronte da casa dela, porque era uma das poucas áreas planas na vizinhança e meu carro não pegava em ladeira. Mal pegava no plano, e eu ficava lá apertando o acelerador e ligando a chave, a fumaça saindo debaixo do carro, aquele barulho nocivo e contínuo. A dona se punha a gritar como se estivesse ficando louca. Foi uma das poucas vezes que tive vergonha de ser pobre. Eu ficava ali bombeando e rezando para fazer aquele Comet 62 pegar, e tentando ignorar os gritos de raiva da luxuosa casa dela. Bombeava e bombeava, o carro pegava, andava uns poucos centímetros, tornava a morrer.

– *Tira essa maldita lata velha da frente da minha casa, senão eu chamo a polícia!*

E aí vinham os gritos alucinados. Finalmente, ela saía de quimono, uma loura jovem, linda, mas aparentemente doida de pedra. Corria até a porta do carro gritando, um dos seios saía da roupa. Ela o metia de volta e o outro saía. E aí uma perna saía da abertura do quimono.

– Dona, por favor – eu dizia. – Estou tentando.

Eu finalmente conseguia pôr o carro para andar e ela ficava parada no meio da rua com os dois seios de fora e gritando.

– Não pare seu carro aqui de novo, nunca mais, nunca mais, nunca mais!

Era nestas horas que eu realmente pensava em procurar um emprego.

Entretanto, minha senhora, Doreen, precisava de mim. Tinha problemas com o carregador no supermercado. Eu a acompanhava e ficava junto dela, dando-lhe uma sensação de segurança. Ela não conseguia enfrentá-lo e terminava jogando um cacho de uvas na cara dele, ou denunciando-o ao gerente, ou escrevendo uma carta de seis páginas ao dono do estabelecimento. Eu podia cuidar do garoto das sacolas para ela. Até gostava dele, sobretudo pelo modo como abria uma grande sacola com apenas uma graciosa virada do pulso.

Meu primeiro encontro informal com Comstock foi interessante. A gente só tinha batido um papo tomando uns drinques com nossas senhoras à noite. Uma manhã, eu andava pelo primeiro andar, de cuecas. Doreen saíra para trabalhar. Eu pensava em me vestir e ir a meu apartamento verificar a correspondência. Rheta, a empregada, estava acostumada a me ver de cuecas.

– Ó, cara – dizia –, você tem as pernas brancas demais. Parecem pernas de frango. Nunca pega uma cor?

Só havia uma cozinha, e ficava embaixo. Imagino que Comstock estava com fome. Entramos na mesma hora. Ele usava uma velha camiseta branca com uma mancha de vinho na frente. Eu pus um pouco de café e Rheta se ofereceu para fritar ovos com bacon para nós. Comstock sentou-se.

– Bem – perguntei a ele –, quanto tempo mais acha que a gente pode continuar enrolando elas?

– Muito tempo. Preciso de um descanso.

– Eu também.

– Seus sacanas, vocês são mesmo uma coisa – disse Rheta.

– Não queime os ovos – disse Comstock.

Retha nos serviu suco de laranja, torrada, ovos com bacon. Sentou-se e comeu conosco, lendo um número de *Playgirl*.

– Acabo de sair de um casamento de verdade – disse Comstock. – Preciso de uma longa, longa folga.

– Tem geleia de morango pra torrada – disse Rheta. – Experimentem a geleia de morango.

– Me fale do *seu* casamento – pedi a Rheta.

– Bem, eu peguei um vagabundo imprestável, rato de sinuca...

Rheta nos contou tudo sobre ele, terminou seu café, subiu e começou a passar o aspirador de pó. Então Comstock me falou do seu casamento.

– Antes do casamento, foi ótimo. Ela me mostrou todas as suas cartas boas, mas tinha meio baralho que jamais me deixou ver. Eu diria mais que meio baralho.

Comstock tomou um gole de seu café.

– Três dias depois da cerimônia, eu voltei pra casa e ela tinha comprado umas minissaias, as minissaias mais curtas que alguém já viu. E quando cheguei ela estava lá sentada, encurtando mais ainda as minissaias. "Que está fazendo?" – perguntei, e ela respondeu: "Essas porras dessas coisas são compridas demais. Eu gosto de usar elas sem calcinha, e gosto de ver os homens olharem minha xoxota quando desço dos banquinhos do bar e tudo mais".

– Ela jogou essa carta em cima de você assim, sem mais aquela?

– Bem, talvez eu tenha recebido um aviso. Dois dias antes do casamento, levei ela para conhecer meus pais. Ela pôs um vestido decente e meus pais disseram a ela que gostaram dele. Ela disse: "Gostaram de meu vestido, hem?" E tirou o vestido e mostrou as calcinhas a eles.

– Você na certa achou isso encantador.

– De certa maneira, sim. Seja como for, ela passou a andar por aí sem calcinha, com as minissaias. Eram tão curtas que se ela curvasse a cabeça você via o cu.

– A turma gostou?

– Acho que sim. Quando a gente entrava num lugar, eles olhavam pra ela, e depois pra mim. Ficavam lá pensando como é que um cara aceitava aquilo?

– Bem, todos temos nosso jeito. Que diabos. Uma xoxota e um cu são só isso mesmo. Não se pode fazer mais nada que isso com eles.

– Você pode pensar assim até acontecer com você. A gente deixava um bar, chegava lá fora, e ela dizia: "Escuta, você viu o cara careca no canto? Meteu os olhos pra valer em minha xoxota quando eu me levantei! Aposto que vai pra casa tocar uma punheta."

– Posso lhe servir outro café?

– Claro, e ponha um pouco de uísque. Pode me chamar de Roger.

– Claro, Roger.

– Uma noite, eu voltei pra casa do trabalho e ela tinha ido embora. Tinha quebrado todas as janelas e espelhos da casa. Tinha escrito coisas tipo: *"Roger é um merda!" "Roger chupa cu!" "Roger bebe mijo!"* em todas as paredes. E foi embora. Deixou um bilhete. Ia tomar um ônibus pra casa da mãe dela no Texas. Estava preocupada. A mãe tinha estado num asilo de doidos dez vezes. Precisava dela. Era o que dizia o bilhete.

– Mais um café, Roger?

– Só o uísque. Eu fui até a rodoviária e lá está ela numa minissaia, mostrando a xoxota, dezoito caras em volta com ereções. Sento junto dela, e ela começa a chorar. "Um negro aí", me diz, "falou que eu posso ganhar mil dólares por semana se eu fizer o que ele mandar. Eu não sou nenhuma puta, Roger."

Rheta desceu a escada, atacou a geladeira para pegar bolo de chocolate e sorvete, entrou no quarto, ligou a TV, deitou na cama e se pôs a comer. É uma mulher muito gorda, mas agradável.

– Seja como for – disse Roger –, eu disse que a amava e conseguimos pegar de volta o dinheiro da passagem. Levei-a pra casa. Na noite seguinte, um amigo meu aparece e ela vai por trás e senta a colher de pau da salada na cabeça do cara. Sem aviso, sem nada. Simplesmente vai por trás e dá-lhe uma cacetada. Depois que ele sai, ela me diz que vai ficar bem se eu deixar que frequente uma aula de cerâmica toda noite de quarta-feira. Tudo bem, eu digo. Mas nada funciona. Ela começa a me atacar com facas. É sangue pra tudo que é lado. Sangue meu. Nas paredes e nos tapetes. Ela é muito rápida com os pés. Está no balé, ioga, ervas, vitaminas, come sementes, nozes, essa merda toda, leva uma bíblia na bolsa, metade das páginas sublinhadas com tinta vermelha. Encurta todas as saias mais dois centímetros. Uma noite, estou dormindo e acordo bem a tempo. Ela vem voando por cima dos pés da cama gritando, faca de açougueiro na mão. Eu rolo e a faca se enterra no colchão uns quinze ou vinte centímetros. Eu me levanto e jogo ela contra a parede. Ela cai e diz: "Seu covarde! *Seu covarde sujo, você bate em mulher! Você é frouxo, frouxo, frouxo!*"

– Bem, acho que não devia ter batido nela.

– Seja como for, eu saí de casa e iniciei o processo de divórcio, mas isso não acabou com ela pra mim. Ela vivia me seguindo. Uma vez, eu estava na fila do caixa do supermercado. Ela se aproximou e gritou pra mim: *"Seu chupador de pau imundo! Sua bicha!"* Outra vez, ela me cercou numa lavanderia automática. Eu tirava as roupas da lavadora e punha na secadora. Ela ficou ali parada sem dizer nada. Deixei as roupas, peguei o carro e fui embora. Quando voltei, ela não estava mais lá. Olhei dentro da secadora, vazia. Ela tinha levado minhas camisas, minhas cuecas, minhas calças, minhas toalhas, meus lençóis, tudo. Comecei a receber cartas escritas com tinta vermelha sobre os sonhos dela. Sonhava o tempo todo. Eu não conseguia decifrar a letra. Quando eu estava sentado em meu apartamento à noite, ela vinha e jogava cascalho na minha janela e berrava: *"Roger Comstock é bicha!"* Os gritos eram ouvidos por quadras e quadras.

– Tudo isso parece muito animado.

– Aí eu conheci Lynne e me mudei pra cá. Me mudei de manhã cedo. Ela não sabe onde eu estou. Larguei meu emprego. E aqui estou. Acho que vou levar o cachorro de Lynne pra um passeio. Ela gosta disso. Quando ela volta do trabalho, eu digo: "Oi, Lynne, eu levei seu cachorro pra um passeio". Aí ela sorri. Gosta disso.

– Tudo bem – eu disse.

– Ei, Boner! – gritou Roger. – Vamos lá, Boner!

A criatura idiota, de barriga mole, entrou salivando. Os dois saíram juntos.

Eu só durei mais três meses. Doreen conheceu um cara que falava três línguas e era egiptologista. Eu voltei pro meu apartamento bombardeado em Hollywood leste.

Eu saía do consultório de meu dentista em Glendale um dia, quase um ano depois, e lá estava Doreen entrando em seu carro. Eu me aproximei e entramos num boteco e tomamos um café.

– Como vai o romance? – ela perguntou.

– Ainda empacado – respondi. – Acho que nunca vou terminar o filho da puta.
– Está sozinho?
– Não.
– Eu também não.
– Bom.
– Não é bom, mas tudo bem.
– Roger continua lá com Lynne?
– Ela ia chutar ele – me contou Doreen. – Aí ele ficou bêbado e caiu da sacada. Ficou paralítico da cintura pra baixo. Recebeu cinquenta mil dólares da companhia de seguros. Depois ficou melhor. Passou das muletas pra bengala. Podia levar Boner pra passear de novo. Recentemente, fez umas fotos maravilhosas da Olvera Street. Escuta, preciso correr. Vou pra Londres na semana que vem. Umas férias de trabalho. Todas as despesas pagas! Tchau.
– Tchau.
Doreen levantou-se de um salto, sorriu, afastou-se, dobrou para oeste e desapareceu. Eu ergui minha xícara de café, tomei um gole, tornei a pô-la na mesa. A conta ali estava. Um dólar e oitenta e cinco. Eu tinha dois dólares, que davam para cobrir a conta, mais a gorjeta. Como diabos ia pagar o dentista era outra história.

O grande poeta

Fui vê-lo. Ele era o grande poeta. Era o melhor poeta narrativo desde Jeffers, ainda com menos de setenta anos e famoso no mundo todo. Talvez seus livros mais conhecidos fossem *Minha Dor é Melhor que a Sua, Ha!* e *A Goma de Mascar Morta de Langor.* Tinha ensinado em muitas universidades, ganho todos os prêmios, incluindo o Nobel. Bernard Stachman.

Subi os degraus da ACM. O Sr. Stachman morava no Quarto 223. Bati.

– DIABOS, VÁ ENTRANDO! – alguém gritou lá de dentro.

– Abri a porta e entrei. Bernard Stachman estava na cama. O cheiro de vômito, bebida, urina, merda e comida podre pairava no ar. Comecei a arquejar. Corri para o banheiro, vomitei e saí.

– Sr. Stachman – eu disse –, por que o senhor não abre uma janela?

– É uma boa ideia. E não me venha com essa merda de "Sr. Stachman", eu me chamo Barney.

Era aleijado, e após um grande esforço conseguiu arrancar-se da cama e meter-se numa cadeira ao lado.

– Agora, um bom papo – disse. – Eu estava esperando por isso.

Ao seu lado, sobre uma mesa, via-se uma jarra de um galão de tinto italiano cheio de cinza de cigarro e mariposas mortas. Eu desviei os olhos, depois tornei a olhar. Ele levara a jarra à boca, mas a maior parte do vinho escorria para fora, pela camisa e as calças abaixo. Bernard Stachman depôs a jarra.

– Exatamente o que eu precisava.

– Devia usar um copo – eu disse. – É mais fácil.

– É, acho que tem razão.

Olhou em volta. Havia alguns copos sujos, e imaginei qual ele ia escolher. Ele pegou o mais próximo. O fundo do copo estava coberto por uma substância amarela endurecida. Pareciam restos de frango e macarrão. Ele pôs o vinho. Depois ergueu o copo e esvaziou-o.

– É, isso é muito melhor. Vejo que você trouxe sua câmera. Imagino que veio me fotografar?

– É – eu disse.

Fui abrir a janela e respirei o ar fresco. Chovia há dias, e o ar estava fresco e límpido.

– Escuta – ele disse –, estou com vontade de mijar há horas. Me traz uma garrafa vazia aí.

Havia muitas garrafas vazias. Eu trouxe-lhe uma. Ele não tinha zíper, só botões, e só o botão de baixo fechado, porque ele estava muito inchado. Ele meteu a mão, pegou o pênis e apoiou a cabeça na boca da garrafa. Assim que começou a urinar o pênis endureceu e se virou para todos os lados, esguichando urina para todos os lados – na camisa, nas calças, no rosto, e, incrivelmente, o último esguicho entrou na orelha direita dele.

– É o diabo a gente ser aleijado – ele disse.

– Como foi que aconteceu? – perguntei.

– Como foi que aconteceu o quê?

– Você ficou aleijado.

– Minha esposa. Me atropelou com o carro.

– Como? Por quê?

– Disse que não podia me suportar mais.

Eu não disse nada. Fiz umas duas fotos.

– Eu tenho fotos de minha esposa. Quer ver umas fotos de minha esposa?

– Tudo bem.

– O álbum está ali em cima da geladeira.

Fui lá, peguei-o e me sentei. Só havia fotos de sapatos de saltos altos e os finos tornozelos de uma mulher, pernas cobertas de náilon com ligas, pernas diversas em meias-calças. Em algumas das páginas estavam colados anúncios de açougue: acem, 89 centavos a libra. Fechei o álbum.

— Quando nos divorciamos — ele disse — ela me deu isso. — Enfiou a mão debaixo do travesseiro na cama e puxou um par de sapatos com longos saltos agulha. Mandara bronzeá-los. Colocou-os na mesinha de cabeceira. Depois serviu-se outro drinque. — Eu durmo com esses sapatos — disse. — Faço amor com esses sapatos, e depois os lavo.

Fiz mais algumas fotos.

— Aqui, olhe, quer uma foto? Aqui está uma boa foto. — Desabotoou o único botão fechado das calças. Não usava nenhuma roupa de baixo. Pegou o salto do sapato e enfiou-o no traseiro. — Aqui, olhe, tire essa. — Eu tirei.

Era difícil para ele ficar de pé, mas conseguia, segurando-se na mesa de cabeceira.

— Você ainda escreve, Barney?

— Diabos, não paro de escrever.

— Seus fãs não interrompem seu trabalho?

— Oh, diabos, às vezes as mulheres me descobrem, mas não ficam muito tempo.

— Seus livros vendem?

— Eu recebo cheques de direitos autorais.

— Que conselho dá aos jovens escritores?

— Bebam, fodam e fumem muitos cigarros.

— E para os velhos escritores?

— Se o cara continua vivo, não precisa de meus conselhos.

— Qual é o impulso que faz você criar um poema?

— Que é que faz você dar uma cagada?

— Que acha de Reagan e do desemprego?

— Eu não penso em Reagan ou no desemprego. Tudo isso me enche o saco. Como os voos espaciais e o campeonato de beisebol.

— Quais são suas preocupações, então?

— As mulheres modernas.

— Mulheres modernas?

— Elas não sabem se vestir. Usam uns sapatos pavorosos.

— Que acha da Liberação das Mulheres?

— Na hora que elas estiverem dispostas a lavar carros, se pôr atrás de um arado, perseguir os dois caras que acabaram de assaltar a loja de bebidas ou limpar os esgotos, na hora que estiverem dispostas a ter os seios arrancados à bala no exército, eu estou disposto a ficar em casa e lavar os pratos e me chatear catando fiapos do tapete.

— Mas não há uma certa lógica nas reivindicações delas?

— Claro.

Stachman serviu outro drinque. Mesmo bebendo no copo, parte do vinho escorria pelo queixo para a camisa. Ele tinha o cheiro de um homem que não toma banho há meses.

— Minha esposa – disse –, ainda estou apaixonado por minha esposa. Me passa aquele telefone, por favor. – Entreguei-lhe o telefone. Ele discou um número. – Claire? Alô, Claire? – Pôs o fone no gancho.

— Que foi que houve? – perguntei.

— O de sempre. Ela desligou. Escuta, vamos sair daqui, vamos pra um bar. Já fiquei neste maldito quarto tempo demais. Preciso sair.

— Mas está chovendo. Está chovendo há uma semana. As ruas estão inundadas.

— Não me importo. Quero sair. Na certa ela está fodendo com algum cara neste momento. Na certa está com os saltos altos. Eu sempre a fazia ficar com os saltos altos.

Ajudei Bernard Stachman a enfiar-se num velho casaco marrom. Não havia um botão na frente. Duro de sujeira. Dificilmente seria um casaco de Los Angeles, era pesado e desajeitado, devia ter vindo de Chicago ou Denver na década de trinta.

Depois pegamos as muletas dele e descemos com dificuldade a escada da ACM. Bernard trazia um quinto de moscatel num dos bolsos. Alcançamos a entrada e ele me disse que podia atravessar a calçada e entrar no carro. Eu estacionara a alguma distância do meio-fio.

Quando corri para o outro lado do carro, ouvi um grito e um espadanar. Chovia, e chovia forte. Voltei correndo e Bernard dera um jeito de cair e meter-se entre o carro e o meio-fio. A água corria em torno dele, ele estava sentado, a água passando por cima, correndo pelas calças, batendo dos lados, as muletas flutuando no colo.

– Tudo bem – ele disse –, vá embora e me deixe.

– Oh, diabos, Barney.

– Estou falando sério. Vá embora. Me deixe. Minha esposa não me ama.

– Ela não é sua esposa, Barney. Você é divorciado.

– Vá contar essa pra outro.

– Ora, vamos, Barney, eu vou ajudar você.

– Não, não. Está tudo bem. Eu lhe garanto. Vá em frente. Tome um porre sem mim.

Eu o peguei, abri a porta e ergui-o para o banco da frente. Ele estava encharcadíssimo. Rios de água corriam pelo chão do carro. Fui para o outro lado e entrei. Barney desatarraxou a tampa da garrafa de moscatel, tomou um gole, me passou a garrafa. Tomei um gole. Dei a partida no carro e arranquei, olhando pelo para-brisa no meio da chuva para ver se encontrava um bar onde pudéssemos entrar sem vomitar na primeira vez que víssemos a cara e o cheiro do banheiro.

Você beijou Lilly

Era uma noite de quarta-feira. A televisão não estava muito boa. Theodore tinha cinquenta e seis anos. Sua esposa, Margaret, cinquenta. Os dois estavam casados há vinte anos e não tinham filhos. Ted apagou a luz. Os dois ficaram estirados no escuro.

– Bem – disse Margy –, não vai me dar um beijo de boa-noite?

Ted deu um suspiro e voltou-se para ela. Deu-lhe um beijinho de leve.

– Você chama isso de beijo?

Ted não respondeu.

– Aquela mulher no programa parecia Lilly, não parecia?

– Não sei.

– Você sabe.

– Escuta, não comece nada, que não acontece nada.

– Você simplesmente não quer *discutir* as coisas. Só quer se fechar em sua concha. Seja honesto. A mulher do programa parecia Lilly, não parecia?

– Tudo bem. *Tinha* uma certa semelhança.

– Isso fez você se lembrar de Lilly?

– Oh, Deus...

– Não fuja. Fez você se lembrar dela?

– Por um momento, sim...

– Foi bom?

– Não, escuta, Margy, isso aconteceu há cinco anos!

– O tempo muda o que acontece?

– Eu pedi desculpas a você.

– *Desculpas!* Você sabe o que *fez* comigo? E se eu tivesse feito isso com algum homem? Como é que *você* ia se sentir?

– Eu não sei. Faça, e aí eu vou saber.
– Oh, agora você está sendo gozador. É uma piada!
– Margy, nós já discutimos essa coisa quatrocentas ou quinhentas noites.
– Quando você fazia amor com Lilly, beijava ela como *me* beijou esta noite?
– Não, acho que não...
– Como, então? Como?
– Nossa, pare com isso!
– Como?
– Bem, diferente.
– Diferente como?
– Bem, era uma novidade. Eu estava excitado...

Margy sentou-se na cama e deu um grito. Depois parou.

– E quando você me beija não é excitante, é isso?
– Estamos acostumados um ao outro.
– Mas é isso que é *amor*: viver e crescer juntos.
– Tudo bem.
– "Tudo bem"? Que quer dizer com "tudo bem"?
– Quero dizer que você tem razão.
– Não diga isso como se estivesse falando sério. Você simplesmente não gosta de conversar. Tem vivido comigo esses anos todos. Sabe por quê?
– Não tenho certeza. As pessoas simplesmente se acomodam com as coisas, como o emprego. As pessoas simplesmente se acomodam com as coisas. Acontece.
– Quer dizer que estar comigo é como um emprego? É como um emprego?
– A gente bate o ponto no emprego.
– Lá vem você de novo. Isso é uma discussão séria!
– Tudo bem.
– "Tudo bem"? Seu asno nojento! Está quase dormindo!
– Margy, que você quer que eu faça? Isso aconteceu há anos!

— Tudo bem, eu lhe digo o que quero que faça! Quero que você me beije como beijava Lilly. Quero que me *foda* como fodia com Lilly!

— Eu não posso fazer isso...

— Por quê? Por que eu não excito você como Lilly excitava? Por que eu não sou *nova*?

— Eu mal me lembro de Lilly.

— Deve se lembrar *bastante*. Tudo bem, não precisa me *foder*! Só me *beije* como beijava Lilly!

— Oh, meu deus, Margy, *por favor* dá uma folga, eu lhe imploro!

— Eu quero saber por que temos vivido todos esses anos juntos! Será que eu desperdicei minha vida?

— Todo mundo desperdiça, quase todo mundo desperdiça.

— Desperdiçam a vida?

— Eu acho.

— Se você ao menos adivinhasse o quanto eu odeio você!

— Quer o divórcio?

— Se eu quero o divórcio? Oh, meu deus, que *calma* a sua! Você arruína toda a porra da minha vida e depois me pergunta se eu quero o divórcio! Eu estou com cinquenta anos! Dei minha vida a você! Pra onde eu vou daqui?

— Pode ir pro inferno! Estou cheio de sua voz. Estou cheio de sua encheção de saco.

— E se eu tivesse feito isso com um homem?

— Eu gostaria que tivesse. Gostaria que tivesse!

Theodore fechou os olhos. Margaret soluçava. Lá fora, um cachorro latiu. Alguém tentava fazer um carro pegar. Não pegava. Fazia dezoito graus e meio numa cidadezinha de Illinois. James Carter era presidente dos Estados Unidos.

Theodore começou a roncar. Margaret foi à gaveta de baixo da cômoda e pegou o revólver. Calibre .22. Carregado. Voltou para junto do marido na cama.

Margaret sacudiu-o.

— Ted, querido, você está *roncando*...

Tornou a sacudi-lo.

– Que é...? – perguntou Ted.

Ela destravou o revólver e encostou-o na parte do peito dele mais perto dela e puxou o gatilho. A cama estremeceu e ela afastou o revólver. Um som muito parecido a um peido escapou da boca de Theodore. Ele não pareceu sentir dor. O luar entrava pela janela. Ela olhou, e o buraco era pequeno e não saía muito sangue. Margaret passou o revólver para o outro lado do peito de Theodore. Tornou a puxar o gatilho. Desta vez ele não emitiu nenhum som. Mas continuou respirando. Ela o observava. O sangue escorria. Tinha um fedor horrível.

Agora que ele agonizava, ela quase o amava. Mas Lilly, quando ela pensava em Lilly... a boca de Ted na dela, e todo o resto, aí queria atirar nele de novo... Ted sempre fora bonito de gola rulê e de verde, e quando peidava na cama sempre se virava primeiro – nunca peidava contra ela. Raramente faltava um dia ao trabalho. Ia faltar amanhã...

Margaret soluçou durante algum tempo, depois adormeceu.

◆◆◆

Quando Theodore acordou, sentiu como se tivesse agudos caniços enfiados em cada lado do peito. Não sentia dor. Levou as mãos ao peito e ergueu-as para a luz do luar. Estavam cobertas de sangue. Isso o confundiu. Ele olhou para Margaret. Ela dormia e tinha na mão a arma que ele lhe ensinara a usar para proteger-se.

Ele sentou-se e o sangue começou a sair mais rápido dos dois buracos em seu peito. Margaret atirara nele quando ele dormia. Por foder com Lilly. Ele não conseguira nem atingir o clímax com Lilly.

Ele pensou: Estou quase morto, mas se conseguir escapar dela, tenho uma chance.

Theodore estendeu delicadamente o braço e desgrudou os dedos de Margaret do revólver. Ainda estava destravado.

Não quero matá-la, ele pensou, só quero escapar. Acho que tenho querido escapar no mínimo há quinze anos.

Conseguiu sair da cama. Pegou o revólver e apontou-o para o alto da coxa de Margaret, perna direita. Disparou.

Margy gritou e ele tapou-lhe a boca com a mão. Esperou alguns minutos, e tirou a mão.

– Que está *fazendo*, Theodore?

Ele apontou o revólver para o alto da coxa dela, perna esquerda. Disparou. Deteve o novo grito dela tapando-lhe de novo a boca com a mão. Manteve-a ali durante alguns minutos, depois tirou-a.

– Você beijou Lilly – disse Margaret.

Restavam duas balas no revólver. Ted empertigou-se e olhou os buracos em seu peito. O buraco do lado direito parara de sangrar. Do buraco do lado esquerdo esguichava uma fina linha vermelha, parecendo uma agulha, em intervalos regulares.

– Vou *matar* você! – disse-lhe Margaret, da cama.

– Você quer *mesmo*, não quer?

– Sim, *sim*! E *vou*!

Ted começou a sentir-se tonto e nauseado. Onde estava a polícia? Sem dúvida teriam ouvido todos aqueles tiros. Onde *estavam* eles? Será que ninguém ouvia tiros?

Ele viu a janela. Disparou contra a janela. Estava ficando mais fraco. Caiu de joelhos. Foi de joelhos para a outra janela. Tornou a disparar. A bala fez um buraco no vidro mas não o despedaçou. Uma sombra negra passou na frente dele. Depois sumiu.

Ele pensou: Preciso tirar esse revólver daqui!

Theodore reuniu suas últimas forças. Atirou o revólver contra a vidraça. O vidro quebrou-se mas o revólver caiu de volta dentro de casa...

Quando recuperou a consciência, a esposa estava parada de pé acima dele. Estava na verdade *de pé* sobre as duas pernas em que ele atirara. Recarregava o revólver.

– Vou matar você – ela disse.
– Margy, pelo amor de Deus, escuta! Eu *amo* você!
– *Rasteje,* seu cão mentiroso!
– Margy, por favor...

Theodore começou a rastejar para outro quarto. Ela seguiu-o.

– Então, *excitava* você beijar Lilly?
– Não, não! Eu não gostei! Eu odiei!
– Vou estourar esses malditos lábios beijadores da sua boca!
– Margy, meu deus!

Ela pôs o revólver na boca dele.

– Toma aí um *beijo* pra você!

Disparou. A bala estourou parte do lábio inferior e parte do maxilar. Ele continuou consciente. Viu um dos sapatos dela no chão. Tornou a reunir suas forças e jogou o sapato contra outra janela. O vidro quebrou-se e o sapato caiu lá fora.

Margaret voltou o revólver contra o próprio peito. Puxou o gatilho...

Quando a polícia arrombou a porta, Margaret estava de pé, segurando o revólver.

– Tudo bem, madame, solte essa arma! – disse um dos tiras. Theodore ainda tentava afastar-se rastejando. Margaret apontou-lhe o revólver, disparou e errou. Depois caiu no chão, em sua camisola roxa.

– Que diabos aconteceu? – perguntou um dos tiras, curvando-se sobre Theodore.

Theodore virou a cabeça. A boca era uma bolha de sangue.

– Annn... – disse Theodore – annn...
– Eu detesto essas brigas domésticas – disse o outro tira.
– Uma verdadeira *bagunça*...
– É – disse o primeiro tira.

— Eu tive uma briga com minha esposa ainda hoje de manhã. A gente nunca sabe.
— Annn... – disse Theodore.

Lilly estava em casa vendo um velho filme de Marlon Brando na televisão. Sozinha. Sempre fora apaixonada por Marlon.
Soltou um peido baixinho. Levantou o vestido e começou a masturbar-se.

Dona quente

Monk entrou. Ali dentro estava muito empoeirado e mais escuro que nos lugares habituais. Ele foi até a outra ponta do balcão e sentou-se junto a uma lourona que fumava um cigarillo e tomava um Hamm's. Ela soltou um peido quando Monk se sentou.

– Boa-noite – ele disse –, eu me chamo Monk.

– Eu me chamo Mud – ela disse.

Quando Monk se sentou, um esqueleto levantou-se atrás do balcão, onde estivera sentado num tamborete. Aproximou-se de Monk, que pediu um uísque com gelo, e estendeu as mãos e pôs-se a servir a bebida. Derramou um bocado de uísque no balcão, mas conseguiu servir e pegar o dinheiro de Monk, colocá-lo na caixa e trazer o troco.

– Que é que há? – perguntou Monk à dona. – Não conseguem arranjar empregados sindicalizados por aqui?

– Ah, foda-se – disse a dona. – Esse é o truque de Billy. Não está vendo os arames? Ele opera essa coisa com arames. Acha isso muito engraçado.

– Este lugar é estranho – disse Monk. – Fede à morte.

– A morte não fede – disse a dona. – Só os vivos fedem, só os agonizantes fedem, só os podres fedem. A morte não fede.

Uma aranha baixou num fio invisível entre eles e girou lentamente. Era dourada na luz mortiça. Depois tornou a subir por seu fio e desapareceu.

– Primeira aranha que vejo num bar – disse Monk.

– Ela se alimenta das moscas de bar* – disse a dona.

– Nossa, este lugar está cheio de piadas grosseiras.

A dona peidou.

---

* Trocadilho com *barfly* – que é mosca de bar e bebum. (N. T.)

– Um beijo pra você – disse.

– Obrigado – disse Monk.

Um bêbado no outro lado do balcão pôs dinheiro na vitrola automática e o esqueleto saiu de trás do balcão, dirigiu-se à dona e fez uma mesura. A dona levantou-se e dançou com o esqueleto. Os dois rodavam e rodavam. As únicas pessoas que se via no bar eram a dona, o esqueleto, o bêbado e Monk. Era uma noite fraca. Monk acendeu um Pall Mall e atacou o seu drinque. A música acabou e a dona voltou e sentou-se ao lado de Monk.

– Eu me lembro – disse a dona – quando todas as celebridades vinham aqui. Bing Crosby, Amos e Andy, os Três Patetas. Este lugar realmente tinha bossa.

– Prefiro assim – disse Monk.

A vitrola recomeçou.

– Quer dançar? – perguntou a dona.

– Por que não? – disse Monk.

Levantaram-se e puseram-se a dançar. A dona usava alfazema e cheirava a lilases. Mas era muito gorda e tinha a pele cor de laranja e a dentadura postiça parecia mastigar silenciosamente um camundongo morto.

– Este lugar me lembra Herbert Hoover – disse Monk.

– Hoover foi um grande homem – disse a dona.

– O diabo – disse Monk. – Se Frank D. não tivesse aparecido, nós todos teríamos morrido de fome.

– Frank D. nos meteu na guerra – disse a dona.

– Bem – disse Monk –, tinha de nos proteger das hordas fascistas.

– Não me fale de hordas fascistas – disse a dona. – Meu irmão morreu lutando contra Franco na Espanha.

– Brigada Abraham Lincoln? – perguntou Monk.

– Brigada Abraham Lincoln – disse a dona.

Estavam dançando muito apertados e a dona de repente enfiou a língua na boca de Monk. Ele empurrou-a de volta com a sua. Ela tinha gosto de selos velhos e camundongo morto. A música acabou. Eles sentaram-se.

O esqueleto aproximou-se. Trazia uma vodca com laranja numa das mãos. Parou diante de Monk e jogou a vodca com laranja na cara dele, depois se afastou.

– Que é que há com ele? – perguntou Monk.

– É muito ciumento – disse a dona. – Me viu beijar você.

– Você chama aquilo de beijo?

– Já beijei alguns dos maiores homens de todos os tempos.

– Imagino que sim, tipo Napoleão, Henrique VIII e César.

A dona peidou.

– Um beijo pra você – disse.

– Obrigado – disse Monk.

– Acho que estou ficando velha – disse a dona. – Sabe, a gente fala de preconceitos, mas nunca do preconceito que todo mundo tem contra os velhos.

– É... – disse Monk.

– Mas eu não sou velha *mesmo* – disse a dona.

– Não – disse Monk.

– Ainda menstruo – disse a dona.

Monk fez um aceno para o esqueleto pedindo mais dois drinques. A dona passou para uísque com gelo. Os dois tomaram uísque com gelo. O esqueleto voltou e sentou-se.

– Sabe – disse a dona –, eu estava lá quando o Babe errou duas rebatidas e apontou para o muro e no próximo arremesso mandou a bola por cima do muro.

– Eu achava que isso era um mito – disse Monk.

– Mito uma merda – disse a dona. – Eu estava lá. Eu vi.

– Sabe – disse Monk –, isso é ótimo. Você sabe que são as pessoas excepcionais que fazem o mundo girar. Eles mais ou menos fazem milagres pra gente, enquanto a gente fica sentado sobre o rabo.

– É... – disse a dona.

Ficaram sentados, bicando seus drinques. Ouviam lá fora o trânsito subindo e descendo o Hollywood Boulevard.

O som era constante, como a maré, como as ondas, quase como um oceano, e era um oceano: tinha tubarão lá fora, e barracuda e água viva e polvo e peixe otário e baleias e moluscos e esponjas e peixe-rei e coisas assim. Do lado de dentro, parecia mais um tanque de peixes separado.

— Eu estava lá – disse a dona – quando Dempsey quase assassinou Willard. Jack tinha acabado de sair dos vagões e estava mau e faminto como um tigre. Nunca vimos nada assim antes ou depois.

— Você diz que ainda menstrua?

— Certo – disse a dona.

— Dizem que Dempsey punha cimento ou gesso nas luvas, dizem que ele as encharcava na água e deixava endurecer, por isso que estourou Willard daquele jeito – disse Monk.

— Isso é uma porra duma mentira – disse a dona. – Eu estava lá, eu vi as luvas.

— Eu acho que você é maluca – disse Monk.

— Também achavam que Joana d'Arc era maluca – disse a dona.

— Suponho que você viu Joana d'Arc ser queimada – disse Monk.

— Eu estava lá – disse a dona. – Eu vi.

— Cascata – disse Monk.

— Ela foi queimada. Eu vi ela ser queimada. Foi tão horrível, e lindo.

— Que era que tinha de lindo?

— A maneira como ela foi queimada. Começou pelos pés. Era como um ninho de chamas vermelhas subindo pelas pernas dela, e depois parecia uma cortina vermelha de chamas, e ela de rosto erguido, e a gente sentia o cheiro da carne queimando e ela continuava viva mas não gritava.

— Bobagem – disse Monk –, qualquer um gritaria.

— Não – disse a dona –, nem todo mundo gritaria. As pessoas são diferentes.

— Carne é carne, dor é dor – disse Monk.

— Você subestima o espírito humano – disse a dona.

– É... – disse Monk.

A dona abriu a bolsa.

– Aqui, olhe, vou lhe mostrar uma coisa.

Tirou uma caixa de fósforos, acendeu um e estendeu a palma da mão. Segurou o fósforo embaixo da mão e deixou-o arder até apagar-se. Sentia-se um cheiro doce de carne assada.

– Muito bem – disse Monk –, mas não é o corpo todo.

– Não importa – disse a dona –, o princípio é o mesmo.

– Não – disse Monk –, não é a mesma coisa.

– Bolas – disse a dona.

Levantou-se e pôs um fósforo na bainha do vestido lavanda. O material era fino, tipo gaze, e as chamas começaram a arder em torno das pernas dela e depois a subir para a cintura.

– Nossa mãe – disse Monk. – Que diabos você está fazendo?

– Provando um princípio – disse a dona.

As chamas subiam mais. Monk saltou do banquinho e atacou a dona. Rolou-a várias vezes no chão, batendo no vestido com as mãos. Aí o fogo apagou-se. A dona voltou ao banquinho do bar e ficou lá sentada. Monk sentou-se ao lado dela, tremendo. O garçom aproximou-se. Vestia uma camisa branca limpa, colete preto, gravatinha borboleta, calças listradas azul e branco.

– Desculpe, Maude – ele disse à dona –, mas você tem de ir embora. Já bebeu bastante esta noite.

– Tudo bem, Billy – disse a dona, e terminou o seu drinque, levantou-se e saiu pela porta.

Antes de sair, deu boa-noite ao bêbado na outra ponta do balcão.

– Deus do céu – disse Monk –, ela é exagerada demais, porra.

– Ela fez o número de Joana d'Arc de novo? – perguntou o garçom.

– Diabos, você viu, não viu?

— Não, eu estava conversando com Louie. — Apontou o bêbado na ponta do balcão.

— Eu achava que você estava lá em cima, puxando os arames.

— Que arames?

— Os arames do esqueleto.

— Que esqueleto? — perguntou o garçom.

— Ora, vamos — disse Monk —, não me venha com essa merda.

— De que você está falando?

— Tinha um esqueleto aqui servindo drinques. Ele até dançou com Maude.

— Eu estive aqui a noite toda, cara — disse o garçom.

— Eu disse: *"Não me venha com essa merda!"*

— Eu não estou fazendo isso — disse o garçom. — Voltou-se para o bêbado na outra ponta do bar. — Escuta, Louie, você viu um esqueleto aqui dentro?

— Um esqueleto? — perguntou Louie. — De que você está falando?

— Diga a este homem que eu estive bem aqui atrás do balcão a noite toda — disse o garçom.

— Billy esteve aqui a noite toda, cara. E nenhum de nós viu esqueleto algum.

— Me dê outro uísque com gelo — disse Monk. — Depois eu me mando daqui.

O garçom trouxe o uísque *on the rocks*. Monk bebeu-o e depois se mandou.

É um mundo sujo

Eu dirigia pelo Sunset, no fim de uma tarde, parei num sinal, e num ponto de ônibus vi uma ruiva tingida com um rosto brutal e destroçado, empoado, pintado, que dizia "isto é o que a vida faz com a gente". Eu podia imaginá-la bêbada, gritando com algum homem do outro lado da sala, e fiquei feliz por esse homem não ser eu. Ela me viu olhando-a e acenou: – Ei, que tal um passeio? – Tudo bem – eu disse, e ela atravessou correndo as duas pistas de tráfego e entrou. Partimos e ela mostrou uma abundância de coxa. Nada mal. Eu dirigia sem dizer nada. – Quero ir à Rua Alvarado – ela disse. Era o que eu imaginava. É onde elas fazem ponto. Da Oitava e da Alvarado para cima, nos bares do outro lado do parque e dobrando as esquinas, até o pé do morro. Eu frequentara aqueles bares muitos anos e conhecia o babado. A maioria das garotas queria apenas um drinque e um lugar para ficar. Naqueles bares escuros, não pareciam demasiado mal. Chegávamos perto da Rua Alvarado. – Pode me dar cinquenta centavos? – ela pediu. – Enfiei a mão no bolso e dei-lhe duas moedas de vinte e cinco. – Eu devia poder dar uma apalpada por isso. – Ela riu. – Vá em frente. – Eu suspendi o vestido dela e belisquei-a suavemente onde terminava a meia. Quase disse "Merda, vamos pegar uma garrafa e ir lá pra casa". Podia me ver entrando naquele corpo magro, quase ouvia as molas da cama. Depois podia vê-la sentada numa cadeira, xingando, falando e rindo. Deixei passar. Ela saltou na Alvarado e a vi atravessar a rua, tentando parecer gostosa. Segui em frente. Devia ao estado 606 dólares de imposto de renda. Tinha de abrir mão de um belo rabo de vez em quando.

Estacionei diante do China, entrei e peguei uma tigela de frango won ton. O cara sentado à minha direita não tinha uma orelha. Só um buraco na cabeça, um buraco sujo com um monte de pelos brancos em redor. Orelha nenhuma. Olhei o buraco e depois voltei ao won ton de frango. O gosto não estava mais tão bom. Depois veio outro cara e se sentou à minha esquerda. Era um vagabundo. Pediu uma xícara de café. Olhou pra mim:

– Oi, bebum – disse.

– Oi – respondi.

– Todo mundo *me* chama de "bebum", por isso pensei em chamar você.

– Tudo bem. Eu já fui.

Ele mexeu seu café.

– Essas bolhinhas em cima do café. Olhe. Minha mãe dizia que isso significava que eu ia ganhar dinheiro. Não foi assim.

Mãe? Aquele homem um dia tivera mãe?

Acabei minha tigela e deixei-os lá, o cara sem orelha e o vagabundo olhando as bolhas de seu café.

Esta está se revelando uma noite dos diabos, pensei. Acho que não pode acontecer muito mais. Estava errado.

Decidi atravessar a Alameda e comprar alguns selos. O trânsito estava pesado e um jovem guarda orientava os carros. Alguma coisa acontecia. Um rapaz à minha frente gritava para o guarda: – Vamos lá, deixa a gente atravessar, que diabos! A gente já está aqui há tempo bastante! – O guarda continuava mandando o trânsito passar. – Vamos lá, que diabos há com você? – gritava o garoto. Esse garoto deve ser maluco, pensei. Ele tinha boa aparência, jovem, grande, seus um metro e noventa, cem quilos. Camiseta branca. Nariz um pouco grande demais. Podia ter tomado algumas cervejas, mas não estava bêbado. Então o tira apitou e mandou a multidão atravessar. O garoto desceu para a rua. – Tudo bem, vamos lá todo mundo, agora é *seguro,* agora é *seguro* atravessar! – É que você pensa, garoto, foi o que eu pensei. O garoto agitava os braços. – Vamos lá, todo mundo! – Eu andava bem atrás dele. Vi o rosto do guarda. Ficou muito pálido. Vi os olhos reduzirem-se a fendas. Era um guarda jovem, pequeno, parrudo. Ele veio em direção ao garoto. Oh, deus, lá vem! O garoto viu o guarda aproximar-se dele. – Não me TOQUE! Não se atreva a TOCAR em mim! – O guarda pegou-o pelo braço esquerdo, disse-lhe alguma coisa, tentou conduzir o garoto de volta ao meio-fio. O garoto soltou-se e afastou-se. O guarda correu atrás dele, aplicou uma gravata no garoto. O garoto livrou-se e os dois passaram a lutar, rodopiando. A gente ouvia os pés deles na rua. As pessoas paravam e olhavam de longe. Eu estava bem em cima deles. Várias vezes tive de recuar enquanto eles lutavam. Também eu não tinha o mínimo de juízo. Aí eles subiram na calçada. O quepe do guarda voou. Foi aí que comecei a ficar meio nervoso. O guarda não parecia bem um guarda sem o quepe, mas ainda tinha o cassetete e a arma. O garoto tornou a soltar-se e correu. O guarda saltou nele por detrás, passou um braço pelo pescoço e tentou derrubá-lo, mas o garoto ficou firme. E então se livrou. Finalmente, o guarda segurou-o contra o corrimão de ferro de um estacionamento da Standard Station. Um garoto branco e um guarda branco. Eu olhei para o outro lado da rua e vi cinco jovens negros sorrindo e observando. Eles estavam enfileirados contra uma parede. O guarda recuperara o quepe e conduzia o garoto rua abaixo para uma cabine de telefone.

Fui pegar meus selos na máquina. Era uma noite fodida. Eu quase esperava que uma cobra caísse da máquina. Mas só recebi selos. Ergui os olhos e vi meu amigo Benny.

– Viu o barulho, Benny?

– É..., quando levarem ele pra delegacia, vão calçar luvas de couro e dar um pau daqueles.

– Você acha?

– Claro. A cidade é igual ao condado. Os caras batem pra valer. Acabei de sair da nova cadeia do condado. Eles botam os novos tiras pra bater nos presos lá, pra pegar experiência. A gente ouvia eles gritando e os tiras batendo.

Eles se gabam disso. Quando eu estava lá, um tira passou e disse: "Dei um pau daqueles num bebum!"

– Ouvi falar.

– Deixam a gente dar um telefonema, e esse cara ficou no telefone muito tempo, e os tiras mandando ele desligar. Ele ficava dizendo "só um minuto, só um minuto!", e finalmente um tira ficou puto e desligou o telefone e o cara gritou: "Eu tenho meus direitos, você não pode fazer isso!"

– Que foi que houve?

– Uns quatro tiras pegaram o cara. Levaram ele tão depressa que os pés dele nem tocavam no chão. Levaram ele pra sala do lado. A gente ouvia, fizeram um bom trabalho nele. Você sabe, eles botam a gente lá, curvado, olham dentro do rabo da gente, dentro do sapato, procurando droga, e trouxeram o garoto nu, e ele vinha tremendo com arrepios. A gente via as marcas vermelhas no corpo todo. Deixaram ele ali, tremendo contra a parede. O cara tinha apanhado mesmo.

– É... – eu disse. – Eu passava de carro pela Union Rescue Mission uma noite e dois tiras num carro-patrulha estavam pegando um bêbado. Um deles se meteu no banco de trás com o bêbado, e eu ouvi o bêbado dizer "seu tira filho da puta sujo!", e vi o tira tirar o cassetete e enfiar a ponta, com força, na barriga do cara. Foi uma porrada dos diabos, que me deixou meio nauseado. Podia ter rompido o estômago, ou causado hemorragia interna.

– É, é um mundo sujo.

– É isso aí, Benny. Vejo você por aí. Te cuida.

– Claro. Você também.

Encontrei o carro e voltei subindo o Sunset. Quando cheguei à Alvarado, dobrei para o sul e desci até quase a Rua Oito. Parei, saltei, encontrei uma loja de bebidas e comprei uma garrafa de uísque. Depois entrei no bar mais próximo. Lá estava ela. Minha ruiva de rosto brutal. Cheguei perto, bati na garrafa.

– Vamos lá.

Ela terminou sua bebida e saiu atrás de mim.

– Bela noite – disse.

– Ah, sim – respondi.

Quando chegamos à minha casa, ela foi ao banheiro e eu lavei dois copos. Não tem saída, pensei, não tem saída de nada.

Ela entrou na cozinha, encostou-se em mim. Tinha renovado o batom. Me beijou, mexendo a língua dentro de minha boca. Suspendi o vestido dela e palmeei a calcinha. Ficamos debaixo da lâmpada, travados. Bem, o estado ia ter de esperar mais um pouco por seu imposto de renda. Talvez o Governador Deukmejian entendesse. Nós nos separamos, eu servi dois drinques e entramos no outro quarto.

450 quilos

Eric Knowles acordou no quarto de motel e olhou em volta. Lá estavam Louie e Gloria agarrados na outra metade da cama tamanho família. Eric encontrou uma garrafa de cerveja quente, abriu-a, levou-a para o banheiro e tomou-a debaixo do chuveiro. Sentiu-se enjoado como o diabo. Já ouvira os especialistas falarem em cerveja quente. Não dava certo. Saiu do chuveiro e vomitou no toalete. Depois voltou para debaixo do chuveiro. Esse era o problema de ser escritor, o problema principal – ócio, ócio demais. A gente tinha de esperar que a coisa crescesse até poder escrever, e enquanto esperava ficava doido, e enquanto ficava doido bebia, e quanto mais bebia, mais doido ficava. Não havia nada de glorioso na vida de um escritor nem na vida de um bebedor. Eric enxugou-se com a toalha, enfiou a cueca e saiu para o outro quarto. Louie e Gloria acordavam.

– Ah, merda – disse Louie –, deus do céu.

Louie era outro escritor. Não pagava o aluguel com isso, mas Gloria pagava, Gloria pagava o aluguel de Louie. Três quartos dos escritores que Eric conhecia em Los Angeles e Hollywood eram sustentados por mulheres; eles não eram tão talentosos com a máquina de escrever como eram com suas mulheres. Vendiam-se às suas mulheres, espiritual e fisicamente.

Ele ouviu Louie vomitando no banheiro, e ouvir isso o fez começar de novo. Pegou uma sacola de papel, e toda vez que Louie vomitava, ele vomitava. Uma estreita harmonia.

Gloria era mais ou menos legal. Acabara de arranjar um emprego como professora assistente numa universidade do norte da Califórnia. Ela esticou-se na cama e disse:

– Caras, vocês são uma coisa mesmo. Os gêmeos do vômito.

Louie saiu do banheiro.

– Ei, está me gozando?

– De jeito nenhum, garoto. Só que foi uma noite braba pra mim.

– Foi uma noite braba pra todos nós.

– Acho que vou tentar o tratamento da cerveja quente de novo – disse Eric. Torceu a tampa da garrafa e tentou de novo.

– Foi um barato, o jeito que você a dominou – disse Louie.

– Que quer dizer?

– Quer dizer, quando ela se aproximou de você por cima da mesinha de café, você fez tudo em câmera lenta. Não estava nem excitado. Simplesmente pegou ela por um dos braços, depois pelo outro, e virou ela. Depois montou e disse: "Que diabos está acontecendo com você?"

– Esta cerveja está funcionando – disse Eric. – Você devia experimentar.

Louie torceu a tampa de uma garrafa e se sentou na borda da cama. Ele editava uma revistinha, *Motim dos Ratos*. Mimeografada. Como revistinha, não era melhor nem pior que o resto. Todas acabavam ficando muito chatas; o talento era ralo e inconsistente. Louie já estava no 15º ou 16º número.

– A casa era dela – disse Louie, pensando na noite passada. – Ela disse que a casa era dela, e que a gente se mandasse.

– Opiniões e ideais divergentes. Sempre causam problemas, e sempre há opiniões e ideais divergentes. Além disso, era a casa dela – disse Eric.

– Acho que vou experimentar uma cerveja dessas – disse Gloria.

Levantou-se, vestiu-se e pegou uma cerveja quente. Professora bonitona, pensou Eric.

Ficaram ali sentados, tentando forçar a cerveja a descer.

– Alguém quer ver televisão? – perguntou Louie.

– Não se atreva – disse Gloria.

De repente, houve uma enorme explosão, as paredes estremeceram.

– Nossa! – disse Eric.

– Que foi isso? – perguntou Gloria.

Louie foi até a porta e abriu-a. Estavam no segundo andar. Havia uma sacada, e o hotel era construído em torno de uma piscina. Louie olhou para baixo.

– Vocês não vão acreditar, mas tem um cara de uns duzentos e cinquenta quilos lá embaixo na piscina. A explosão que ouviram foi quando ele caiu na água. Nunca vi um cara tão grande. É enorme. E está com alguém, de uns duzentos quilos. Parece filho dele. O filho vai pular. Aguentem!

Houve outra explosão. As paredes voltaram a tremer. Fontes de água saltaram da piscina.

– Agora estão nadando lado a lado. Que espetáculo!

Eric e Louie foram até a porta e olharam.

– É uma situação perigosa – disse Eric.

– Que quer dizer?

– Quer dizer, olhando toda aquela gordura lá embaixo, a gente pode gritar alguma coisa pra eles. Coisa infantil, você sabe. Mas numa ressaca dessas, qualquer coisa pode acontecer.

– E eu já vejo eles correndo cá pra cima e batendo na porta – disse Louie. – Como vamos controlar quase meia tonelada?

– Não tem como, mesmo em boa forma.

– Em má forma, nem pensar.

– Certo.

– EI, GORDUCHO! – Louie gritou para baixo.

– Oh, não – disse Eric. – Oh, não, por favor. Vou vomitar...

Os dois gordos olharam para cima, da piscina. Usavam calções azuis claros.

– *Ei, gorducho!* – gritou Louie. – *Aposto que, se você peidasse, ia espalhar sargaço daqui até as Bermudas!*

55

– Louie – disse Eric –, não tem sargaço lá embaixo.

– *Não tem sargaço aí embaixo, gorducho!* – berrou Louie. – *Você deve ter sugado tudo com o rabo!*

– Oh, meu deus – disse Eric –, eu sou escritor porque sou covarde, e agora me vejo diante da morte súbita e violenta.

O homem maior saiu da piscina e o menor acompanhou-o. Eles os ouviram subindo a escada, plo-co-tó, plo-co-tó, plo-co-tó. As paredes tremiam.

Louie fechou a porta e passou a corrente.

– Que é que tudo isso tem a ver com uma literatura decente e duradoura? – perguntou Eric.

– Nada, imagino – respondeu Louie.

– Você e a porra de sua revistinha mimeografada – disse Eric.

– Estou com medo – disse Gloria.

– Estamos todos – disse Louie.

E então eles estavam na porta. BAM, BAM, BAM, BAM!

– Sim? – respondeu Louie. – Que é?

– *Abram a porra dessa porta!*

– Não tem ninguém aqui – disse Eric.

– *Vou ensinar a vocês, seus filhos da puta!*

– Oh, por favor, ensine a mim, senhor! – disse Eric.

– Ora, por que você disse isso? – perguntou Gloria.

– Porra – disse Eric –, só estou querendo concordar com ele.

– Abram ou eu arrombo!

– É melhor deixar você fazer o esforço – disse Louie. – Vamos ver o que pode fazer.

Ouviram o som de carne forçando a porta. Viram a porta curvar-se e ceder.

– Você e a porra do seu mimeógrafo – disse Eric.

– Era uma boa máquina.

– Me ajuda a escorar a porta – disse Eric.

Ficaram escorando a porta contra o peso maciço. A porta enfraquecia. Então ouviram outra voz.

– Ei, que diabos está acontecendo aqui?

– Vou dar uma lição nesses vagabundos, é isso que está acontecendo.

– Se você arrombar essa porta, eu chamo a polícia!

– Quê?

Houve mais um baque, depois silêncio. A não ser pelas vozes.

– Estou em condicional por agressão e espancamento. Talvez seja melhor esfriar um pouco.

– É, esfria, não vai querer machucar ninguém.

– Mas eles estragaram meu banho de piscina.

– Têm coisas mais importantes que nadar, cara.

– É, comer, por exemplo – disse Louie, do outro lado da porta.

– BAM! BAM! BAM! BAM!

– Que é que você quer? – perguntou Eric.

– Escutem, caras! Se eu ouvir mais um som de vocês, só um som, eu vou entrar!

Eric e Louie ficaram calados. Ouviram os dois gordos descendo a escada.

– Acho que a gente podia ter enfrentado eles – disse Eric.

– Esses caras gordos não se movem. São fáceis.

– É – disse Louie –, acho que a gente podia ter enfrentado eles. Quer dizer, se a gente quisesse mesmo.

– Estamos sem cerveja – disse Gloria. – Eu sem dúvida preciso de uma cerveja gelada. Estou com os nervos em pedaços.

– Tudo bem – disse Eric –, saia e vá buscar as cervejas, eu pago.

– Não – disse Louie –, você vai buscar, eu pago.

– Eu pago – disse Eric –, e a gente manda Gloria.

– Tudo bem – disse Louie.

Eric deu o dinheiro e as instruções a Gloria e abriram a porta para ela sair. A piscina estava vazia. Era uma bela manhã da Califórnia, poluída, rançosa e apática.

– Você e a porra do seu mimeógrafo – disse Eric.
– É uma boa revista – disse Louie –, tão boa quanto a maioria.
– Acho que tem razão.

E levantaram-se e sentaram-se, e sentaram-se e levantaram-se, esperando que Gloria voltasse com a cerveja gelada.

Declínio e queda

Era uma tarde de segunda-feira no The Hungry Diamond. Só havia duas pessoas, Mel e o garçom do balcão. Tarde de segunda-feira em Los Angeles é o agreste – mesmo noite de sexta é o agreste –, mas sobretudo tarde de segunda-feira. O garçom, que se chamava Carl, bebia com um copo debaixo do balcão, parado junto de Mel, que se curvava à vontade sobre uma cerveja verde azeda.

– Preciso te contar uma coisa – disse Mel.

– Manda – disse o garçom.

– Bem, eu recebi um telefonema uma noite dessas de um cara com quem eu trabalhava em Akron. Ele perdeu o emprego por bebida, se casou com uma enfermeira, e a enfermeira sustenta ele. Eu não gosto muito desses tipos, mas você sabe como são as pessoas, elas como que se grudam na gente.

– É – disse o garçom.

– Seja como for, eles me ligam... escuta, me dá outra cerveja, esta merda está com um gosto horrível.

– Tudo bem, só beba um pouco mais rápido: ela começa a perder substância depois de uma hora.

– Tudo bem... Eles me dizem que resolveram a falta de carne... eu penso "Que falta de carne?"... e pra eu aparecer. Como não tenho nada a fazer, vou lá. Tem jogo dos Rams e o cara, Al, liga a TV, e a gente fica olhando. Erica, é o nome dela, está na cozinha, preparando uma salada, e eu levei duas embalagens de seis garrafas. Eu digo oi, Al abre algumas garrafas, é legal e quente ali dentro, o forno ligado. Bem, é confortável. Eles parecem não ter tido uma briga há dias, e a situação está calma. Al diz alguma coisa sobre Reagan e sobre o desemprego, mas eu não posso responder, tudo isso me enche o saco. Sabe, estou cagando se o país está na merda ou não, contanto que *eu* me vire.

— Certo — diz o garçom, tomando um gole por trás do balcão.

— Tudo bem. Ela vem, se senta e toma sua cerveja. Erica. A enfermeira. Diz que todos os médicos tratam os pacientes como gado. Que todos os médicos só querem faturar. Acham que a merda deles não fede. Ela prefere Al a qualquer médico que exista. Isso é que é bobagem, não é?

— Eu não conheço Al — diz o garçom.

— Então, a gente joga baralho e os Rams estão perdendo na TV, e após algumas mãos Al me diz: "Sabe, eu tenho uma esposa estranha. Ela gosta de alguém olhando quando a gente faz aquilo". "É mesmo", ela diz, "é isso que me estimula mesmo." E Al diz: "Mas é muito difícil arranjar alguém pra olhar. A gente pensa que seria fácil arranjar alguém pra olhar, mas é difícil pra burro". Eu não digo nada. Peço duas cartas e elevo a parada cinco centavos. Ela depõe as cartas e Al também, e os dois se levantam. Ela atravessa a sala e Al vai atrás. "Sua puta!", ele grita. "Sua puta dos diabos!" Lá estava aquele cara xingando a esposa de puta. "Sua puta!", ele grita. Acua ela num canto da sala e cobre ela de tapa, rasga a blusa. "Sua puta!", torna a gritar, e cobre ela de tapa e derruba a dona. Arranca a saia dela, e ela esperneia e grita. Ele pega a dona e beija, depois joga ela no sofá. Se joga em cima dela, beijando ela e rasgando as roupas dela. Depois arranca a calcinha e manda ver. Enquanto ele faz isso, ela olha de baixo para ver se eu estou olhando. Vê que estou olhando e começa a mexer feito uma cobra doida. Os dois vão fundo, até o fim; ela se levanta e vai pro banheiro, e Al vai na cozinha pegar mais cerveja. "Obrigado", ele me diz quando volta, "você ajudou muito."

— E aí, que aconteceu? — perguntou o garçom.

— Bem, aí os Rams finalmente marcam, e tem muito barulho na TV, e ela sai do banheiro e vai pra cozinha. Al começa a falar de Reagan de novo. Diz que é o início do Declínio e Queda do Ocidente, como Spengler dizia. Todo mundo é tão ganancioso e decadente, a decomposição realmente começou. E continua nisso por algum tempo. Aí Erica chama a gente pro canto do café da manhã, onde a mesa está posta, e a gente se senta. O cheiro é bom: um assado. Com fatias de abacaxi em cima. Parece uma perna; eu vejo uma coisa que quase parece um joelho. "Al", digo, "essa coisa realmente parece uma perna humana do joelho pra cima." "E é exatamente o que é", diz Al.

– Ele disse isso? – pergunta o garçom, tomando um gole por trás do balcão.

– É – respondeu Mel –, e quando a gente ouve uma coisa dessa não sabe o que pensar direito. Que era que você ia pensar?

– Eu ia pensar – disse o garçom – que ele estava brincando.

– Claro. Por isso eu disse: "Ótimo, me corta uma boa fatia". E ele cortou. Tinha purê de batata, molho, milho, pão quente e salada. Azeitonas recheadas na salada. Al disse: "Experimente um pouco dessa mostarda apimentada na carne, vai bem". Eu pus um pouco. A carne não estava ruim. "Escuta, Al", eu disse, "isto não está nada mal. Que é?" "É o que eu disse a você, Mel", ele responde, "é uma perna humana, a parte de cima. É um garoto de quatorze anos que a gente encontrou pegando carona no Hollywood Boulevard. A gente pegou ele, deu comida e ele viu Erica e eu fazermos a coisa durante três ou quatro dias, e depois a gente se encheu de fazer isso e matamos ele, limpamos as entranhas, jogamos no triturador de lixo e botamos ele no freezer. É muito melhor que frango, embora na verdade eu não prefira isso a um bife de lombinho."

– Ele disse isso? – perguntou o garçom, estendendo a mão para pegar mais um gole debaixo do balcão.

– Disse isso – respondeu Mel. – Me dá outra cerveja.

O garçom deu-lhe outra cerveja. Mel disse:

– Bem, eu continuei pensando que ele estava brincando, sabe, por isso disse: "Tudo bem, me mostra seu freezer." E Al diz: "Claro: ali." E abre a tampa e lá está o tronco, uma perna e meia, dois braços e a cabeça. Cortado assim. Parece muito higiênico, mas mesmo assim não me parece bem. A cabeça olha pra gente, os olhos abertos e azuis, a língua saltando para fora... congelada até o lábio inferior. "Nossa mãe, Al", eu digo a ele, "você é um assassino... isso é incrível, é nojento!" "Cresça", ele diz, "eles matam gente aos milhões nas guerras e dão medalhas por isso. Metade das pessoas deste mundo vai morrer de fome enquanto a gente fica por aí sentado vendo TV." – Eu digo a você, Carl, as paredes daquela cozinha começaram a rodar, eu não parava de ver aquela cabeça, aqueles braços, aquela perna cortada... Tem uma coisa tão quieta numa coisa assassinada, de certa forma a gente começa a pensar que uma coisa assassinada devia continuar gritando, eu não sei. Seja como for, fui até a pia da cozinha e comecei a vomitar. Vomitei durante um longo tempo. Depois disse a Al que precisava sair dali. Você não ia querer sair dali, Carl?

– E rápido – disse Carl. – Muito rápido.

– Bem, o Al se colocou diante da porta e disse: "Escuta, não foi assassinato. Nada é assassinato. Você só precisa romper as ideias que impuseram em você, e vira um homem livre: livre, entende?" "Sai da frente dessa porta, Al: eu vou dar o fora daqui!" Ele me agarra pela camisa e começa a rasgar a camisa. Eu dou um soco na cara dele, mas ele continua rasgando minha camisa. Bato de novo, e de novo, mas ele parece não sentir nada. Os Rams ainda estão na TV. Eu recuo da porta, e aí a mulher dele corre, me agarra e começa a me beijar. Eu não sei o que fazer. Ela é uma mulher forte. Sabe todos esses truques de enfermeira. Tento me livrar dela, mas não consigo. A boca dela grudada na minha, é tão louca quanto ele. Começo a ter uma ereção, não posso evitar. Ela não tem um rosto tão sensacional assim, mas tem umas pernas e uma bunda, e o vestido mais justo que já se viu.

A boca tem gosto de cebola cozida, a língua gorda e cheia de saliva, mas usava um vestido novo... verde... e quando eu levanto o vestido vejo a anágua, cor de sangue, e isso me excita mesmo e aí eu olho e vejo Al com o pau de fora, olhando. Joguei ela no sofá e mandamos ver, Al parado ao lado respirando pesado. Fizemos todos juntos, um verdadeiro trio, depois eu me levantei e comecei a ajeitar minha roupa. Entrei no banheiro, joguei água no rosto, penteei o cabelo e saí. Quando saí, os dois estavam no sofá vendo o jogo de rúgbi. Al tinha uma garrafa de cerveja aberta para mim e eu me sentei, bebi e fumei um cigarro. E foi só isso. Me levantei e disse que ia embora. Os dois se despediram e Al me disse pra ligar qualquer hora. Aí eu saí do apartamento pra rua, peguei meu carro e fui embora. E foi isso aí.

– Não foi à polícia? – perguntou o garçom.

– Bem, você sabe, Carl, é difícil... eles meio que me adotaram na família. Não é como se tentassem esconder alguma coisa de mim.

– Do jeito que eu vejo, você é cúmplice de um assassinato.

– Mas o que eu passei a pensar, Carl, é que aquele pessoal na verdade não parece ser gente *má*. Já vi pessoas que antipatizo muito mais e que nunca mataram nada. Não sei, é realmente confuso. Até penso no cara no freezer como uma espécie de grande coelho congelado...

O garçom puxou a Luger de trás do balcão e apontou-a para Mel.

– Tudo bem – disse –, fique paradinho aí enquanto eu chamo a polícia.

– Escuta, Carl... não é você que tem de decidir isso.

– O *diabo* que não sou! Eu sou um cidadão! Vocês babacas não podem simplesmente sair por aí matando e metendo gente em freezers. Eu posso ser o próximo!

– Escuta, Carl, olha pra mim! Quero dizer uma coisa a você...

– Tudo bem, manda.

– Foi tudo cascata.

– Quer dizer, o que você me contou?

– É, foi pura cascata. Uma brincadeira. Peguei você. Agora guarda essa arma e põe aí um uísque com água.

– Essa história não foi cascata.

– Acabei de dizer que foi.

– Isso não foi cascata: tinha muito detalhe. Ninguém conta uma história assim. Não é brincadeira. Ninguém brinca desse jeito.

– Estou dizendo a você que foi *cascata,* Carl.

– Não tem jeito de eu acreditar nisso.

Carl estendeu o braço para a esquerda e puxou o telefone, que estava no balcão. Quando fez isso, Mel pegou a garrafa de cerveja e atingiu-o no meio do rosto com ela. Carl deixou cair a arma e levou as mãos ao rosto. Mel saltou o balcão, tornou a golpeá-lo – desta vez atrás da orelha – e Carl caiu. Mel pegou a Luger, mirou com cuidado, apertou o gatilho uma vez, depois guardou a arma numa sacola de papel pardo, tornou a saltar o balcão, dirigiu-se à porta e ganhou o boulevard. O parquímetro dizia "prazo expirado" diante de seu carro, mas não havia multa. Ele entrou e afastou-se.

Já leu Pirandello?

Minha namorada sugeriu que eu me mudasse de sua casa, uma casa muito grande, bacana e confortável, com um quintal do tamanho de uma quadra, canos furados, e rãs, grilos e gatos. Seja como for, eu saí, como se sai dessas situações – com honra, coragem e expectativa. Pus um anúncio num dos jornais alternativos:

Escritor: precisa de casa onde o som de uma máquina de escrever seja mais bem-vindo que a trilha sonora de risadas de "I Love Lucy". Cem dólares por mês está legal. Exige-se privacidade.

Eu tinha um mês para me mudar, enquanto minha namorada estava no Colorado para a reunião anual da família. Fiquei deitado na cama esperando o telefone tocar. Finalmente tocou. Era um cara que queria que eu cuidasse dos três filhos dele sempre que o "impulso criativo" se apoderasse dele ou da esposa. Casa e comida de graça, e eu podia escrever sempre que o impulso criativo não os atacasse. Eu disse a ele que ia pensar. O telefonou tocou de novo duas horas depois. – Então? – ele perguntou. – Não – respondi. – Bem – ele disse –, conhece alguma mulher grávida em dificuldades? Respondi que ia tentar achar uma para ele e desliguei.

No dia seguinte, o telefone tornou a tocar. – Li seu anúncio – ela disse. – Eu ensino ioga. – Oh? – É, ensino exercício e meditação. – Oh? – Você é escritor? – Sou. – Sobre o que escreve? – Oh, deus, eu não sei. Por pior que isso soe: a Vida... acho. – Não soa mal. Isso inclui sexo? – A vida não inclui? – Às vezes. Às vezes, não. – Compreendo. – Como você se chama? – Henry Chinaski. – Já foi publicado? – Já. – Bem, eu tenho um quarto de casal grande que você pode ocupar por cem dólares. Entrada independente. – Parece bom. – Já leu

Pirandello? – Já. – Já leu Swinburne? – Todo mundo leu. – Já leu Herman Hesse? – Já, mas não sou homossexual. – Você odeia homossexuais? – Não, mas também não adoro. – E os negros? – Que é que tem com os negros? – Que acha deles? – São legais. – Tem preconceito? – Todo mundo tem. – Que acha que é Deus? – Cabelo branco, barba comprida e sem pau. – Que pensa do amor? – Não penso. – Engraçadinho. Escuta, vou te dar meu endereço. Venha me ver.

Anotei o endereço e fiquei mais uns dois dias vendo os novelões pela manhã e os filmes de espionagem à noite, além das lutas de boxe. O telefone tornou a tocar. Era a moça.

– Você não veio. – Estive ocupado. – Está apaixonado? – Sim, estou escrevendo meu novo romance. – Muito sexo? – Parte do tempo. – Você é bom de cama? – A maioria dos homens gosta de pensar que é. Provavelmente sou bom, mas não sensacional. – Chupa xoxota? – Chupo. – Ótimo. – Seu quarto ainda está vago? – Está, o quarto principal. Você baixa mesmo a boca nas mulheres? – Diabos, sim. Mas todo mundo faz isso hoje. Estamos em 1982, e eu tenho 62 anos. Você pode arranjar um homem trinta anos mais novo e ele faz a mesma coisa. Provavelmente melhor. – Você ficaria surpreso.

Fui até a geladeira, peguei uma cerveja e fumei um cigarro. Quando voltei ao telefone, ela ainda estava lá. – Como é seu nome? – perguntei. Ela me disse um nome extravagante que eu logo esqueci.

– Andei lendo suas coisas – ela disse. – Você é um escritor forte. Tem muita merda aí dentro, mas tem um jeito de mexer nas emoções das pessoas.

– Tem razão. Não sou sensacional, mas sou diferente.
– Como você baixa a boca numa mulher?
– Agora espere...
– Não, me diga.
– Bem, é uma arte.
– É, e sim.
– Como começa? – Como uma lambida, de leve. – Claro, claro. Então, depois que começa? – Sim, bem, tem

técnicas... – Que técnicas? – O primeiro toque em geral embota a sensibilidade daquela área, de modo que a gente não pode voltar a ela com a mesma eficácia. – Que diabos está dizendo? – Você sabe o que eu estou dizendo. – Você está me excitando. – Isso é clínico. – Isso é sexual. Você está me deixando excitada. – Não sei o que mais dizer. – Que faz o homem então? – A gente deixa que o prazer guie a exploração. Cada vez é diferente. – Que quer dizer? – Quer dizer que às vezes é meio bruto, às vezes meio delicado, do jeito que a gente se sentir. – Me conta. – Bem, tudo acaba no grelo. – Diga essa palavra de novo. – Qual? – Grelo. – Grelo, grelo, grelo... – Você chupa ele? Mordisca? – Claro. – Está me deixando excitada. – Desculpe. – Pode ficar com o quarto principal. Gosta de privacidade? – Como já disse. – Me fale de meu grelo. – Todos os grelos são diferentes. – Não há privacidade aqui agora. Estão construindo uma parede de contenção. Mas vão acabar dentro de uns dois dias. Você vai gostar daqui.

Peguei o endereço dela de novo, desliguei e fui para a cama. O telefone tocou. Fui até lá, peguei-o e levei-o comigo para a cama. – Que quer dizer com essa de todos os grelos são diferentes? – Quero dizer diferentes em tamanho e reação aos estímulos. – Já encontrou um que não pudesse estimular? – Ainda não. – Escuta, por que não vem me ver agora? – Meu carro é velho. Não vai conseguir subir o desfiladeiro. – Pegue a autoestrada e pare no estacionamento do retorno de Hidden Hills. Encontro você lá. – Tudo bem.

Desliguei, me vesti e me meti em meu carro. Peguei a autoestrada até o retorno de Hidden Hills, encontrei o estacionamento e fiquei lá sentado esperando. Vinte minutos depois, uma dona gorda num vestido verde chegou de carro. Estava num Caddy 1982. Os dentes da frente todos de ouro.

– É você? – perguntou.
– Sou eu.
– Nossa. Não parece muito quente.
– Você também não.

– Tudo bem. Venha.

Saí do meu carro e entrei no dela. O vestido dela era muito curto. Na gorda coxa mais perto de mim havia uma pequena tatuagem que parecia um garoto mensageiro em cima de um cachorro.

– Não vou pagar nada a você – ela disse.

– Tudo bem.

– Você não parece um escritor.

– Dou graças por isso.

– Na verdade, não parece um cara que saiba fazer qualquer coisa...

– Têm muitas coisas que eu não sei.

– Mas sem dúvida sabe falar no telefone. Eu estava me masturbando. Você estava?

– Não.

Seguimos em silêncio depois disso. Eu só tinha dois cigarros e fumei os dois. Depois liguei o rádio e fiquei ouvindo a música. A casa dela tinha uma longa estradinha de acesso em curva, e as portas da garagem abriram-se automaticamente quando entramos. Ela soltou o seu cinto de segurança e aí, de repente, me agarrou. A boca parecia uma garrafa de tinta vermelha indiana. A língua para fora. Rolamos contra o assento, assim agarrados. E aí acabou e saltamos. – Vamos – ela disse. Eu a segui por uma trilha ladeada de roseiras. – Não vou lhe pagar nada – ela disse. – Tudo bem – eu disse. Tirou a chave da bolsa, destrancou a porta e eu a segui lá para dentro.

Braçadas para o meio do nada

Meg e Tony levaram a esposa dele ao aeroporto. Depois que embarcaram Dolly, pararam no bar do aeroporto para um drinque. Meg tomou um uísque com soda. Thony, um *scotch* com água.

– Sua esposa confia em você – disse Meg.
– É – disse Tony.
– Imagino se eu posso confiar em você.
– Não gosta de uma foda?
– Não é isso.
– Que é então?
– É que Dolly e eu somos amigas.
– *Nós* podemos ser amigos.
– Não desse jeito.
– Seja moderna. Estamos na era moderna. As pessoas trocam. São desinibidas. Fodem tudo. Fodem cachorro, bebê, galinha, peixe...
– Eu gosto de escolher. Preciso me interessar.
– Isso é tão piegas. O interesse já vem embutido. Aí, se a gente cultiva bastante o interesse, quando menos espera está apaixonada.
– Tudo bem, que há de errado com o amor, Tony?
– O amor é uma espécie de preconceito. A gente ama o que precisa, ama o que faz a gente se sentir bem, ama o que é conveniente. Como pode dizer que ama uma pessoa quando há dez mil outras no mundo que você amaria mais se conhecesse? Mas a gente nunca conhece.
– Tudo bem, então devemos fazer o melhor possível.
– Certo. Mas mesmo assim devemos entender que o amor é só o resultado de um encontro casual. A maioria das pessoas explora isso demais. Nessa base, uma boa foda não é de se desprezar inteiramente.

— Mas também é o resultado de um encontro casual.
— Você está certa, porra. Beba. Vamos tomar outro.
— Você tem um bom papo, Tony, mas não vai dar certo.
— Bem – disse Tony, chamando o garçom com um aceno de cabeça –, não vou me lamentar por isso também...

Era noite de sábado, e eles voltaram para a casa de Tony e ligaram a TV. Não tinha muita coisa. Beberam uma Tuborg e conversaram, acima do som do aparelho.
— Já ouviu aquela – perguntou Tony – de que os cavalos são inteligentes demais para apostar em pessoas?
— Não.
— Bem, mesmo assim, é um ditado. Você não vai acreditar nisso, mas eu tive um sonho a noite passada. Eu estava lá nos estábulos e um cavalo veio me buscar para me exercitar. Eu tinha um macaco com os braços e pernas passados em torno de meu pescoço, com um bafo de vinho barato. Eram seis da manhã e soprava um vento frio das montanhas de San Gabriel. E mais, estava nublado. Eles me fizeram correr seiscentos metros em 52, sem forçar. Depois me fizeram marchar por trinta minutos e me levaram de volta pra baia. Um cavalo veio me dar dois ovos duros, *grapefruit*, torrada e leite. Depois, eu estava numa corrida. Os estandes cheios de cavalos. Parecia sábado. Eu estava no quinto páreo. Cheguei em primeiro e paguei 32 dólares e vinte. Foi um senhor sonho, não foi?
— Ora, ora – disse Meg. Cruzou as pernas. Usava minissaia mas sem meia-calça. As botas cobriam as batatas das pernas. As coxas à mostra, fartas. – Foi um senhor sonho. – Tinha trinta anos. O batom brilhava muito de leve em seus lábios. Morena, muito morena, cabelos compridos. Sem pó, sem perfume. Jamais tocada. Nascida na parte norte do Maine. Sessenta quilos.

Tony levantou-se e pegou mais duas garrafas de cerveja. Quando voltou, Meg disse:

— Um sonho estranho, mas muitos são. Quando coisas estranhas começam a acontecer na vida é que a gente deve estranhar...

— Tipo?

— Tipo meu irmão Damion. Ele vivia fuçando nos livros... misticismo, ioga, essa merda toda. A gente entrava num quarto, e era mais provável ele estar plantando bananeira, com o calção de jóquei, do que fazendo qualquer outra coisa. Chegou até a fazer umas viagens pro Oriente... Índia, mais outro lugar. Voltou com o rosto chupado e meio doido, pesando uns quarenta quilos. Mas continuou nisso. Encontra um cara, Ram Da Beetle, ou um nome assim. Ram Da Beetle tem uma grande tenda perto de San Diego e cobra desses otários 175 dólares por um seminário de cinco dias. A tenda é armada sobre um rochedo dando para o mar. A velha com quem Beetle dorme é dona do terreno, deixa ele usar. Damion diz que Ram Da Beetle lhe proporciona a revelação final que ele precisava. E foi chocante. Eu estou morando num apartamentinho em Detroit, e ele aparece e dá o choque em mim...

Tony olhou mais acima as pernas de Meg e disse:

— O choque de Damion? Que choque?

— Oh, você sabe, ele simplesmente *aparece*... — Meg pegou sua Tuborg.

— Veio visitar você?

— Pode-se dizer que sim. Deixe eu dizer de uma maneira simples: Damion pode desmaterializar o corpo dele.

— Pode? E aí, que acontece?

— Ele aparece em outro lugar.

— Assim, tão simples?

— Assim, tão simples.

— Grandes distâncias?

— Ele veio da Índia a Detroit, ao meu apartamento em Detroit.

— Quanto tempo levou?

— Não sei. Dez segundos, talvez.

– Dez segundos... hummmm.

Ficaram ali sentados olhando um ao outro. Meg no sofá e Tony defronte dela.

– Escuta, Meg, você realmente me excita. Minha mulher jamais iria saber.

– Não, Tony.

– Onde está seu irmão agora?

– Ficou com meu apartamento em Detroit. Trabalha na fábrica de sapatos.

– Escuta, por que ele não entra no cofre de um banco, pega o dinheiro e dá o fora de lá? Ele pode usar os talentos dele. Por que trabalhar numa fábrica de sapatos?

– Ele diz que esses talentos não podem ser usados para ajudar propósitos maus.

– Entendo. Escuta, Meg, vamos esquecer seu irmão.

Tony aproximou-se e sentou-se no sofá ao lado de Meg.

– Sabe, Meg, o que é mau e o que nos ensinam que é mau às vezes são duas coisas muito diferentes. A sociedade nos ensina que certas coisas são más para nos manter subservientes.

– Como assaltar bancos?

– Como foder sem passar pelos canais competentes.

Tony agarrou Meg e beijou-a. Ela não resistiu. Ele tornou a beijá-la. Ela enfiou a língua na boca dele.

– Ainda acho que não devíamos fazer isso, Tony.

– Você beija como se quisesse.

– Não tenho um homem há meses, Tony. É difícil resistir, mas Dolly e eu somos amigas. Detesto fazer isso com ela.

– Não vai fazer isso com ela, vai fazer comigo.

– Você sabe o que eu quero dizer.

Tony tornou a beijá-la, desta vez um beijo longo, completo. Os corpos comprimidos.

– Vamos pra cama, Meg.

Ela acompanhou-o lá para dentro. Tony começou a despir-se, jogando as roupas sobre uma cadeira. Meg entrou no banheiro, ao lado do quarto. Ela sentou-se e fez xixi com a porta aberta.

– Não quero ficar grávida e não quero tomar a pílula.

– Não se preocupe.

– Não se preocupe por quê?

– Fiz vasectomia.

– Todos vocês dizem isso.

– É verdade, fiz mesmo.

Meg levantou-se e deu descarga.

– E se você quiser um filho um dia?

– Não quero um filho um dia.

– Acho horrível um homem fazer isso.

– Oh, pelo amor de deus, Meg, deixe de moralismo e venha pra cama.

Meg entrou no quarto nua.

– Quer dizer, Tony, eu acho assim que é um crime contra a natureza.

– E o aborto? É um crime contra a natureza também?

– Claro. É assassinato.

– E a camisinha? E a masturbação?

– Oh, Tony, não é a mesma coisa.

– Venha pra cama antes que a gente morra de velhice.

Meg foi e Tony agarrou-a. – Ah, você me dá uma boa sensação. Como uma borracha cheia de ar.

– Onde você arranjou essa coisa, Tony? Dolly nunca me falou dessa coisa... e enorme!

– Por que ela iria lhe falar?

– Tem razão. Meta essa coisa dentro de mim!

– Espera, espera!

– Vamos, eu quero!

– E Dolly? Acha que vai ser a coisa certa a fazer?

– Ela está chorando a mãe agonizante. Não pode usar isso! Eu posso!

– Tudo bem! Tudo bem!

Tony montou nela e meteu.

– É isso aí, Tony. Enterra, enterra.

Tony enterrou. Enterrou devagar e constante, como o braço de uma bomba de óleo. Flub, flub, flub, flub.

– Oh, seu filho da puta! Oh, meu deus, seu filho da puta!

– *Tudo bem agora, Meg! Agora saia desta cama! Você está cometendo um crime contra a decência nativa e a confiança!*

Tony sentiu uma mão no seu ombro e então sentiu quando foi puxado pra fora. Virou-se e olhou para cima. Havia um homem ali parado, com uma camiseta verde e jeans.

– Escuta, você – disse Tony –, que diabos está fazendo em minha casa?

– É Damion! – disse Meg.

– Se vista, irmãzinha! A vergonha ainda irradia de vosso corpo!

– Escuta, aqui, seu filho da puta – disse Tony, deitado na cama.

Meg estava no banheiro, vestindo-se:

– Sinto muito, Damion, eu sinto muito!

– Vejo que cheguei de Detroit bem a tempo – disse Damion. – Mais alguns minutos, e chegaria tarde demais.

– Mais dez segundos – disse Tony.

– É melhor você se vestir também, meu caro – disse Damion, baixando o olhar para Tony.

– Nossa – disse Tony –, acontece que eu moro aqui. Não sei quem deixou você entrar. Mas imagino que se quiser ficar aqui de colhões de fora, tenho o direito.

– Depressa, Meg – disse Damion –, eu tiro você deste antro de pecado.

– Escuta, mamãe – disse Tony, levantando-se e enfiando-se nas cuecas –, sua irmã queria, eu queria, e isso faz dois votos a um.

– Ta-ta – disse Damion.

– Ta-ta coisa nenhuma – disse Tony. – Ela estava para descarregar, e eu também, e você irrompe aqui e interfere numa decisão democrática, impedindo uma boa e anacrônica foda normal!

– Pegue suas coisas, Meg. Vou levar você pra casa imediatamente.

– Sim, Damion.

– Estou com vontade de estourar você, seu empata-foda!

– Por favor, contenha-se. Eu detesto violência!

Tony balançou-se, Damion desapareceu.

– Aqui, Tony.

Damion estava de pé na porta do banheiro. Tony lançou-se contra ele, que tornou a desaparecer.

– Aqui, Tony.

Estava de pé em cima da cama, de sapatos e tudo.

Tony lançou-se do outro lado do quarto, saltou, não encontrou nada na cama e caiu no chão. Levantou-se e olhou em volta.

– Damion, oh, Damion, seu merda, seu moleque, Superman de fábrica de sapatos, onde está você? Oh, Damion! Aqui, Damion! Venha, Damion!

Tony sentiu a porrada na nuca. Seguiu-se um lampejo vermelho, e o débil som de um trumpete tocando. Depois ele caiu de cara no tapete.

Foi o telefone que o trouxe de volta à consciência algum tempo depois. Conseguiu chegar à mesinha de cabeceira onde estava o aparelho, levantou o fone e desabou na cama.

– Tony?

– Sim?

– É Tony?

– Sim.

– Aqui é Dolly.

– Oi, Dolly, que é que há, Dolly?

– Não faça piada, Tony. Mamãe morreu.

– Mamãe?

– Sim, minha mãe. Esta noite.

– Sinto muito.

– Vou ficar para o enterro. Volto depois do enterro.

Tony desligou. Viu o jornal da manhã no chão. Pegou-o e estendeu-se na cama. A guerra nas Falklands continuava. Os dois lados acusavam violações disso e daquilo. Ainda trocavam tiros. Aquela maldita guerra nunca ia acabar?

Tony levantou-se e foi à cozinha. Encontrou um pouco de salame e pasta de fígado na geladeira. Fez um sanduíche de salame e pasta de fígado com mostarda apimentada, tempero, cebola e tomate. Ainda havia uma garrafa de Tuborg. Ele bebeu e comeu o sanduíche à mesa de desjejum. Depois acendeu um cigarro e ficou ali pensando, bem, talvez a velha tivesse deixado algum dinheiro, seria legal, seria legal pra burro. Um cara precisava de um pouco de sorte depois de uma noite dura como aquela.

Bela mãe

A mãe de Eddie tinha dentes de cavalo e eu também, e me lembro de uma vez em que subimos o morro juntos a caminho da loja e ela disse: – Henry, nós dois precisamos de braçadeiras nos dentes. Temos uma aparência pavorosa! Eu subia orgulhoso o morro com ela, e ela usava um vestido justo amarelo, estampado com flores, saltos altos, e rebolava e os saltos faziam clique, clique, clique no cimento. Eu pensava: estou andando com a mãe de Eddie e ela comigo, e estamos subindo o morro juntos. Foi só isso – eu entrei na loja e comprei pão para meus pais, e ela as coisas dela. Só isso.

Eu gostava de ir à casa de Eddie. A mãe dele estava sempre sentada numa cadeira com uma bebida, e cruzava as pernas bem alto e a gente podia ver onde terminavam as meias e começava a carne. Eu gostava da mãe de Eddie, era uma verdadeira dama. Quando eu entrava, ela dizia: "Olá, Henry!" E sorria e baixava a saia. O pai de Eddie também dizia olá. Era um cara grandão, e também ficava ali sentado com uma bebida na mão. Não era fácil arranjar emprego em 1933, e além disso o pai de Eddie não podia trabalhar. Tinha sido aviador na Primeira Guerra Mundial e derrubado. Tinha arames nos braços em vez de ossos, e por isso ficava ali sentado bebendo com a mãe de Eddie. Era escuro ali dentro, quando os dois bebiam, mas a mãe de Eddie ria muito.

Eddie e eu fazíamos aeromodelos, coisas baratas de madeira balsa. Eles não voavam, a gente apenas os movia no ar com as mãos. Eddie tinha um Spad e eu um Fokker. Tínhamos visto "Anjos do Inferno", com Jean Harlow. Eu não via em que Jean Harlow era mais *sexy* que a mãe de Eddie. Claro que não falava da mãe de Eddie com ele. Então notei que Eugene começou a aparecer. Era outro cara que tinha um Spad, mas com ele eu podia falar da mãe de Eddie. Quando a gente tinha oportunidade. Fazíamos bons combates aéreos – dois Spads contra um Fokker. Eu fazia o melhor possível, mas em geral era derrubado. Sempre que me metia em apertos, eu puxava um Immelman. Nós líamos as velhas revistas de aviação, *Flying Aces* era a melhor. Cheguei a escrever algumas cartas para o editor, que respondeu. O Immelman, ele me escreveu, era quase impossível. A tensão sobre as asas era demasiada. Mas às vezes eu tinha de usar um Immelman, especialmente com o cara na minha cauda. Geralmente perdia as asas, mas tinha de escapar.

Quando a gente tinha uma oportunidade longe de Eddie, falava da mãe dele.

– Nossa, que pernas ela tem.
– E gosta de mostrar.
– Cuidado, aí vem Eddie.

Eddie não tinha ideia de que a gente falava assim da mãe dele. Eu sentia um pouco de vergonha, mas não podia evitar. Certamente não queria que ele pensasse na minha mãe daquele jeito. Claro, minha mãe não tinha aquela aparência. A mãe de ninguém tinha. Talvez tivesse alguma coisa a ver com aqueles dentes de cavalo. Quer dizer, a gente olhava e via aqueles dentes de cavalo, meio amarelados, e depois baixava os olhos e via aquelas pernas cruzadas alto, um pé virando e chutando. É, eu também tinha dentes de cavalo.

Bem, Eugene e eu continuamos indo lá para as batalhas aéreas, e eu usava meu Immelman e minhas asas eram arrancadas fora. Embora tivéssemos outra brincadeira e Eddie participasse dessa também. Éramos dublês de pilotos de avião e carro de corrida. A gente ia lá e corria grandes riscos, mas de algum modo sempre voltávamos. Muitas vezes pousávamos no pátio à frente de nossas casas. Cada um tinha uma casa e uma esposa, e as esposas estavam à nossa espera. Descrevíamos como elas se vestiam. Não usavam muita coisa. A de Eugene era a que usava menos. Na verdade, tinha um vestido com um grande buraco cortado na frente. Ela recebia Eugene na porta assim. Minha esposa não era tão ousada, mas também não usava muita coisa. A gente fazia amor o tempo todo. Fazia amor com as esposas o tempo todo. Nunca era bastante para elas. Enquanto estávamos fora, trabalhando como dublês e arriscando nossas vidas, elas ficavam em casa esperando e esperando por nós. E elas amavam só a nós, ninguém mais. Às vezes a gente tentava esquecê-las e voltar às escaramuças. Era como Eddie dizia: quando falávamos de mulheres tudo que fazíamos era deitar na grama e não fazer nada mais. O máximo que fazíamos é que Eddie dizia: "Olha, eu tenho um!" E aí eu rolava de barriga para cima e mostrava o meu e depois Eugene mostrava o dele. Era assim que a gente passava a maioria das tardes. A mãe e o pai de Eddie ficavam lá bebendo e de vez em quando ouvíamos a mãe de Eddie rir.

Um dia, Eugene e eu fomos lá, berramos por Eddie e ele não saiu.
— Ei, Eddie, pelo amor de deus, saia daí!
Eddie não saiu.
— Tem alguma coisa errada lá dentro – disse Eugene.
— Eu sei que tem alguma coisa errada lá dentro.
— Talvez alguém tenha sido assassinado.
— É melhor a gente dar uma olhada lá dentro.
— Acha que a gente deve?
— É melhor.
A porta de tela abriu-se e entramos. Estava escuro como de hábito. Aí ouvimos uma única palavra:
— Merda!
A mãe de Eddie estava deitada na cama, bêbada. As pernas para cima e o vestido levantado. Eugene agarrou meu braço:
— Nossa, olha só aquilo!
Era lindo, deus, era lindo, mas eu estava assustado demais para apreciar direito. E se alguém entrasse e nos

pegasse ali olhando? O vestido dela estava bem levantado, e ela bêbada.

– Vamos, Eugene, vamos dar o fora daqui!

– Não, vamos ver. Eu quero olhar ela. Olha só aquilo tudo aparecendo!

Eu me lembrei de uma vez que pedi carona e uma mulher me deu. Tinha a saia erguida acima da cintura, bem, quase até a cintura. Eu desviei os olhos, baixei os olhos, com medo. Ela simplesmente conversava comigo, enquanto eu olhava pelo para-brisa e respondia às perguntas. "Aonde está indo?" "Belo dia, não?" Mas eu estava com medo. Não sabia o que fazer, mas tinha medo de que, se fizesse, haveria encrenca, ela gritaria ou chamaria a polícia. Por isso de vez em quando furtava uma olhada e desviava os olhos. Ela acabou me deixando saltar.

Eu estava com medo em relação à mãe de Eddie também.

– Escuta, Eugene, eu vou embora.

– Ela está bêbada, nem sabe que a gente está aqui.

– O filho da puta foi embora – ela disse da cama. – Foi embora e levou meu filho, meu bebê...

– Está falando – eu disse.

– Está arriada – disse Eugene –, não sabe de nada.

Aproximou-se da cama.

– Veja isso.

Pegou a saia dela e puxou mais para cima. Puxou mais para cima até a gente ver a calcinha. Era cor-de-rosa.

– Eugene, eu vou embora.

– Covarde!

Eugene ficou simplesmente parado ali, olhando as coxas e a calcinha dela. Ficou ali parado um longo tempo. Depois tirou o pau para fora. Ouvi a mãe de Eddie gemer. Mexeu-se um pouco na cama. Eugene chegou mais perto. Tocou a coxa dela com a ponta do pau. Ela tornou a gemer. Então Eugene gozou. Esguichou o esperma pela coxa dela toda, e parecia muito. Aí a mãe de Eddie disse *"Merda!"* e de repente se sentou na cama. Eugene passou correndo por mim na porta e eu me virei e corri também. Eugene bateu na geladeira na cozinha, voltou e saltou pela porta de tela afora. Eu o segui e descemos a rua correndo. Corremos até minha casa, lá na estrada, descemos a estradinha de acesso, entramos na garagem e fechamos a porta.

– Acha que ela viu a gente? – perguntei.
– Não sei. Eu esporrei toda a calcinha cor-de-rosa dela.
– Você é louco. Por que fez isso?
– Fiquei excitado. Não pude evitar. Não pude me conter.
– A gente vai pra cadeia.
– Você não fez nada. Eu esporrei na perna dela toda.
– Eu estava olhando.
– Escuta – disse Eugene –, acho que vou pra casa.
– Tudo bem, vá.

Fiquei olhando-o subir a estradinha de acesso e depois atravessar a rua para sua casa. Saí da garagem. Atravessei o quintal, entrei em meu quarto e fiquei lá sentado esperando. Não havia ninguém em casa. Fui ao banheiro, tranquei a porta e pensei na mãe de Eddie deitada na cama daquele jeito. Só que imaginei que tirava a calcinha cor-de-rosa dela e metia. E ela gostava...

Esperei o resto da tarde e durante todo o jantar que alguma coisa acontecesse, mas nada aconteceu. Fui para meu quarto depois do jantar e fiquei lá sentado esperando. Então chegou a hora de dormir e eu me deitei na cama esperando. Ouvi meu pai roncando no quarto ao lado, e ainda esperava. Aí dormi.

No dia seguinte era domingo e eu vi Eugene no seu gramado da frente com uma espingarda de ar comprimido. Havia duas palmeiras na frente da casa e ele tentava matar alguns dos pardais que viviam lá em cima. Já tinha pegado dois. Eles tinham dois gatos, e toda vez que um dos pardais caía na grama, as asas batendo, um dos gatos corria e encaçapava.

– Não aconteceu nada – eu disse a Eugene.

– Se não aconteceu até agora, não vai acontecer – ele disse. – Eu devia ter comido ela. Me arrependo agora de não ter comido.

Pegou outro pardal e o bicho veio abaixo, e um gato cinza muito gordo, de olhos amarelo-esverdeados, pegou-o e correu com ele para trás da sebe. Eu atravessei a rua de volta à minha casa. Meu velho me esperava na varanda da frente. Parecia zangado.

– Escuta, quero que você se ponha a trabalhar aparando a grama. *Já*!

Fui à garagem e peguei o aparador. Primeiro aparei a estradinha de acesso, depois passei para o gramado da frente. O aparador era duro, velho e difícil de manejar. Meu velho ficou lá de pé, com um ar zangado, me observando, enquanto eu passava o aparador pela grama embaraçada.

Dor de vagabundo

O poeta Victor Valoff não era um poeta muito bom. Tinha fama local, era simpático às senhoras e sustentado pela esposa. Vivia fazendo recitais em livrarias locais, e muitas vezes era ouvido na Estação de Rádio Pública. Lia com uma voz alta e dramática, mas o tom jamais variava. Victor estava sempre no clímax. Acho que era isso que atraía as senhoras. Alguns de seus versos, tomados separadamente, pareciam ter força, mas quando considerados em conjunto a gente via que Victor não estava dizendo nada, só que dizia nada ruidosamente.

Mas Vicki, que como a maioria das senhoras se encantava facilmente com idiotas, insistia em ouvir Valoff recitar. Era uma quente noite de sexta-feira, numa livraria feminista-lésbica-revolucionária. Não se pagava entrada. Valoff lia de graça. E haveria uma exposição de sua arte após o recital. A arte de Valoff era muito moderna. Uma ou duas pinceladas, geralmente em vermelho, e um trecho de um epigrama numa cor contrastante. Inscrevia-se um exemplo de sabedoria, tipo:

> Verde céu volta pra mim,
> Eu choro cinza, cinzento, cinza, cinzento...

Valoff era inteligente. Sabia que havia duas maneiras de dar a ideia de cinzento.

Fotos de Tim Leary penduradas em volta. Cartazes de IMPEACHMENT PARA REAGAN. Eu não ligava para os cartazes de IMPEACHMENT PARA REAGAN. Valoff levantou-se e dirigiu-se à plataforma, uma meia garrafa de bebida na mão.

– Veja – disse Vicki –, veja aquele rosto! Como ele sofreu!

– É... – eu disse – e agora quem vai sofrer sou eu.

Valoff tinha um rosto bastante interessante – em comparação com a maioria dos poetas. Mas em comparação com os poetas, quase todo mundo tem.

Victor Valoff começou:

"A leste do Suez de meu coração
começa um zumbir zumbir zumbir
escuro ainda, ainda escuro
e de repente o Verão volta pra casa
varando em linha reta como
quarto zagueiro penetra na última jarda
de meu coração!"

Victor gritou o último verso, e ao fazer isso alguém perto de mim disse:

– *Lindo!*

Era uma poeta feminista local que se cansara dos negros e agora trepava com o doberman em seu quarto. Tinha cabelos ruivos em tranças, olhos mortiços, e tocava bandolim quando lia sua obra. Grande parte de sua obra falava alguma coisa sobre as pegadas de um bebê morto na areia. Era casada com um médico que jamais estava por perto (pelo menos tinha o bom senso de não assistir a recitais de poesia). O marido dava-lhe uma boa pensão para sustentar sua poesia e alimentar o doberman.

Valoff continuou:

"Docas e patos e derivativo dia
fermentam por trás de minha
testa da maneira mais impiedosa
ó, da maneira mais impiedosa.
Eu cruzo trôpego a luz e a treva..."

– Nesse ponto eu tenho de concordar com ele – eu disse a Vicki.
– Por favor, cale a boca – ela respondeu.

"Com mil pistolas e
mil esperanças
saio à varanda de minha mente
para matar mil Papas!"

Peguei uma cerveja destampada e tomei uma boa golada.
– Escute – disse Vicki –, você sempre se embebeda nesses recitais. Não pode se conter?
– Eu me embebedo em meus próprios recitais – eu disse. – Também não suporto as minhas coisas.
– *Viscosa piedade* – prosseguia Valoff – *é isso que somos, viscosa piedade, viscosa viscosa viscosa piedade.*
– Ele vai falar sobre um corvo – eu disse.
– *Viscosa piedade* – continuou Valoff – *e o corvo nunca mais...*
Dei uma risada. Valoff reconheceu a risada. Baixou o olhar para mim.
– Senhoras e senhores – disse –, na plateia hoje temos o poeta Henry Chinaski.
Ouviram-se leves vaias. Eles me conheciam. "Porco sexista!" "Bebum!" "Filho da puta!" Tomei outro gole.
– Por favor, prossiga, Victor – eu disse.
Ele prosseguiu:

"...condicionado sob o montículo da coragem
o iminente retângulo mesquinho falsificado não
é mais que um gene em Gênova
um quádruplo Quetzalcoatl
e a chinesa chora agridoce e bárbara
dentro de seu regalo!"

– É lindo – disse Vicki –, mas de que é que ele está falando?

– Está falando em chupar uma xoxota.

– É o que eu pensava. É um belo homem.

– Espero que ele chupe xoxota melhor do que escreve.

"dor, nossa, minha dor,
esta dor de vagabundo,
estrelas e listras de dor,
cataratas de dor
ondas de dor,
dor com desconto
por toda parte..."

– "Esta dor de vagabundo" – eu disse. – Gosto disso.

– Ele parou de falar em chupar xoxota?

– Parou, agora diz que não se sente bem.

"...uma dúzia de frade, um primo de primo
toma a estreptomicina
e, propício, engole meu
gonfalon.
Eu sonho o plasma de carnaval
do outro lado do couro frenético..."

– Agora que é que ele está dizendo? – perguntou Vicki.

– Disse que está se preparando pra chupar xoxota de novo.

– De novo?

Victor leu mais um pouco e eu bebi mais um pouco. Então ele pediu um intervalo de dez minutos e o público foi reunir-se ao pé do pódio. Vicki foi também. Eu sentia calor e saí à rua para esfriar. Havia um bar a meia quadra. Pedi uma cerveja. Não estava cheio demais. Na TV, passava um jogo de basquete. Fiquei vendo o jogo. Claro, não me importava quem ganhasse. Meu único pensamento era: meu deus, como correm de um lado para outro, de um lado para outro. Aposto que estão com as colhoneiras encharcadas, aposto que estão com um fedor pavoroso no cu. Tomei outra cerveja e voltei para o antro da poesia. Valoff já estava de volta. Eu podia ouvi-lo meia quadra rua abaixo:

"Sufoca, Columbia, e os cavalos mortos de
minha alma
saúdem-me nos portões
saúdem-me dormindo, Historiadores
vejam esse terníssimo Passado
saltado com
sonhos de gueixas, mortos treinados com
importunismo!"

Encontrei minha poltrona junto a Vicki.
– Que ele está dizendo agora? – ela me perguntou.
– Na verdade não está dizendo muita coisa. Basicamente, o que está dizendo é que não consegue dormir à noite. Precisa arranjar um emprego.
– Está dizendo que deve arranjar um emprego?
– Não, sou eu que estou dizendo isso.

"...o lemming e a estrela cadente são
irmãos, a disputa do lago
é o El Dorado de meu
coração. Venha tomar minha cabeça, venha tomar
meus olhos, me surre com uma espora..."

– Agora, que é que ele está dizendo?
– Está dizendo que precisa de uma mulher grande e gorda pra bater nele.
– Não seja engraçadinho. Ele está dizendo mesmo isso?
– Nós dois dizemos isso.

"...eu podia comer o vazio,
eu podia disparar cartuchos de amor na escuridão
eu podia pedir à Índia tua palha
recessiva..."

Bem, Victor seguia e seguia, e seguia. Uma pessoa sã da cabeça levantou-se e saiu. O resto de nós ficou.

"...eu digo: arrastem os deuses mortos
pela grama áspera!
digo que a palma é lucrativa
digo: veja, veja, veja
em torno de nós:
todo amor é nosso
toda vida é nossa
o sol é nosso cão na ponta da correia
nada pode derrotar-nos!
foda-se o salmão!
só temos de estender a mão,
só temos de arrastar-nos para fora das
óbvias sepulturas,
a terra, a sujeira,
a esperança trançada de enxertos em nossos próprios
sentidos. Nada temos a receber e nada a
dar, temos apenas de
começar, começar, começar...!"

– Muito obrigado – disse Victor – por estarem aqui.

Os aplausos foram ruidosos. Sempre aplaudiam. Victor estava imenso em sua glória. Ele ergueu a mesma garrafa de cerveja. Conseguiu até enrubescer. Depois deu um sorrisinho, um sorrisinho muito humano. As senhoras adoraram aquilo. Dei um último gole em minha garrafa de uísque.

Victor estava cercado. Dava autógrafos e respondia a perguntas. A seguir viria sua exposição. Consegui tirar Vicki dali e descemos a rua de volta ao carro.

– Ele recita com força – ela disse.

– É, tem uma boa voz.
– O que você acha da obra dele?
– Acho pura.
– Acho que você tem ciúmes.
– Vamos parar aqui pra uma bebida – eu disse. – Tem um jogo de basquete.
– Tudo bem – ela disse.

Tivemos sorte. O jogo continuava. Sentamo-nos.

– Uau – disse Vicki –, olha só as pernas compridas desses caras!
– Agora sim, isto é que é assunto – eu disse. – Que vai tomar?
– *Scotch* com soda.

Pedi dois *scotch* com soda e ficamos vendo o jogo. Os caras corriam de um lado para outro, de um lado para outro. Maravilha. Pareciam muito excitados com alguma coisa. O lugar não estava cheio. Parecia a melhor parte da noite.

Não exatamente
Bernadette

Enrolei a toalha em torno do meu pau sangrento e liguei para o consultório do médico. Tive de soltar o fone e discar com uma mão, segurando a toalha com a outra. Enquanto discava, uma mancha vermelha começava a desabrochar na toalha. Falei com a recepcionista do médico.

– Oh, Sr. Chinaski, que foi agora? Os tapa-ouvidos se perderam dentro dos ouvidos de novo?

– Não, agora é um pouco mais sério. Preciso de uma consulta imediata.

– Que tal amanhã de tarde às quatro horas?

– Srta. Simms, é uma emergência.

– De que tipo?

– Por favor, eu preciso ver o médico já.

– Tudo bem. Venha e vamos tentar encaixá-lo.

– Obrigado, Srta. Simms.

Improvisei uma bandagem temporária rasgando uma camisa limpa e enrolando-a em torno do pênis. Por sorte, tinha um pouco de esparadrapo, mas estava velho e amarelado, e não grudava muito bem. Tive alguma dificuldade em vestir a calça. Parecia ter uma gigantesca tesão. Só pude fechar parte do zíper. Dirigi-me ao carro, entrei e fui ao consultório do médico. Quando deixei o estacionamento, choquei duas velhas que saíam do optometrista que ficava no andar de baixo. Consegui entrar no elevador e subir ao terceiro andar. Vi umas pessoas vindo pelo corredor, dei-lhes as costas e fingi tomar um gole no bebedouro. Depois percorri o corredor e entrei no consultório. A sala de espera estava cheia de gente sem problemas de fato – gonorreia, herpes, sífilis, câncer e essas coisas. Dirigi-me à recepcionista.

– Ah, Sr. Chinaski...

– Por favor, Srta. Simms, nada de piadas! É uma emergência, eu lhe garanto. Depressa!

– O senhor pode entrar assim que o doutor acabar com o atual paciente.

Fiquei parado junto à divisória que separava a recepcionista do resto de nós, esperando. Assim que o paciente apareceu, eu corri para dentro do consultório.

– Chinaski, que é isso?

– Emergência, doutor.

Tirei os sapatos e as meias, as calças e a cueca, e joguei-me de costas na mesa.

– O que você tem aí? É uma senhora bandagem.

Não respondi. Tinha os olhos fechados e sentia o médico puxando a bandagem.

– Sabe – eu disse –, conheci uma garota numa cidadezinha. Estava no início da adolescência, e se masturbava com uma garrafa de coca. Enfiou-a lá dentro e não conseguiu tirá-la. Teve de ir ao médico. O senhor sabe como são as cidadezinhas. A coisa se espalhou. A vida da garota ficou arruinada. Ela era repelida. Ninguém queria nada com ela. A garota mais bonita da cidade. Acabou casando com um anão numa cadeira de rodas, com uma espécie de paralisia.

– Isso é coisa velha – disse o médico, puxando o resto da bandagem. – Como foi que isso aconteceu?

– Bem, ela se chamava Bernadette, vinte e dois anos, casada. Tem cabelos louros compridos que vivem caindo no rosto e precisam ser afastados.

– Vinte e dois anos?

– É, usava blue jeans.

– Tem um talho meio sério aí.

– Ela bateu na porta. Perguntou se podia entrar. "Claro", eu disse. "Estou cheia", ela disse, e correu para o meu banheiro, deixou a porta meio aberta, baixou os jeans e a calcinha, sentou e começou a fazer xixi. AH! NOSSA!

– Calma, estou esterilizando o ferimento.

— Sabe, doutor, o juízo chega no diabo de uma hora... quando a juventude se foi, a tempestade acabou e as garotas já foram embora.

— É verdade.

— AU! AH! NOSSA!

— Por favor, tem de ser limpo direito.

— Ela saiu e me contou que na noite passada na festa dela eu não tinha resolvido o problema do caso de amor infeliz dela. Que em vez disso eu tinha embebedado todo mundo, tinha caído numa roseira. Que eu tinha rasgado minhas calças, caído para trás, batido a cabeça numa pedra grande. Alguém chamado Willy tinha me levado pra casa e minhas calças tinham caído e depois a cueca, mas eu não tinha resolvido o problema do caso de amor dela. Disse que o caso estava acabado de qualquer modo, e pelo menos eu tinha dito umas coisas pesadas.

— Onde conheceu essa garota?

— Eu fiz um recital de poesia em Venice. Conheci ela depois num bar ao lado.

— Pode me recitar um poema?

— Não, doutor. Como eu ia dizendo, ela disse "Estou *cheia*, cara!" e se sentou no sofá. Eu me sentei numa cadeira defronte. Ela tomou sua cerveja e me contou: "Eu amo ele, você sabe, mas não consigo nenhum contato, ele não quer conversar. Eu digo a ele: *fale* comigo! Mas, por deus, ele não fala. Diz: 'Não é você, é outra coisa'. E fim de papo."

— Agora, Chinaski, vou lhe dar uns pontos. Não vai ser agradável.

— Sim, doutor. Seja como for, ela passou a falar da vida dela. Disse que tinha sido casada três vezes. Eu disse que ela não aparentava tanto gasto assim. E ela disse: "Não? Bem, já estive no hospício duas vezes". E eu disse: "Você também?" E ela disse: "Você também esteve num hospício?" E eu disse: "Não, só algumas mulheres que conheci".

— Agora — disse o médico — só uma linhazinha. Só isso. Um trabalhinho de bordado.

— Oh, merda, não tem outro jeito?

— Não, o corte é sério.

— Ela disse que tinha se casado com quinze anos. Chamavam ela de puta por sair com o cara. Os pais chamavam ela de puta, por isso ela se casou com o cara pra chatear eles. A mãe era uma bêbada, entrando e saindo de hospícios. O pai vivia batendo nela. OH! DEUS! POR FAVOR, VÁ COM CALMA!

— Chinaski, você tem mais problemas com mulheres do que qualquer homem que eu já conheci.

— Aí ela conheceu um sapatão. O sapatão levou ela pra um bar homossexual. Ela deixou o sapatão e foi com um rapaz homossexual. Moraram juntos. Brigavam pela maquilagem. OH! DEUS! TEM DÓ! Ela roubava o batom dele, depois ele roubava o dela. Aí ela se casou com ele...

— Isso vai levar muitos pontos. Como foi que aconteceu?

— Estou contando ao senhor, doutor. Eles tiveram um filho. Depois se divorciaram e ele se mandou e deixou ela com a criança. Ela arranjou um emprego, contratou uma babá, mas o emprego não pagava muito e depois de pagar a babá não restava muita coisa. Ela tinha de sair à noite e se prostituir. Dez paus por um rabo. Isso continuou por algum tempo. Ela não estava conseguindo nada. Aí, um dia, no trabalho... trabalhava pra Avon... ela se pôs a gritar e não podia parar. Levaram ela pra um hospício. DEVAGAR! DEVAGAR! POR FAVOR!

— Como era o nome dela?

— Bernadette. Ela saiu do hospício, veio pra Los Angeles, conheceu Karl e se casou com ele. Disse que gostava de minha poesia e admirava o modo como eu dirigia meu carro na calçada a oitenta quilômetros por hora depois de meus recitais. Depois disse que estava com fome e se ofereceu pra me pagar um hambúrguer com fritas, por isso fomos de carro ao McDonald's. POR FAVOR, DOUTOR! VÁ MAIS DEVAGAR, OU ENTÃO PEGUE UMA AGULHA MAIS FINA OU QUALQUER OUTRA COISA.

– Estou quase acabando.

– Bem, nós nos sentamos à mesa com os hambúrgueres, batatas fritas, café, e aí Bernadette me falou da mãe dela. Estava preocupada com a mãe. Também estava preocupada com as duas irmãs. Uma das irmãs era muito infeliz, e a outra era simplesmente burra e satisfeita. E depois tinha o filho dela, e ela estava preocupada com a relação de Karl com o menino...

O médico deu um bocejo e outro ponto.

– Eu disse a ela que estava carregando um peso grande demais, que deixasse algumas daquelas pessoas se virarem por si mesmas. Depois notei que ela tremia e pedi desculpas por ter dito isso. Peguei uma das mãos dela e comecei a alisar. Depois alisei a outra. Deslizei as mãos dela pelos meus pulsos acima, para dentro das mangas do paletó. "Desculpe", disse a ela. "Acho que você se *interessa*. Não tem nada errado com isso."

– Mas como aconteceu? Esta coisa?

– Bem, quando conduzi Bernadette escada abaixo, tinha a mão na cintura dela. Ela ainda parecia uma ginasiana... cabelos compridos louros e sedosos; lábios muito sensíveis e sexy. A única forma da gente saber do inferno era olhando os olhos dela. Estavam em perpétuo estado de choque.

– Por favor, chegue logo ao fato – disse o médico. – Estou quase acabando.

– Bem, quando chegamos à minha casa, tinha um idiota parado na calçada com um cachorro. Pedi a ela que parasse o carro um pouco adiante. Ela estacionou em fila dupla e eu puxei a cabeça dela para trás e dei-lhe um beijo. Dei um beijo demorado, depois recuei e dei outro. Ela me chamou de filho da puta. Eu pedi que ela desse uma chance a um velho. Dei outro beijo, longo. "Isso não é beijo, cara", ela disse, "isso é sexo, é quase um estupro!"

– *Então* aconteceu?

– Eu saltei e ela disse que me ligava dentro de uma semana. Entrei em casa e aí aconteceu.

– Como?

– Posso ser franco com o senhor, doutor?

– Claro.

– Bem, olhando o rosto e o corpo dela, o cabelo, os olhos... ouvindo ela falar, depois os beijos, tudo isso me deixou excitado.

– E daí?

– Daí eu peguei o vidro. Encaixa perfeitamente em mim. Meti no vidro e me pus a pensar em Bernadette. Ia indo bem, quando o diabo da coisa quebrou. Eu já tinha usado várias vezes antes, mas acho que desta vez eu estava com uma excitação terrível. Ela é uma mulher tão sexy...

– Jamais, jamais enfie essa coisa em qualquer coisa feita de vidro.

– Eu vou ficar bem, doutor?

– Vai, vai poder usá-lo de novo. Teve sorte.

Eu me vesti e saí. A coisa ainda incomodava dentro da cueca. Subindo Vermont de carro, parei numa mercearia. Estava sem comida em casa. Saí empurrando o carrinho, pegando hambúrguer, pão, ovos.

Um dia vou ter de contar a Bernadette meu acidente. Se ela ler isto, vai saber. A última coisa que eu soube foi que ela e Karl tinham ido para a Flórida. Ela ficou grávida. Karl queria o aborto. Ela não. Separaram-se. Ela continua na Flórida. Está morando com o amigo de Karl, Willy. Willy faz pornografia. Ele me escreveu há duas semanas. Ainda não respondi.

Uma senhora ressaca

A esposa de Kevin passou-lhe o telefone. Era sábado de manhã. Ainda estavam na cama.
– É Bonnie – ela disse.
– Alô, Bonnie.
– Está acordado, Kevin?
– É, é.
– Escuta, Kevin, Jeanjean me contou.
– Contou o quê?
– Que você levou ela e Cathy para dentro do armário, tirou as calcinhas delas e cheirou as pererecas delas.
– Cheirei as pererecas?
– Foi o que ela disse.
– Pelo amor de Deus, Bonnie, está tentando fazer graça?
– Jeanjean não mente sobre essas coisas. Ela disse que você levou Cathy e ela para dentro do armário, tirou as calcinhas delas e cheirou as pererecas delas.
– Agora espere um minuto, Bonnie!
– Espere o *diabo*! Tom está furioso, está ameaçando matar você. E eu acho horrível, inacreditável! Mamãe acha que eu devo chamar meu advogado.

Bonnie desligou. Kevin baixou o telefone.
– Que é? – perguntou sua esposa.
– Escuta, Gwen, não é nada.
– Você está pronto pro café?
– Acho que não consigo comer.
– Kevin, que é que há?
– Bonnie está dizendo que eu levei Jeanjean e Cathy para dentro do armário, tirei as calcinhas delas e cheirei as pererecas.

– Ora, vamos!

– Foi o que ela disse.

– E você fez isso?

– Nossa, Gwen, eu estava bebendo. A última coisa que me lembro da festa é que fiquei parado no gramado da frente, olhando a lua. Era uma lua enorme, eu nunca tinha visto uma maior.

– E não se lembra da outra coisa?

– Não.

– Você apaga quando está bêbado, Kevin. Você sabe que apaga quando está bêbado.

– Não acho que tenha feito nada assim. Não molesto crianças.

– As menininhas de oito e dez anos são muito engraçadinhas.

Gwen entrou no banheiro. Quando saiu, disse:

– Queira Deus que tenha acontecido. Daria graças a Deus que tivesse acontecido!

– Quê?

– Estou falando sério. Isso podia conter você um pouco. Podia fazer você pensar duas vezes sobre a bebida. Podia até fazer você desistir de beber inteiramente. toda vez que você vai a uma festa, tem de beber mais que todo mundo, tem de se encharcar. Depois, sempre faz alguma coisa idiota e repugnante, embora em geral, até agora, tenha sido com uma adulta.

– Gwen, isso tudo tem de ser alguma espécie de brincadeira.

– Não é brincadeira. Espere até enfrentar Cathy, Jean-jean, Tom e Bonnie!

– Gwen, eu amo aquelas meninas.

– Quê?

– Oh, merda, esqueça.

Gwen entrou na cozinha e Kevin entrou no banheiro. Jogou água fria no rosto e se olhou no espelho. Que aparência teria um abusador de crianças? Resposta: a de todo mundo, até lhe dizerem que é um.

Kevin sentou-se para fazer cocô. Fazer cocô parecia tão seguro, tão confortável. Certamente aquilo não tinha acontecido. Ele estava em seu próprio banheiro. Ali estava sua toalha, ali estava sua esponja, ali estava o papel higiênico, ali estava a banheira, e sob seus pés, macio e quente, o tapete do banheiro, vermelho, limpo, confortável. Kevin acabou, limpou-se, deu descarga, lavou as mãos como um homem civilizado e foi para a cozinha. Gwen preparava o *bacon*. Ela serviu-lhe uma xícara de café.

– Obrigado.
– Mexidos?
– Mexidos.
– Casados há dez e você sempre diz "mexidos".
– Mais surpreendente ainda: você sempre pergunta.
– Kevin, se isso se espalha, você perde o emprego. O banco não vai querer um gerente de setor que abusa de crianças.
– Acho que não.
– Kevin, a gente precisa se reunir com as famílias envolvidas. Temos de nos sentar e discutir essa coisa.
– Isto está parecendo uma cena de *O Poderoso Chefão*.
– Kevin, você está numa séria encrenca. Não há como contornar isso. Você está encrencado. Ponha seu pão na torradeira. Empurre devagar, senão salta, está com um problema na mola.

Kevin pôs o pão. Gwen pôs o *bacon* com ovos no prato.
– Jeanjean é meio sacana. É exatamente como a mãe. Admira que não tenha acontecido antes. Não estou dizendo que isso seja desculpa.

Sentou-se. A torrada saltou e Kevin entregou uma fatia a ela.

– Gwen, quando a gente não se lembra de uma coisa é muito estranho. É o mesmo que nunca ter acontecido.
– Alguns assassinos também esquecem o que fizeram.
– Você não está comparando isso com um assassinato.
– Pode afetar seriamente o futuro das duas meninas.

— Muita coisa pode.

— Eu teria de imaginar que seu comportamento foi destrutivo.

— Talvez tenha sido construtivo. Talvez elas tenham gostado.

— Faz tempo pra burro – disse Gwen – que você cheirou minha perereca.

— Está certo, se meta na história.

— Eu estou nela. A gente vive numa comunidade de vinte mil pessoas e uma coisa dessas não vai ficar em segredo.

— Como é que vão provar? É a palavra de duas meninas contra a minha.

— Mais café?

— Sim.

— Eu pretendia comprar molho de tabasco. Sei que você gosta dele nos ovos.

— Você sempre esquece.

— Eu sei. Escuta, Kevin, acabe seu café. Demore o quanto quiser pra comer. Me desculpe. Preciso fazer uma coisa.

— Tudo bem.

Ele não tinha certeza de que amava Gwen, mas viver com ela era confortável. Ela cuidava de todos os detalhes, e os detalhes era que punham um homem doido. Ele passou bastante manteiga na torrada. Manteiga era um dos últimos luxos do homem. Os automóveis um dia iam ficar caros demais para se comprar, e todo mundo teria de simplesmente ficar sentado comendo manteiga e esperando. Os Filhos de Jesus que falavam do fim do mundo pareciam melhores a cada dia. Kevin acabou sua torrada e Gwen voltou.

— Tudo bem, está acertado. Liguei pra todo mundo.

— Que quer dizer?

— Vai ter uma reunião dentro de uma hora na casa de Tom.

— Casa de Tom?

— É, Tom, Bonnie, os pais e Bonnie e o irmão e a irmã de Tom... vão estar todos lá.

— As crianças vão estar?
— Não.
— E o advogado de Bonnie?
— Está com medo?
— Você não estaria?
— Não sei. Eu nunca cheirei a perereca de uma menina.
— Por que diabos não?
— Porque isso não é decente nem civilizado.
— E aonde sua civilização decente nos levou?
— Acho que a homens como você que levam meninas pra dentro de armários.
— Você parece estar gostando disso.
— Não sei se aquelas meninas vão lhe perdoar um dia.
— Você quer que eu peça o perdão delas? Tenho de fazer isso? Por uma coisa que eu nem me lembro?
— Por que não?
— Deixe que esqueçam. Por que forçar a questão?

◆ ◆ ◆

Quando Kevin e Gwen pararam o carro diante da casa de Tom, Tom se levantou e disse:
— Aí estão eles. Agora vamos manter a calma. Há uma maneira decente, justa, de resolver isso. Somos todos seres humanos maduros. Podemos resolver tudo entre nós. Não é preciso chamar a polícia. Ontem à noite eu queria matar Kevin. Agora só quero ajudá-lo.

Os seis parentes de Jeanjean e Cathy ficaram sentados esperando. A campainha tocou. Tom abriu a porta.
— Oi, pessoal.
— Oi — disse Gwen. Kevin não disse nada.
— Sentem-se.

Eles se aproximaram e sentaram-se no sofá.
— Bebem alguma coisa?
— Não — disse Gwen.
— *Scotch* com soda — disse Kevin.

Tom preparou a bebida, entregou-a a Kevin. Kevin virou-a de vez, enfiou a mão no bolso para pegar um cigarro.

– Kevin – disse Tom –, nós decidimos que você deve procurar um psicólogo.

– Não um psiquiatra?

– Não, um psicólogo.

– Tudo bem.

– E achamos que você deve pagar qualquer terapia que Jeanjean e Cathy venham a precisar.

– Tudo bem.

– Vamos manter isso em segredo, por você e pelas crianças.

– Obrigado.

– Kevin, só tem uma coisa que a gente gostaria de saber. Somos seus amigos. Temos sido amigos há anos. Só uma coisa. *Por que você bebe tanto?*

– Diabos, não sei. Acho que o principal é que simplesmente fico de saco cheio.

Um dia de trabalho

Joe Mayer era escritor *freelance*. Estava de ressaca e o telefone acordou-o às nove horas da manhã. Ele levantou-se e atendeu.

– Alô?
– Oi, Joe. Como vai indo?
– Oh, lindo.
– Lindo, é?
– É.
– Vicki e eu acabamos de nos mudar pra nossa nova casa. Ainda não temos telefone. Mas posso lhe dar o endereço. Tem uma caneta à mão?
– Só um minuto.

Joe tomou o endereço.

– Não gostei daquele conto seu em *Anjo Quente*.
– Tudo bem – disse Joe.
– Não quero dizer que não gostei, quero dizer que não gostei em comparação com a maioria das outras coisas suas. A propósito, sabe onde anda Buddy Edwards? Griff Martin, que editava *Histórias Quentes,* está procurando ele. Achei que talvez você soubesse.
– Não sei onde ele está.
– Acho que talvez esteja no México.
– Pode ser.
– Bem, escuta, passo aí pra ver você breve.
– Claro.

Joe desligou. Pôs dois ovos numa panela d'água, pôs água do café para ferver e tomou um Alka Seltzer. E voltou para a cama.

O telefone tornou a tocar. Ele se levantou e atendeu.
– Joe?

– Sim?
– Aqui é Eddie Greer.
– Ah, sim.
– Queremos que você faça um recital beneficente...
– Que é?
– Pro I.R.A.
– Escuta, Eddie, eu não me ligo em política nem religião, nem seja lá no que for. Realmente não sei o que está acontecendo por lá. Não tenho TV, não leio jornais... nada disso. Não sei quem está certo ou errado, se é que isso existe.
– A Inglaterra está errada, cara.
– Não posso fazer recital pro I.R.A., Eddie.
– Tudo bem então...

Os ovos estavam prontos. Ele se sentou, descascou-os, pôs pão na torradeira e diluiu o Sanka com água quente. Comeu os ovos e a torrada e tomou dois cafés. Depois voltou para a cama.

Já ia dormir quando o telefone tornou a tocar. Levantou-se e atendeu.

– Sr. Mayer?
– Sim?
– Eu me chamo Mike Haven, sou amigo de Stuart Irving. Nós publicamos juntos em *Mula de Pedra,* quando *Mula de Pedra* era editada em Salt Lake City.
– Sim?
– Eu cheguei de Montana e fico aqui uma semana. Estou no Hotel Sheraton na cidade. Gostaria de fazer uma visita e conversar com você.
– Hoje é um mau dia, Mike.
– Bem, talvez eu possa passar depois, esta semana.
– É, por que não liga depois?
– Sabe, Joe, eu escrevo como você, poesia e prosa. Quero levar alguns trabalhos meus e ler pra você. Você vai ficar surpreso. Meu material é realmente forte.
– Ah, é?
– Você vai ver.

Depois foi o carteiro. Uma carta. Joe leu-a:

Caro Sr. Mayer:
Peguei seu endereço com Sylvia, a quem o senhor escrevia, para Paris, há muitos anos. Sylvia ainda está viva em San Francisco, e ainda escreve seus poemas doidos, proféticos e angelicais. Estou morando em Los Angeles agora e adoraria ir visitar o senhor! Por favor, diga-me quando estaria bem para o senhor.

amor, Diana.

Ele despiu o roupão e vestiu-se. O telefone tornou a tocar. Ele foi até lá, olhou-o e não atendeu. Saiu, entrou no carro e dirigiu-se a Santa Anita. Dirigia devagar. Ligou o rádio e sintonizou uma música sinfônica. Não estava muito nublado. Desceu o Sunset, pegou o atalho favorito, subiu o morro em direção a Chinatown, passando pelo Anexo, pelo Little Joe, Chinatown, e pegou o trecho tranquilo ao lado dos pátios da ferrovia, olhando os vagões marrons lá embaixo. Se soubesse pintar, gostaria de pegar aquilo. Talvez os pintasse mesmo assim. Subiu a Broadway e pegou Huntington Drive para ir ao hipódromo. Comprou um sanduíche de carne em conserva e um café, abriu o programa das corridas e sentou-se. Parecia uma boa cartada.

Pegou Rosalina no primeiro a 10 dólares e 80 centavos, Wife's Objection no segundo a 9,20 e cravou-os na dupla diária por 48,40. Teve um ganho de 25 dólares em Rosalina e de cinco em Wife's Objection, e assim faturou 73,20. Perdeu em Sweetott, ficou em segundo com Harbor Point, segundo com Pitch Out, segundo com Brannan, todas apostas na cabeça, e estava com um lucro de 48,20 quando teve um ganho de 20 dólares em Southern Cream, que o levou de volta a 73,20.

Não estava ruim no hipódromo. Só encontrou três conhecidos. Operários de fábrica. Negros. Dos velhos tempos.

A oitava corrida foi o problema. Cougar, que estava pagando 128, corria contra Unconscious, pagando 123. Joe não considerou os outros na corrida. Não conseguia decidir-se. Cougar estava 3 a 5 e Unconscious 7 a 2. Estando com um ganho de 73,20, ele achou que podia se dar ao luxo de apostar no 3 a 5. Apostou 30 dólares. Cougar partiu mole, como se corresse numa vala. Quando chegou na metade da primeira volta, estava dezessete corpos atrás do cavalo da frente. Joe sabia que pegara um perdedor. No fim, seu 3 a 5 ficou cinco corpos atrás e a corrida acabou.

Ele pôs 10 e 10 em Barbizon Jr. e Lost at Sea no nono, perdeu e saiu com 23,20. Era mais fácil colher tomates. Entrou em seu velho carro e voltou devagar...

❖❖❖

Quando entrava na banheira, a campainha da porta tocou. Ele se enxugou e enfiou a camisa e as calças. Era Max Billinghouse. Max tinha vinte e poucos anos, não tinha dentes, era ruivo. Trabalhava como faxineiro e sempre usava blue jeans e uma camiseta branca suja. Sentou-se numa cadeira e cruzou as pernas.

– Bem, Mayer, que é que há?
– Que quer dizer?
– Quero dizer: está sobrevivendo com sua literatura?
– No momento.
– Tem alguma novidade?
– Não desde que você esteve aqui na semana passada.
– Como foi seu recital de poesia?
– Foi tudo bem.
– A turma que vai a recital de poesia é bem falsa.
– A maioria das turmas é.
– Tem algum doce? – perguntou Max.
– Doce?
– É, eu tenho mania de doces. Tenho mania de doces.
– Não tenho nenhum doce.

Max levantou-se e foi até a cozinha. Voltou com um tomate e duas fatias de pão. Sentou-se.

– Nossa, você não tem nada pra comer por aqui.

– Vou ter de ir ao supermercado.

– Sabe – disse Max –, se eu tivesse de ler diante de uma multidão, na verdade insultava eles, ia ferir os sentimentos deles.

– Podia.

– Mas eu não sei escrever. Acho que vou andar por aí com um gravador. Às vezes converso comigo mesmo quando estou trabalhando. Depois posso escrever o que digo e fazer um conto.

Max era homem de hora e meia. Servia para uma hora e meia. Jamais ouvia, só falava. Após uma hora e meia, levantou-se.

– Bem, tenho de ir andando.

– Tudo bem, Max.

Max saiu. Sempre falava das mesmas coisas. Que insultara pessoas num ônibus. Que uma vez se encontrara com Charles Manson. Que um homem estava mais bem servido com uma prostituta que com uma mulher honesta. Tinha sexo na cabeça. Não precisava de roupas novas, de carro novo. Era um solitário. Não precisava das pessoas.

Joe foi à cozinha, pegou uma lata de atum e fez três sanduíches. Pegou a garrafa de uísque que vinha poupando e serviu uma boa dose com água. Ligou o rádio na estação de clássicos. "Danúbio Azul." Desligou-o. Acabou os sanduíches. A campainha tocou. Joe foi até a porta e abriu-a. Era Hymie. Hymie tinha um emprego mole em algum lugar de algum governo municipal perto de Los Angeles. Era poeta.

– Escuta – ele disse –, aquele livro que estava pensando, *Antologia de Poetas de Los Angeles,* vamos esquecer.

– Tudo bem.

Hymie sentou-se.

– Precisamos de um novo título. Acho que eu tenho. *Perdão aos Fomentadores da Guerra*. Pense nisso.

– Acho que gosto – disse Joe.

– E podemos dizer: "Este livro é para Franco, Lee Harvey Oswald e Adolf Hitler". Ora, eu sou judeu, logo isso exige alguma coragem. Que acha?

– Parece bom.

Hymie levantou-se e fez sua imitação de um judeu gordo típico dos velhos tempos, um judeu muito gordo. Deu uma cuspida e sentou-se. Era muito engraçado. Era o homem mais engraçado que Hymie conhecia. Servia por uma hora. Após uma hora, levantou-se e foi embora. Sempre falava das mesmas coisas. Que a maioria dos poetas era ruim. Que era trágico, tão trágico que tinha graça. Que se ia fazer?

Joe tomou outro bom uísque com água e foi para a máquina de escrever. Bateu duas linhas, e o telefone tocou. Era Dunning no hospital. Dunning bebia muita cerveja. Cumprira seus vinte anos no exército. O pai de Dunning tinha sido editor de uma revistinha famosa. Morrera em junho. A esposa de Dunning era ambiciosa. Pressionara-o para ser médico, muito. Ele conseguira ser quiropata. E trabalhava como enfermeiro tentando economizar oito ou dez mil dólares para uma máquina de raios x.

– Que tal eu aparecer pra tomar umas cervejas com você? – perguntou Dunning.

– Escuta, podemos adiar isso? – perguntou Joe.

– Que é que há? Está escrevendo?

– Mal comecei.

– Tudo bem, eu espero.

– Obrigado, Dunning.

Joe sentou-se à máquina de escrever. Não estava mal. Chegou ao meio da página, quando ouviu passos. Depois uma batida. Abriu a porta.

Eram dois rapazinhos. Um de barba negra, o outro barbeado.

O rapaz de barba disse:

– Vi você em seu último recital.

– Entre – disse Joe.

Entraram. Tinham seis garrafas de cerveja importada, casco verde.

– Vou pegar um abridor – disse Joe.

Ficaram ali sentados mamando a cerveja.

– Foi um bom recital – disse o rapaz de barba.

– Quem foi sua maior influência? – perguntou o sem barba.

– Jeffers. Poemas mais longos. *Tamar. Garanhão Ruão*. Por aí.

– Alguma coisa nova em literatura que lhe interesse?

– Não.

– Dizem que você está saindo da marginalidade, que faz parte do *establishment*. Que acha disso?

– Nada.

Houve outras perguntas do mesmo tipo. Os rapazes não aguentavam mais do que uma cerveja por cabeça. Joe cuidou das outras quatro. Eles partiram em quarenta e cinco minutos.

Mas o sem barba disse, quando saíam:

– A gente volta.

Joe tornou a sentar-se à máquina de escrever com uma nova bebida. Não conseguia bater. Levantou-se e foi ao telefone.

Discou. E esperou. Ela estava em casa. Respondeu.

– Escuta – disse Joe –, me deixa sair daqui. Me deixa ir aí dar uma foda.

– Quer dizer que pretende passar a noite?

– É.

– De novo?

– É, de novo.

– Tudo bem.

Joe foi até o canto da varanda e rampa da garagem. Ela morava três ou quatro casas abaixo. Ele bateu. Lu deixou-o entrar.

Luzes apagadas. Ela estava só de calcinha e levou-o para a cama.

– Deus – ele gemeu.

– Que foi?

– Bem, é tudo inexplicável de certa forma, ou *quase* inexplicável.

– E só tirar a roupa e vir pra cama.

Joe fez isso. Deitou-se. A princípio não sabia se ia funcionar de novo. Tantas noites seguidas. Mas o corpo dela estava ali e era jovem. E os lábios abertos e concretos. Joe flutuava. Era bom estar no escuro. Ele malhou-a bem. Chegou a baixar lá embaixo e meter a língua na xoxota. Depois, quando montou, após quatro ou cinco estocadas, ouviu uma voz...

– Mayer... estou procurando um certo Joe Mayer... Ouviu a voz do senhorio. O senhorio estava bêbado.

– Bem, se ele não está nesse apartamento de frente, verifique aquele de trás. Ele está num ou noutro.

Joe deu quatro ou cinco estocadas até começarem as batidas na porta. Ele escorregou para fora e, nu, foi à porta. Abriu uma janela lateral.

– Sim?

– Ei, Joe! Oi, que anda fazendo, Joe?

– Nada.

– Bem, que tal uma cervejinha, Joe?

– Não – disse Joe.

Bateu a janela lateral e voltou para a cama.

– Quem era? – ela perguntou.

– Não sei. Não reconheci o rosto.

– Me beija, Joe. Não fique aí deitado.

Ele beijou-a, enquanto a lua do sul da Califórnia atravessava as cortinas do Sul da Califórnia. Era Joe Mayer. Escritor *freelance*.

Conseguiu.

O homem que adorava elevadores

Parado na garagem do edifício, Harry esperava que o elevador descesse. Quando a porta se abriu, ouviu a voz de uma mulher às suas costas. "Um momento, por favor!" Ela entrou no elevador e a porta fechou-se. Usava um vestido amarelo, o cabelo armado no alto da cabeça e uns tolos brincos de pérolas penduradas em longas correntes de prata. Um rabo grande, pesadona. Os seios e o corpo pareciam forçar para estourar o vestido amarelo. Tinha os olhos verdes mais claros do mundo, e olhavam-no como se ele fosse transparente. Trazia uma sacola de supermercado, com a palavra *Vons* impressa. Os lábios besuntados de batom. Os lábios muito pintados eram obscenos, quase feios, um insulto. O batom vermelho berrante brilhava, e Harry estendeu a mão e apertou o botão de EMERGÊNCIA.

Deu certo, o elevador parou. Harry aproximou-se dela. Com uma mão, levantou a saia, e olhou as pernas. Umas pernas incríveis, só músculo e carne. Ela pareceu apavorada, paralisada. Ele agarrou-a quando ela soltou a sacola. Latas de legumes, um abacate, papel higiênico, carne embalada e três barras de chocolate espalharam-se pelo chão do elevador. E aí a boca dele estava naqueles lábios. Eles se abriram. Ele baixou a mão e suspendeu a saia. Mantinha a boca na dela, e baixou a calcinha. Depois, em pé, possuiu-a, batendo-a com força contra a parede do elevador. Quando acabou, fechou o zíper, apertou o botão do terceiro andar, e esperou, de costas para ela. Quando a porta se abriu, ele saiu. A porta fechou-se e o elevador se foi.

Harry caminhou até o seu apartamento, enfiou a chave e abriu a porta. Sua esposa, Rochelle, estava na cozinha preparando o jantar.

– Como é que foi? – ela perguntou.
– A mesma merda de sempre – ele disse.
– Jantar em dez minutos – ela disse.

Harry foi ao banheiro, tirou a roupa e tomou uma chuveirada. O trabalho estava lhe dando nos nervos. Seis anos, e não tinha um centavo no banco. Era assim que pegavam a gente – só davam o bastante para a gente se manter vivo, mas nunca para acabar se escapando.

Ensaboou-se bastante, enxaguou-se e ficou ali parado, deixando a água muito quente escorrer pela nuca. Isso tirava o cansaço. Enxugou-se e vestiu o roupão, entrou na cozinha e sentou-se à mesa. Rochelle servia os pratos. Bolinho de carne e molho. Ela fazia bons bolinhos com molho.

– Escuta – ele disse –, me diz uma coisa boa.
– Boa?
– Você sabe.
– A menstruação?
– É.
– Ainda não veio.
– Nossa.
– O café não está pronto.
– Você sempre esquece.
– Eu sei. Não sei o que me faz fazer isso.

Rochelle sentou-se, e começaram a comer sem o café. Os bolinhos de carne estavam bons.

– Harry – ela disse –, podemos fazer um aborto.
– Tudo bem – ele disse –, se for esse o caso, a gente faz.

Na noite seguinte, ele entrou no elevador e subiu sozinho. Foi até o terceiro andar e saltou. Depois deu meia-volta, tornou a entrar e a apertar o botão. Desceu até a garagem, saltou, foi até seu carro e ficou sentado esperando. Viu-a subindo a rampa, desta vez sem as mercadorias. Abriu a porta do carro.

Desta vez ela usava um vestido vermelho, mais curto e mais justo que o amarelo. Tinha os cabelos soltos, e eram compridos. Quase chegavam ao traseiro. Tinha os mesmos brincos tolos e os lábios mais besuntados de batom do que antes. Quando ela entrou no elevador, ele seguiu-a. Subiram, e mais uma vez ele apertou o botão de EMERGÊNCIA. E estava em cima dela, os lábios naquela boca vermelha obscena. Mais uma vez ela não usava meia-calça, só meias vermelhas até os joelhos. Harry baixou a calcinha e meteu. Bateram nas quatro paredes. Durou mais tempo desta vez. Depois Harry fechou o zíper, deu as costas a ela e apertou o botão "3".

Quando abriu a porta, Rochelle cantava. Tinha uma voz terrível, e Harry correu para o chuveiro. Saiu de roupão, sentou-se à mesa.

– Nossa – disse –, demitiram quatro caras hoje, até Jim Bronson.

– Isso é muito ruim – disse Rochelle.

Havia dois bifes com batatas fritas, salada, e pão de alho quente. Nada mal.

– Sabe há quanto tempo Jim estava lá?

– Não.

– Cinco anos.

Rochelle não respondeu.

– Cinco anos – disse Harry. – Eles pouco estão ligando, os sacanas não têm dó.

– Desta vez não esqueci o café, Harry.

Ela curvou-se e beijou-o ao encher a xícara.

– Estou melhorando, está vendo?

– É.

Ela foi sentar-se.

– Meu período começou hoje.

– Quê? É verdade?

– É, Harry.

– Isso é sensacional, sensacional...

– Não quero filho enquanto você não quiser, Harry.

– Rochelle, a gente deve *comemorar*! Uma garrafa de bom vinho. Vou pegar uma depois do jantar.

— Já peguei, Harry.

Harry levantou-se e contornou a mesa. Ficou quase atrás de Rochelle e puxou a cabeça dela para trás com uma mão debaixo do queixo e beijou-a.

— Eu te amo, boneca.

Jantaram. Um bom jantar. E uma boa garrafa de vinho...

◆◆◆

Harry saltou do carro quando ela subia a rampa da garagem. Ela esperou-o, e os dois entraram no elevador juntos. Ela usava um vestido azul e branco, estampado com flores, sapatos brancos, meias curtas brancas. Tinha o cabelo armado no alto da cabeça de novo e fumava um cigarro Benson and Hedges.

Harry apertou o botão de EMERGÊNCIA.

— Espere um minuto, senhor!

Era a segunda vez que Harry ouvia a voz dela. Era um pouco áspera, mas nada má.

— Sim – disse Harry –, que é?

— Vamos pro meu apartamento.

— Tudo bem.

Ela apertou o botão "4", subiram, a porta se abriu e caminharam pelo corredor até o 404. Ela abriu a porta.

— Bela casa – disse Harry.

— Eu gosto. Posso lhe oferecer alguma coisa pra beber?

— Claro.

Ela entrou na cozinha.

— Meu nome é Nana – ela disse.

— Eu sou Harry.

Ela veio com dois drinques e sentaram-se no sofá e beberam.

— Eu trabalho na loja Zody – disse Nana. – Sou balconista da Zody.

— Isso é ótimo.

— Que diabo tem isso de ótimo?

– Quero dizer que é ótimo a gente estar juntos.
– É mesmo?
– Claro.
– Vamos pro quarto.

Harry seguiu-a. Nana acabou sua bebida e pôs o copo vazio sobre a cômoda. Entrou no banheiro. Era um banheiro grande. Ela começou a cantar e a tirar a roupa. Cantava melhor que Rochelle. Harry sentou-se na beira da cama e acabou a sua bebida. Nana saiu do banheiro e deitou-se na cama. Estava nua. O cabelo da xoxota era muito mais escuro que o da cabeça.

– Bem? – disse.
– Oh – disse Harry.

Tirou os sapatos, as meias, a camisa, as calças, a camiseta, a cueca. Depois se meteu na cama ao lado dela. Ela virou a cabeça, e ele beijou-a.

– Escuta – ele disse –, precisamos de todas essas luzes acesas?
– Claro que não.

Nana levantou-se e apagou a lâmpada do teto e do abajur ao lado da cama. Harry sentiu a boca da mulher na sua. Ela enfiava a língua, mexia e retirava. Harry montou nela. Era muito macia, parecia um colchão d'água. Ele beijava e lambia os seios, a boca e o pescoço. Continuou beijando-a por algum tempo.

– Que é que há? – ela perguntou.
– Não sei – ele disse.
– Não está funcionando, é isso?
– Não.

Harry levantou-se e pôs-se a vestir-se no escuro. Nana acendeu a lâmpada de cabeceira.

– Que é você? Um tarado de elevador?
– Não...
– Só consegue em elevadores, é isso?
– Não, não, você foi a primeira, mesmo. Não sei o que deu em mim.

– Mas eu estou aqui agora – disse Nana.

– Eu sei – ele disse, suspendendo as calças. Sentou-se e pôs-se a calçar as meias e os sapatos.

– Escuta, seu filho da puta...

– Sim?

– Quando estiver pronto e me quiser, venha ao meu apartamento, entende?

– Sim, entendo.

Harry estava inteiramente vestido e de pé de novo.

– Não mais no elevador, entende?

– Entendo.

– Se você algum dia me estuprar no elevador de novo, eu chamo a polícia, é uma promessa.

– Tudo bem, tudo bem.

Harry saiu do quarto, atravessou a sala de visita e deixou o apartamento. Foi até o elevador e apertou o botão. A porta abriu-se e ele entrou. O elevador começou a descer. Uma orientalzinha a seu lado. Saia preta, blusa branca, meia-calça, pés miúdos, sapatos de saltos altos. Pele morena, uma simples sugestão de batom. O corpo minúsculo tinha um rabo espantoso, sexy. Olhos castanhos e muito fundos, parecendo cansados. Harry estendeu a mão e apertou o botão de EMERGÊNCIA. Quando se aproximou, ela gritou. Ele deu-lhe uma forte bofetada no rosto, tirou o lenço e enfiou-lhe na boca. Passou um dos braços pela cintura dela, e enquanto ela lhe azunhava o rosto com a mão livre, ele baixou o braço e arrancou-lhe a saia. Gostou do que viu.

Cabeçada

Margie geralmente começava a tocar noturnos de Chopin quando o sol se punha. Morava numa casa grande, recuada da rua, e ao pôr do sol já estava alta de conhaque e uísque. Aos 43 anos, ainda tinha um corpo esbelto, o rosto delicado. O marido morrera jovem, cinco anos antes, e ela vivia em aparente solidão. O marido tinha sido médico, dera sorte no mercado de ações, e o dinheiro investido dava a ela uma renda fixa de dois mil dólares por mês. Boa parte dos dois mil ia para conhaque ou uísque.

Desde a morte do marido, ela tivera dois amantes, mas os dois casos tinham sido vagos e breves. Os homens pareciam sem magia, a maioria era de maus amantes, sexual e espiritualmente. Seus interesses pareciam concentrar-se em novos carros, esportes e televisão. Pelo menos Harry, seu falecido marido, levava-a de vez em quando a um concerto. Deus sabe que Mehta era um regente muito ruim, mas era melhor que ver TV. Margie simplesmente resignara-se a uma existência sem o animal macho. Vivia uma vida tranquila, com seu piano, seu conhaque e seu uísque. E quando o sol se punha, ela precisava muito de seu piano, seu Chopin e seu uísque e/ou conhaque. Começava a acender um cigarro atrás do outro quando chegava a noite.

Margie tinha uma diversão. Um novo casal mudara-se para a casa ao lado. Só que dificilmente seriam um casal. Ele era vinte anos mais velho que a mulher, barbudo, fortão, violento, e parecia meio louco. A mulher com quem vivia também era estranha – macambúzia, indiferente. Quase em estado de sonho. Os dois pareciam ter certa afinidade um com o outro, mas era como se dois inimigos tivessem sido postos juntos. Brigavam continuamente. Margie em geral ouvia primeiro a voz da mulher, depois, de repente e muito alta, ouvia a voz do homem, e a voz do homem gritava umas sórdidas indecências. Às vezes as vozes eram seguidas pelo som de vidro quebrado. Mais frequentemente, porém, via-se o homem sair em seu carro velho, e a vizinhança ficava tranquila por dois ou três dias, até a volta dele. Duas vezes a polícia levara o homem, mas ele sempre voltava.

Um dia Margie viu a foto dele no jornal – o homem era o poeta Marx Renoffski. Ela ouvira falar da obra dele. Foi à livraria no outro dia e comprou todos os livros dele que encontrou. Naquela tarde, misturou a poesia dele com o conhaque e quando escureceu naquela noite ela esqueceu de tocar seus noturnos de Chopin. Depreendeu de alguns poemas de amor que ele vivia com a escultora Karen Reeves. Por algum motivo, Margie não se sentiu tão solitária quanto antes.

A casa era de Karen, e havia muitas festas. Sempre durante as festas, quando a música e as risadas atingiam o auge, ela via o vulto grandão e barbudo de Marx Renoffski emergir do fundo da casa. Ele sentava-se sozinho no quintal com sua garrafa de cerveja, ao luar. Era então que Margie se lembrava de seus poemas de amor e desejava conhecê-lo.

Numa sexta à noite, várias semanas depois de ela ter comprado os livros dele, ouviu-os discutindo aos gritos. Marx estivera bebendo, e a voz de Karen foi-se tornando cada vez mais esganiçada. "Escuta" – ela ouviu a voz de Marx, "qualquer hora que eu quiser uma porra de um drinque, eu tomo uma porra de um drinque!" "Você é a coisa mais desagradável que já aconteceu em minha vida", ela ouviu Karen dizer. Depois, vieram sons de uma briga. Margie apagou as luzes e colou-se na janela. "Porra", ouviu Marx dizer, "continue me atacando que eu lhe dou um pau!"

Viu Marx sair pela porta da frente com sua máquina de escrever. Não era portátil, mas um modelo padrão, e Marx cambaleou pela escada abaixo carregando-a, quase caindo várias vezes. "Vou me livrar de sua cabeça", gritou

Karen. "Vou jogar sua cabeça fora." "À vontade", disse Marx, "jogue fora."

Ela viu Marx pôr a máquina de escrever no carro, e depois um grande e pesado objeto, evidentemente a cabeça, sair voando pela ponta da varanda e cair em seu pátio. O objeto saltou e parou bem debaixo de uma grande roseira. Marx partiu em seu carro. Todas as luzes se apagaram na casa de Karen Reeves, e fez-se silêncio.

Quando Margie acordou na manhã seguinte, eram quinze para as nove. Ela fez sua toalete, pôs dois ovos para cozinhar e tomou um café traçado com conhaque. Foi à janela da frente. O grande objeto de argila continuava debaixo da roseira. Ela voltou, tirou os ovos, esfriou-os debaixo d'água e descascou-os. Sentou-se para comê-los e abriu um exemplar do último livro de poemas de Marx Renoffski, *Um, Dois, Três, Sim. Eu me Amo a Mim*. Abriu-o quase no meio:

> oh, eu tenho esquadrões
> de dor
> batalhões, exércitos de
> dor
> continentes de dor
> ha, ha, ha,
> e
> tenho você.

Margie acabou os ovos, pôs conhaque no segundo café, bebeu-o, vestiu a calça verde listrada, o suéter amarelo, e mais ou menos com a aparência que tinha Katharine Hepburn aos 43 anos, enfiou as sandálias vermelhas e saiu para o pátio da frente. O carro de Marx não estava ali na rua e a casa de Karen parecia muito tranquila. Ela foi até a roseira. A cabeça esculpida jazia de cara para baixo no pé da roseira. Margie sentiu o coração palpitar. Rolou a cabeça com o pé e o rosto olhou-a do chão. Não havia dúvida de que era Marx Renoffski. Ela pegou Marx e, segurando-o cuidadosamente contra o suéter amarelo claro, levou-o para dentro de casa. Colocou-o em cima do piano, serviu-se um conhaque com água, sentou-se e ficou olhando-o enquanto bebia. Marx era áspero e feio, mas muito real. Karen Reeves era uma boa escultora. Margie sentia-se grata a Karen Reeves. Continuou a examinar a cabeça de Marx, via tudo ali: bondade, ódio, medo, loucura, amor, humor, mas via sobretudo amor e humor. Quando a KSUK entrou no ar com o programa de música clássica ao meio-dia, ela pôs o rádio a todo volume e passou a beber com verdadeiro prazer.

Lá pelas quatro horas, ainda tomando conhaque, pôs-se a conversar com ele. "Marx, eu compreendo você. Podia lhe dar uma verdadeira felicidade."

Marx não respondeu, apenas continuou ali em cima do piano. "Marx, eu li seus livros. Você é um homem sensível e talentoso, Marx, e muito engraçado. Eu entendo você, querido, não sou como aquela... aquela outra mulher."

Marx apenas continuou sorrindo, olhando-a com seus olhinhos rasgados.

"Marx, eu podia tocar Chopin pra você... os noturnos, os *études*."

Margie sentou-se ao piano e começou a tocar. Ele estava bem ali. A gente simplesmente *sabia* que Marx jamais via rúgbi na televisão. Provavelmente via Shakespeare, Ibsen e Checov no Canal 28. E como em seus poemas, era um grande amante. Ela serviu-se outro conhaque e continuou tocando. Marx Renoffski ouvia.

Quando Margie acabou seu concerto, olhou para Marx. Ele tinha gostado. Estava certa disso. Levantou-se. Tinha a cabeça de Marx à altura da sua. Curvou-se e deu-lhe um beijinho. Recuou. Ele sorria, sorria o seu sorriso delicioso. Ela tornou a pôr a boca na dele e deu-lhe um beijo lento, apaixonado.

Na manhã seguinte, Marx continuava sobre o piano. Marx Renoffski, poeta, poeta moderno, vivo, adorável e sensível. Ela olhou pela janela da frente. O carro de Marx ainda não estava lá. Ele ia ficar longe. Ia ficar longe daquela... cadela.

Margie voltou-se e falou com ele. "Marx, você precisa de uma boa mulher." Foi à cozinha, pôs dois ovos para cozinhar, traçou o café com uísque. Cantarolou para si mesma. O dia era idêntico ao anterior. Só que melhor. Parecia melhor. Ela leu mais um pouco da obra de Marx. Chegou a escrever um poema:

> esse diviníssimo acidente
> nos reuniu
> juntou
> mesmo que você seja barro
> e eu carne
> nós nos tocamos
> de algum modo nos tocamos

Às quatro da tarde a campainha da porta tocou. Ela foi abrir. Era Marx Renoffski. Estava bêbado.

– Boneca – disse –, sabemos que você pegou a cabeça. Que vai fazer com minha cabeça?

Margie não conseguiu responder. Marx forçou a entrada.

– Tudo bem, onde está a porra dessa coisa? Karen quer ela de volta.

A cabeça estava na sala de música. Marx andou em volta.

– Bela casa você tem aqui. Mora sozinha, não mora?
– Sim.
– Que é que há, tem medo de homem?
– Não.
– Escuta, da próxima vez que Karen me expulsar, acho que venho pra cá. Está bem?

Margie não respondeu.

– Você não respondeu. Isso quer dizer tudo bem. Bem, ótimo. Mas ainda tenho de levar a cabeça. Escuta, eu ouço você tocando Chopin quando o sol se põe. Você tem classe. Gosto de donas de classe. Aposto que bebe conhaque, não?

– Sim.

– Me sirva um conhaque. Três goles em meio copo d'água.

Margie foi à cozinha. Quando voltou com a bebida ele estava na sala de música. Encontrara a cabeça. Encostava-se nela, o cotovelo apoiado no tampo do crânio. Ela entregou-lhe o drinque.

– Obrigado. É..., classe, você tem classe. Você pinta, escreve, compõe? Faz alguma coisa além de tocar Chopin?

– Não.

– Ah – ele disse, erguendo o drinque e virando metade dele. – Aposto que faz.

– Faço o quê?

– Fode. Aposto que é uma grande foda.

– Não sei.

– Bem, eu sei. E não devia desperdiçar isso. Não quero ver você desperdiçar isso.

Marx Renoffski acabou seu drinque e colocou-o em cima do piano junto à cabeça. Aproximou-se dela e agarrou-a. Cheirava a vômito, vinho barato e *bacon*. Pelos de sua barba, parecendo agulhas, espetaram o rosto dela, quando a beijou. Depois ele afastou o rosto e olhou-a com seus olhos miúdos.

– Não vai querer perder a vida, boneca! – Margie sentiu o pênis dele levantar-se contra ela. – Também chupo xoxota. Nunca chupei até os cinquenta anos. Karen me ensinou. Agora sou o melhor do mundo.

– Não gosto de ser apressada – disse Karen, debilmente.

– Ah, isso é ótimo! É isso que eu gosto: *espírito!* Chaplin se apaixonou por Paulette Goddard quando viu ela mordendo uma maçã. Aposto que você morde uma maçã do caralho! Aposto que sabe fazer outras coisas com a boca, sim, sim!

Tornou a beijá-la. Quando se separou, perguntou a Margie:

– Onde é o quarto?
– Por quê?
– Por quê? Porque é onde vamos fazer!
– Fazer o quê?
– Foder, claro!
– Saia de minha casa!
– Não está falando sério?
– Estou falando sério.
– Quer dizer que não quer foder?
– Exatamente.
– Escuta, dez mil mulheres querem ir pra cama comigo.
– Eu não sou uma delas.
– Tudo bem, me sirva outro drinque que eu vou embora.
– Feito.

Margie foi à cozinha, pôs três goles de conhaque em meio copo d'água, voltou e entregou-o a ele.

– Escuta, você sabe quem sou eu?
– Sei.
– Eu sou o poeta Marx Renoffski.
– Eu disse que sabia quem era você.
– Oh – disse Marx, e esvaziou o copo. – Bem, preciso ir. Karen não confia em mim.

– Diga a Karen que eu a acho uma ótima escultora.
– Ah, ééé, claro...

Marx pegou a cabeça, atravessou a sala e dirigiu-se à porta. Margie seguiu-o. Marx parou na porta.

– Escuta, algumas vezes você fica excitada?
– Claro.
– Que é que faz?
– Me masturbo.

Marx empertigou-se.

– Madame, isso é um crime contra a natureza, e, mais importante ainda, contra mim.

Fechou a porta. Ela ficou a observá-lo descer cuidadosamente a calçada levando sua cabeça. Depois ele dobrou e subiu a trilha para a casa de Karen Reeves.

Margie foi à sala de música. Sentou-se ao piano. O sol se punha. Estava bem na hora. Começou a tocar Chopin. Tocou Chopin melhor do que jamais antes.

Pescoço de peru matinal

Às seis da manhã, Barney acordou e começou a estocar o rabo dela com o pau. Shirley fingiu estar dormindo. Barney foi estocando cada vez com mais força. Ela se levantou, foi ao banheiro e urinou. Quando voltou, ele tinha afastado a colcha e estocava o ar por baixo do lençol.

– Veja, boneca – disse. – O Monte Everest!

– Devo fazer o café da manhã?

– Café da manhã uma merda! Volta aqui!

Shirley voltou e ele agarrou a cabeça dela e beijou-a. Tinha o hálito ruim e a barba pior. Ele pegou a mão dela e colocou-a em seu pau.

– Pense em todas as mulheres que gostariam de ter essa coisa!

– Barney, eu não estou a fim.

– Que negócio é esse de não estar a fim?

– Não estou com tesão.

– Vai ficar, boneca, vai ficar!

Dormiam sem pijamas no verão, ele montou nela.

– Se abre, porra! Está doente?

– Barney, por favor...

– Por favor o quê? Eu quero um rabo e vou ter um rabo!

Continuou forçando com o pau até entrar nela.

– Sua puta da porra, eu vou rasgar você!

Barney fodia como uma máquina. Ela não sentia nada por ele. Como podia uma mulher casar-se com um homem daqueles?, perguntava-se. Como podia qualquer mulher viver com um homem daqueles durante três anos? Quando se conheceram, ele não parecia tão... igual à madeira.

– Gosta desse pescoço de peru, garota?

Todo o peso do pesado corpo dele estava em cima dela. Suava. Não lhe deu alívio.

— Vou gozar, boneca, vou GOZAR!

Barney rolou para o lado e se limpou no lençol. Shirley levantou-se, foi ao banheiro e tomou uma ducha. Depois foi à cozinha preparar o café da manhã. Pôs as batatas, o *bacon*, o café. Quebrou os ovos numa tigela e mexeu-os. Estava de chinelas e roupão de banho. O roupão tinha escrito "DELA". Barney saiu do banheiro. Tinha creme de barbear no rosto.

— Escuta, boneca, onde estão aquelas minhas cuecas verdes de listras vermelhas?

Ela não respondeu.

— Escuta, eu lhe perguntei onde estavam as cuecas?

— Não sei.

— Não sabe? Eu estouro meu rabo lá fora de oito a doze horas por dia e você não sabe onde estão minhas cuecas?

— Não sei.

— O café está transbordando! *Olha!*

Shirley apagou a chama.

— Ou você não faz café, ou esquece o café, ou deixa ferver! Ou esquece de comprar *bacon*, ou queima a porra da torrada, ou perde minhas cuecas, ou faz *alguma* porra. Sempre faz *alguma* porra de alguma coisa!

— Barney, não estou me sentindo bem...

— E *sempre* não está se sentindo bem! Quando *diabos* vai começar a se sentir bem? Eu saio e estouro o rabo e você fica por aí deitada lendo revistas o dia todo e sentindo pena de seu rabo macio. Você pensa que é *fácil* lá fora? Compreende que há dez por cento de desempregados? Compreende que vou lutar pelo meu trabalho todo dia, dia após dia, enquanto você se senta numa poltrona sentindo pena de si mesma? E tomando vinho e fumando cigarros e falando com suas amigas? Amigas, amigos, o diabo que seja. Pensa que é *fácil* pra mim lá fora?

— Sei que não é fácil, Barney.

— Você nem quer mais foder comigo.

Shirley jogou os ovos mexidos na caçarola.

– Por que não acaba de se barbear? O café logo vai estar pronto.

– Quer dizer, por que resiste em foder comigo? Essa coisa tem borda de ouro?

Ela mexeu os ovos como garfo. Depois pegou a escumadeira.

– É porque eu não suporto mais você, Barney. Odeio você.

– Me odeia? Que quer dizer?

– Quero dizer que não suporto seu jeito de andar. Não suporto os pelos que saem de seu nariz. Não gosto de sua voz, de seus olhos. Não gosto de sua mente nem do seu jeito de falar. Não gosto de você.

– E você? Que é que você tem para oferecer? Olhe pra você! Não arranjaria emprego num puteiro de terceira classe.

– Já tenho um.

Ele bateu nela então, de mão aberta, no lado do rosto. Ela largou a escumadeira, perdeu o equilíbrio, bateu no lado da pia e recuperou-se. Pegou a escumadeira, lavou-a na pia, voltou e virou os ovos.

– Não quero café – disse Barney.

Shirley apagou todas as bocas do fogão e voltou para o quarto, foi para a cama. Ouviu-o aprontando-se no banheiro. Ela odiava até o jeito como ele espadanava água na pia enquanto se barbeava. E quando ouvia a escova de dentes elétrica, a ideia das cerdas na boca limpando os dentes e gengivas dele a nauseavam. Depois vinha o som do aerossol de cabelo. Depois silêncio. Depois a descarga.

Ele saiu. Ela ouviu-o escolhendo uma camisa no armário. Ouviu as chaves e os trocados dele chocalharem quando ele os colocou nos bolsos das calças. Depois ouviu a cama ceder quando ele se sentou na beira, calçando as meias e os sapatos. Depois a cama rangeu de novo quando se levantou.

Ela deitou-se de barriga, de cara para baixo, olhos fechados. Sentiu-o olhando-a.

– Escuta – ele disse –, só quero lhe dizer uma coisa: se é outro cara, vou matar você. Entendeu?

Shirley não respondeu. Então sentiu os dedos dele em sua nuca. Ele bateu a cabeça dela com força no travesseiro, várias vezes.

– *Me responda!* Entendeu? Entendeu? *Você entendeu?*

– Sim – ela disse. – Entendi.

Ele soltou-a. Saiu do quarto para a sala da frente. Ela ouviu a porta fechar-se, depois ouviu-o descer os degraus. O carro estava na estradinha de acesso, e ela ouviu-o pegar. Depois ouviu o som dele afastando-se. Depois foi o silêncio.

Entra, sai e acaba

O problema de uma chegada às onze horas da manhã e um recital de poesia às oito da noite é que isso às vezes reduz a gente a uma coisa que eles levam para o palco apenas para ser olhada, gozada, abatida, que é o que eles querem – não esclarecimento, mas entretenimento.

O professor Kragmatz me recebeu no aeroporto, conheci seus dois cachorros no carro, conheci Pulholtz (que lia minha obra há anos) e dois jovens estudantes – um especialista em caratê e outro com uma perna quebrada – na casa de Howard. (Howard era o professor que mandara o convite para que eu fizesse o recital.)

Fiquei sentado macambúzio e contrito, tomando cerveja, e aí quase todo mundo, menos Howard, teve de ir para uma aula. Portas bateram, os cachorros latiram e partiram, e as nuvens se fecharam e eu, Howard, a mulher dele e um jovem estudante ficamos sentados por ali. Jacqueline, a esposa de Howard, jogava xadrez com o estudante.

– Consegui um novo estoque – disse Howard.

Abriu a mão com um punhado de pílulas.

– Não. É meu estômago – eu disse. – Fora de forma ultimamente.

Às oito horas, eu subi. "Está bêbado, está bêbado" – ouvia as vozes na plateia. Levava minha vodca com suco de laranja. Dei uma golada de abertura para provocar a repugnância deles. Li durante uma hora.

Os aplausos foram bastante bons. Um jovem se aproximou, trêmulo. – Sr. Chinaski, preciso lhe dizer o seguinte: o senhor é um belo homem! – Apertei a mão dele. – Obrigado, garoto, continue comprando meus livros. – Alguns tinham meus livros e eu fiz desenhos neles. Acabou. Eu tinha vendido o rabo.

A festa depois do recital foi o mesmo de sempre, professores e alunos, suaves e ruidosos. O professor Kragmatz me pegou num canto e começou a fazer perguntas, enquanto as fanzocas deslizavam em torno. Não, eu dizia a ele, não, bem, sim, partes de T. S. Eliot *eram* boas. Éramos duros demais com T. S. Eliot. Pound, sim, bem, estávamos descobrindo que Pound não era exatamente o que pensávamos. Não, eu não me lembrava de nenhum grande poeta americano contemporâneo, me desculpasse. Poesia concreta? Bem, sim, poesia concreta era exatamente igual a qualquer outra coisa concreta. Quê, Céline? Um velho maluco de testículos murchos. Só um livro bom, o primeiro. Como? Sim, claro, já basta. Quer dizer, você não escreveu nem mesmo um, escreveu? Por que empombo com Creeley? Não empombo mais. Creeley construiu um conjunto de obra, isso é mais que os críticos dele fizeram. Sim, bebo, todo mundo não bebe? Como diabos se vai conseguir de outro jeito? Mulheres? Ah, sim, mulheres, ah, sim, é claro. Não se pode escrever sobre hidrantes e tinteiros vazios. Sim, eu sei do carrinho de mão vermelho na chuva. Escuta, Kragmatz, não quero que você me monopolize inteiramente. É melhor eu circular por aí...

Fiquei e dormi na parte debaixo de um beliche, debaixo do garoto que era especialista em caratê. Acordei-o por volta das seis da manhã coçando minhas hemorroidas. Subiu um fedor, e a cachorra que tinha dormido comigo a noite toda começou a fuçar. Virei de costas e fui dormir de novo.

Quando acordei, todo mundo tinha ido embora, menos Howie. Eu me levantei, tomei um banho, me vesti e saí para vê-lo. Ele estava muito doente.

– Meu deus, você é resistente – ele disse. – Tem um corpo de vinte anos.

– Não tomo drogas, estimulantes, muito pouca coisa da pesada a noite passada... só cerveja e erva. Dei sorte – eu disse.

Sugeri uns ovos moles. Howard os pôs no fogo. Começou a escurecer. Parecia meia-noite. Jacqueline telefonou e disse que vinha chegando um tornado do norte. Começou a cair granizo. Comemos nossos ovos.

Aí chegou o poeta do recital da noite seguinte com sua namorada e Kragmatz. Howard correu para o quintal e vomitou os ovos. O novo poeta, Blanding Edwards, se pôs a falar. Era bem intencionado. Falou de Ginsberg, Corso, Kerouac. Depois Blanding Edwards e sua namorada, Betty (que também escrevia poesia), puseram-se a falar um com outro num francês rápido.

Foi ficando mais escuro, relampejava, mais granizo, e o vento, o vento era terrível. Apareceu a cerveja, Kragmatz lembrou a Edwards que tivesse cuidado, tinha de recitar naquela noite. Howard montou em sua bicicleta e saiu pedalando na tempestade para ir ensinar inglês para os calouros na universidade. Jacqueline chegou.

– Cadê Howie?
– Levou seu duas rodas para dentro do tornado – eu disse.
– Ele está bem?
– Parecia um garoto de dezessete anos quando saiu. Tomou duas aspirinas.

O resto da tarde foi esperar e evitar papo literário. Peguei uma carona para o aeroporto. Tinha meu cheque de 500 dólares e minha mochila de poemas. Disse a eles que não precisavam saltar e que um dia eu lhes mandaria um postal.

Entrei na sala de espera e ouvi um cara dizer ao outro:
– Olha só *aquele* cara!

Todos os nativos usavam o mesmo corte de cabelo, as mesmas fivelas nos sapatos de saltos altos, casacos leves, ternos de uma só fileira de botões metálicos, camisas listradas, gravatas que corriam toda a escala do dourado ao verde. Até os rostos eram iguais: narizes, orelhas, bocas e expressões iguais. Lagos rasos cobertos de gelo fino. Nosso avião estava atrasado. Fiquei atrás de uma máquina de café, tomei dois cafés pretos e comi umas bolachas. Depois saí e fiquei parado na chuva.

Partimos com uma hora e meia de atraso. O avião sacudiu e corcoveou. Não havia revista *New Yorker*. Pedi um drinque à aeromoça. Ela disse que não tinha gelo. O piloto nos disse que haveria um atraso no pouso em Chicago. Não conseguiam liberação. Ele era um homem de palavra. Chegamos a Chicago e lá estava o aeroporto, e nós ficamos rodando e rodando, e eu disse:

– Bem, acho que não há nada a fazer. Pedi um terceiro drinque. Os outros começaram a fazer o mesmo. Sobretudo depois que os dois motores tossiram ao mesmo tempo. Eles recomeçaram e alguém riu. Bebemos, e bebemos, e bebemos. Quando já estávamos mais para lá do que para cá, disseram-nos que íamos pousar.

O'Hare de novo. O gelo fino partiu-se. As pessoas corriam de um lado para outro, fazendo perguntas óbvias e recebendo respostas óbvias. Eu vi que meu voo não tinha hora de partida marcada. Eram oito e meia da noite. Liguei para Ann. Ela disse que ia ficar ligando para o aeroporto internacional de Los Angeles para saber a hora da chegada. Perguntou-me como tinha sido o recital. Respondi que era muito difícil enrolar um público de poesia universitário. Só enrolara metade deles. – Ótimo – ela disse. – Nunca confie num homem que usa macacão – eu disse a ela.

Fiquei parado olhando as pernas de uma japonesa por quinze minutos. Depois encontrei um bar. Tinha um negro lá vestido com uma roupa de couro vermelho e gola de pele. Estavam gozando da cara dele, rindo como se ele fosse um besouro se arrastando sobre o balcão. Faziam isso muito bem. Tinham tido séculos de prática. O negro tentava ficar frio, mas estava todo empertigado.

Quando fui checar o voo de novo, um terço do aeroporto estava bêbado. Os penteados desfaziam-se. Um homem andava de costas, muito bêbado, tentando cair com a nuca no chão e fraturar o crânio. Todos acendemos cigarros e esperamos, olhando, na esperança de que ele desse uma boa porrada na cabeça. Eu me perguntava qual de nós ia pegar a carteira dele. Vi-o cair, e então a horda saltou para limpá-lo. Ele estava longe demais para me ser de alguma utilidade. Voltei ao bar. O negro sumira. Dois caras à minha esquerda discutiam. Um deles se virou para mim.

– Que é que você acha da guerra?
– Não tem nada de errado com a guerra – respondi.
– Ah é, é?
– É. Quando você entra num táxi, isso é guerra. Quando você compra um pão, é guerra. Quando você compra uma puta, é guerra. Às vezes eu preciso de pão, táxi e puta.
– Ei, caras – disse o homem –, tem aqui um cara que gosta de guerra.

Outro cara se aproximou, vindo da ponta do balcão. Vestia-se como os outros.

– Você gosta de guerra?
– Não tem nada errado com ela; é uma extensão natural de nossa sociedade.
– Quantos anos você esteve lá?
– Nenhum.
– De onde é?
– Los Angeles.
– Bem, eu perdi meu melhor amigo com uma mina de terra. BAM! E ele se foi.
– Não fosse pela graça de Deus, podia ter sido você.
– Não faça piada.
– Andei bebendo. Tem fogo?

Ele pôs o isqueiro na ponta de meu cigarro com óbvia repugnância. Depois voltou para a ponta do balcão.

Partimos no voo das 7h15 às 11h15. Cruzamos o ar. A prostituição da poesia chegava ao fim. Eu ia chegar a Santa Anita na sexta e voltar ao romance. A Filarmônica de Nova York se apresentava com Ives no domingo. Havia uma chance. Pedi outro drinque.

As luzes se apagaram. Ninguém conseguia dormir, mas todo mundo fingiu. Eu não me dei o trabalho. Tinha um assento de janela e fiquei olhando a asa e as luzes lá embaixo. Tudo arrumadinho em belas linhas retas. Ninhos de formigas.

Descemos no Internacional de Los Angeles. Ann, eu te amo. Espero que meu carro pegue. Espero que a pia não esteja entupida. Estou feliz por não ter comido uma fanzoca. Estou feliz por não ser muito bom em me meter na cama com estranhas. Estou feliz por ser um idiota. Estou feliz por não saber nada. Estou feliz por não ter sido assassinado. Quando olho para minhas mãos e elas ainda estão nos pulsos, penso comigo mesmo: sou um cara de sorte.

Desci do avião arrastando o casaco de meu pai e minha pilha de poemas. Ann veio ao meu encontro. Olhei o rosto dela e pensei: merda, eu a amo. Que vou fazer? O melhor que podia fazer era bancar o indiferente, depois seguir com ela para o estacionamento. A gente nunca deve deixá-las saber que está ligando, senão elas nos matam. Curvei-me, dei-lhe um beijinho na bochecha.

– Foi bom pra caralho você ter vindo.

– Tudo bem – ela disse.

Saímos de carro do Internacional de Los Angeles. Eu tinha feito meu número sujo. A prostituição da poesia. Eu jamais fazia propostas aos fregueses. Queriam seu prostituto: tinham-no.

– Garota – eu disse a ela –, senti falta de seu rabo mesmo.

– Estou com fome – disse Ann.

Fomos a um lugar chicano na Alvarado com Sunset. Comemos *burritos* com *chili* verde. Acabou-se. Eu ainda tinha uma mulher, uma mulher com quem eu me importava. Uma mágica dessas não é para ser levada na brincadeira. Olhei o cabelo e o rosto dela quando voltamos para casa. Olhei-a de soslaio quando achava que ela não estava vendo.

– Como foi o recital? – ela perguntou.

– O recital foi muito bem – respondi.

Subimos a Alvarado, para o norte. Depois para o Glendale Boulevard. Tudo estava bom. O que eu odiava era que algum dia tudo se reduziria a nada, os amores, os poemas, os gladíolos. Acabaríamos recheados de terra como um *taco* barato.

Ann entrou na estradinha de acesso à nossa casa. Saltamos, subimos os degraus, abrimos a porta e o cachorro saltou em cima da gente. A lua ergueu-se, a casa cheirava a linho e a rosas, o cachorro saltou em cima de mim. Puxei as orelhas dele, dei-lhe palmadas na barriga, ele arregalou os olhos e sorriu.

Eu te amo, Albert

Louie estava sentado no Red Peacock, de ressaca. Quando o garçom do balcão lhe trouxe o drinque, disse:

– Só conheço outra pessoa nesta cidade tão doida quanto você.

– É? – disse Louie. – Isso é legal. É legal pra caralho.

– E ela está aqui agora mesmo – continuou o garçom.

– É? – disse Louie.

– É aquela ali de vestido azul e belo corpo. Mas ninguém chega perto, porque ela é doida.

Louie pegou seu drinque, foi até lá e sentou-se no banquinho junto da garota.

– Oi – disse.

– Oi – ela disse.

Depois ficaram sentados lado a lado bastante tempo sem dizer mais uma palavra um ao outro.

Myra (era o nome dela) acabou estendendo o braço por trás do balcão e puxou uma coqueteleira cheia. Ergueu-a acima da cabeça e fez como se fosse atirá-la no espelho atrás do balcão. Louie pegou o braço dela e disse:

– Não, não, não, não, minha querida!

Depois disso o garçom sugeriu que Myra fosse embora, e quando ela foi Louie acompanhou-a.

Myra e Louie pegaram três garrafas de uísque barato e entraram num ônibus que ia para a casa dele, o Delsey Arms Apartments. Myra tirou um dos sapatos (de saltos altos) e tentou assassinar o motorista do ônibus. Louie conteve-a com um braço, segurando as três garrafas de uísque com a outra. Saltaram do ônibus e foram a pé para a casa dele.

Entraram no elevador e Myra se pôs a apertar os botões. O elevador subiu, desceu, subiu, parou, e ela não parava de perguntar:

– Onde você mora?

E Louie repetia:

– Quarto andar, apartamento número quatro.

Myra continuou apertando os botões, e o elevador subindo e descendo.

– Escuta – ela disse por fim –, estamos nisso há anos. Desculpe, mas preciso fazer xixi.

– Tudo bem – disse Louie –, vamos fazer um acordo. Você deixa os botões comigo e eu deixo você fazer xixi.

– Feito – ela disse, e baixou a calcinha, agachou-se e praticou o ato.

Vendo o fio escorrer no chão, Louie apertou o botão "4". Chegaram. A essa altura, Myra havia-se levantado, puxado a calcinha para cima, e estava pronta para sair.

Entraram no apartamento de Louie e começaram a abrir garrafas. Myra era melhor nisso. Os dois sentaram-se um diante do outro com uns três ou quatro metros de espaço. Louie sentou-se na poltrona junto à janela e Myra no sofá. Myra tinha uma garrafa, Louie outra, e começaram.

Passaram-se quinze ou vinte minutos, e então Myra notou algumas garrafas vazias no chão perto do sofá. Começou a recolhê-las, entrecerrando os olhos, e a jogá-las na cabeça de Louie. Errou todas. Algumas passaram pela janela aberta atrás de Louie, outras bateram na parede e quebraram-se, outras ricochetearam da parede, milagrosamente intactas. Essas Myra recuperou e tornou a jogar nele. Em breve ficou sem garrafas.

Louie saltou de sua poltrona e saiu para o telhado além da janela. Saiu catando as garrafas. Quando já tinha uma braçada delas, tornou a passar pela janela e levou-as de volta a Myra, colocando-as aos pés dela. Depois sentou-se, ergueu sua garrafa e continuou a beber. As garrafas recomeçaram a vir em sua direção. Ele tomou outro drinque, depois outro, e depois não se lembrou mais...

Pela manhã, Myra acordou primeiro, saltou da cama, fez café e trouxe um *coffee royal* para Louie.

— Vamos — disse a ele. — Quero lhe apresentar meu amigo Albert. É uma pessoa muito especial.

Louie tomou o seu *coffee royal,* e os dois fizeram amor. Foi bom. Louie tinha um grande calombo no olho esquerdo. Saltou da cama e vestiu-se.

— Tudo bem — disse —, vamos lá.

Desceram pelo elevador, foram a pé até a Rua Alvarado e tomaram o ônibus para o norte. Seguiram em silêncio por cinco minutos, e aí Myra ergueu o braço e puxou a cordinha. Saltaram, andaram meia quadra e entraram num velho prédio de apartamentos marrom. Subiram um lance de escada, dobraram uma curva para o corredor, e Myra parou no Quarto 203. Ela bateu. Ouviram-se passos e a porta abriu-se.

— Oi, Albert.

— Oi, Myra.

— Albert, quero lhe apresentar Louie. Louie, este é Albert.

Apertaram-se as mãos.

Albert tinha quatro mãos. Também tinha quatro braços para acompanhá-las. Os dois braços de cima tinham mangas, e os de baixo saíam por buracos abertos na camisa.

— Vão entrando — disse Albert.

Numa das mãos, segurava um drinque, um uísque com água. Em outra mão, tinha um cigarro. Na terceira mão, trazia um jornal. A quarta, aquela com a qual ele apertara a de Louie, não se ocupava com nada. Myra foi à cozinha, pegou um copo, serviu uma dose para Louie da garrafa que trazia na bolsa. Depois sentou-se e passou a beber direto da garrafa.

— Que está pensando? — ela perguntou.

— Às vezes, a gente acha que atingiu o fundo do terror, desiste, e mesmo assim não morre — disse Louie.

— Albert estuprou a gorda — explicou Myra. — Devia ter visto ele com esses braços todos em volta dela. Você era uma coisa, Albert.

Albert gemeu e pareceu deprimido.

– Albert saiu do circo de tanto beber, saiu da porra do circo de tanto estuprar e beber. Agora está no seguro-desemprego.

– De alguma forma, nunca consegui me ajustar na sociedade. Não gosto da humanidade. Não tenho o menor desejo de me ajustar, nenhum senso de lealdade, nenhum objetivo de fato.

Albert aproximou-se do telefone. Segurou o fone com uma mão, a Cartela de Corrida Diária na segunda mão, um cigarro na terceira e um drinque na quarta.

– Jack? É. Aqui é Albert. Escuta, quero Crunchy Main, dois na cabeça no primeiro. Me dê Blazing Lord, dois cruzados no quarto. Hammerhead Justice, cinco no sétimo. E Noble Flake, cinco na cabeça e cinco placê no nono.

Desligou.

– Meu corpo me rói de um lado e meu espírito do outro.

– Como vai indo nos cavalinhos, Albert? – perguntou Myra.

– Estou quarenta paus na frente. Tenho um novo jogo. Bolei numa noite em que não conseguia dormir. A coisa toda se abriu para mim como um livro. Se eu melhorar mais, não vão aceitar meu jogo. Claro que eu podia ir no hipódromo e fazer as apostas lá, mas...

– Mas o quê, Albert?

– Ah, pelo amor de deus...

– Que quer dizer, Albert?

– QUERO DIZER QUE AS PESSOAS FICAM OLHANDO! PELO AMOR DE DEUS, SERÁ QUE NÃO ENTENDE?

– Sinto muito, Albert.

– Não sinta. Não quero sua piedade!

– Tudo bem. Nada de piedade.

– Eu devia lhe dar umas porradas por ser tão burra.

– Aposto que você podia me bater pra valer mesmo, Albert. Com todas essas mãos.

– Não me tente – disse Albert.

Acabou o seu drinque, afastou-se e preparou outro. Depois sentou-se. Louie não tinha dito nada. Achava que devia dizer alguma coisa.

– Você devia entrar no boxe, Albert. Essas duas mãos extras... você seria um terror.

– Não seja engraçadinho, babaca.

Myra serviu outro drinque para Louie. Ficaram sentados calados. Então Albert ergueu o olhar. Olhou para Myra.

– Está fodendo com esse cara?

– Não, não estou, Albert. Eu te amo, você sabe disso.

– Eu não sei de nada.

– Você sabe que eu te amo, Albert. – Ela levantou-se e sentou-se no colo dele. – Você é tão sensível. Eu não tenho pena de você, Albert, eu te amo.

Beijou-o.

– Também te amo, boneca – disse Albert.

– Mais do que a qualquer outra mulher?

– Mais do que todas as outras mulheres!

Tornaram a beijar-se. Um beijo terrivelmente longo. Quer dizer, terrivelmente longo para Louie, que ficou ali sentado com seu drinque. Ele ergueu a mão e tocou o enorme calombo acima de seu olho esquerdo. Depois as tripas deram uma volta e ele foi ao banheiro e deu uma longa e demorada cagada.

Quando saiu, Myra e Albert estavam de pé no centro da sala, beijando-se. Louie sentou-se e pegou a garrafa de Myra e ficou olhando. Enquanto os dois braços de cima seguravam Myra num abraço, as duas de baixo levantavam o vestido dela até a cintura e enfiavam-se dentro da calcinha. Quando a calcinha desceu, Louie tomou outro gole da garrafa, colocou-a no chão, levantou-se, foi até a porta e saiu.

◆◆◆

De novo no Red Peacock, Louie foi ao banquinho favorito e sentou-se. O garçom do balcão aproximou-se.

— Bem, Louie, como se saiu?
— Se saiu'?
— Com a dona.
— Com a dona?
— Vocês saíram juntos, cara. Você comeu ela?
— Não, na verdade, não...
— Que foi que houve?
— Que foi que houve?
— É, que foi que houve?
— Me dá um *whiskey sour*, Billy.

Billy afastou-se e preparou o drinque. Trouxe-o para Louie. Nenhum dos dois disse nada. Billy foi até a outra ponta do balcão e ficou lá parado. Louie ergueu o drinque e bebeu metade dele. Estava bom. Ele acendeu um cigarro e segurou-o numa mão. Segurava o drinque na outra. O sol entrava pela porta da rua. Não havia nevoeiro do lado de fora. Ia ser um belo dia. Ia ser um dia mais belo do que ontem.

Dança do cachorro branco

Henry pegou o travesseiro, embolou-o atrás da cabeça e ficou esperando. Louise entrou com as torradas, geleia e café. A torrada com manteiga.

– Tem certeza de que não quer dois ovos cozidos? – ela perguntou.

– Não, tudo bem. Está ótimo.

– Devia comer dois ovos cozidos.

– Tudo bem, então.

Louise saiu do quarto. Ele se levantara antes para ir ao banheiro e notara que suas roupas tinham sido penduradas. Coisa que Lita jamais fazia. E Louise era uma foda excelente. Sem filhos. Ele adorava o modo como ela fazia tudo, suavemente, cuidadosamente. Lita estava sempre no ataque – só arestas. Quando Louise voltou com os ovos cozidos, ele perguntou-lhe:

– Que é isso?

– Que é o quê?

– Você até descascou os ovos. Quer dizer, por que seu marido se divorciou de você?

– Ah, espere – ela disse –, o café está fervendo!

E saiu correndo do quarto.

Ele ouvia música clássica com ela. Ela tocava piano. Tinha livros: *O Deus Selvagem,* de Alvarez; *A Vida de Picasso,* de E. B. White; e. e. cummings; T. S. Eliot; Pound; Ibsen; e por aí afora. Tinha até nove livros dele mesmo. Talvez isso fosse o melhor.

Louise voltou e meteu-se na cama, o prato no colo.

– Que foi que deu errado no *seu* casamento?

– Qual deles? Foram cinco!

– O último. Lita.

— Ah. Bem, a menos que estivesse em *movimento,* Lita achava que nada estava acontecendo. Gostava de danças e festas, toda a vida dela girava em torno de danças e festas. Gostava do que chamava de "ficar ligadona". O que significa homens. Dizia que eu restringia os "baratos" dela. Dizia que eu era ciumento.

— Você reprimia ela?

— Acho que sim, mas tentava não fazer isso. Na última festa, saí para o quintal com minha cerveja e deixei ela mandar ver. A casa estava cheia de homens, eu ouvia ela lá dentro berrando *"Iá– rru!Iá Ru! Iá Ru!"* Acho que era só uma garota do interior desinibida.

— Você podia dançar também.

— Acho que sim. Às vezes dançava. Mas ligam o estéreo tão alto que a gente não consegue nem pensar. Eu saía para o quintal. Voltava pra pegar mais cerveja, e lá estava um cara beijando ela debaixo da escada. Eu saía até eles acabarem, depois voltava de novo pra pegar a cerveja. Estava escuro, mas eu achava que tinha sido um amigo, e depois perguntava a ele o que fazia lá embaixo da escada.

— Ela amava você?

— Dizia que sim.

— Sabe, dançar e beijar não é tão mal assim.

— Acho que não. Mas você tinha de ver ela. Tinha uma maneira de dançar como se estivesse se oferecendo em sacrifício. Para estupro. Funcionava muito. Os homens adoravam. Ela tinha trinta e três anos e dois filhos.

— Ela não entendia que você era um solitário. Os homens têm naturezas diferentes.

— Ela nunca levou em conta minha natureza. Como eu disse, se não estivesse em movimento, ela achava que nada acontecia. Fora isso, vivia de saco cheio. "Oh, isso me enche, aquilo me enche. Tomar o café da manhã com você me enche. Ver você escrever me enche. Preciso de desafios."

— Isso não me parece inteiramente errado.

— Acho que não. Mas você sabe, só pessoas que enchem o saco ficam de saco cheio. Têm de viver se cutucando continuamente pra se sentir vivas.

— Como sua bebida, por exemplo?

— É, como minha bebida. Também não posso encarar a vida de frente.

— O problema era só esse?

— Não, ela era ninfomaníaca mas não sabia. Dizia que eu satisfazia ela sexualmente, mas duvido que eu satisfizesse a ninfomania espiritual. Foi a segunda ninfo com quem vivi. Tinha ótimas qualidades fora isso, mas a ninfomania era um vexame. Tanto para mim como pra meus amigos. Eles me puxavam para um lado e diziam: "Que diabos deu nela?" E eu respondia: "Nada, é só uma garota do interior."

— E era?

— Era. Mas a outra coisa era um vexame.

— Mais torrada?

— Não, esta está bem.

— O que era um vexame?

— O comportamento dela. Se tivesse outro homem na sala, ela se sentava tão perto dele quanto possível. Ele se curvava pra apagar o cigarro no cinzeiro no chão, ela se curvava também. Ele virava a cabeça pra olhar alguma coisa, ela virava também.

— Era coincidência?

— Eu pensava assim. Mas acontecia vezes demais. O homem se levantava para atravessar a sala, ela se levantava e ia ao lado dele. Quando ele atravessava a sala de volta, lá vinha ela ao lado dele. Os incidentes eram contínuos e numerosos e, como eu disse, vexatórios tanto pra mim quanto pra meus amigos. E no entanto tenho certeza de que ela não sabia o que fazia, vinha tudo do subconsciente.

— Quando eu era mocinha, tinha uma mulher no bairro com uma filha de quinze anos. A filha era incontrolável. A mãe mandava ela comprar pão, ela voltava oito horas depois com o pão, mas nesse tempo tinha fodido com seis homens.

– Acho que a mãe devia fazer seu próprio pão.
– Acho que sim. A garota não se continha. Assim que via um homem, começava a se rebolar toda. A mãe acabou mandando castrar ela.
– E podem fazer isso?
– Podem, mas é preciso passar por tudo que é processo legal. Não se podia fazer mais nada com ela. Tinha passado a vida grávida.
– Você tem alguma coisa contra a dança? – continuou Louise.
– A maioria das pessoas dança por prazer, pra se sentir bem. Ela passava pra sacanagem. Uma das danças favoritas dela era a Dança do Cachorro Branco. O cara trançava uma das pernas dela entre as dele e mexia pra frente e pra trás como um cachorro com tesão. Outra favorita era a Dança do Bêbado. Ela e o parceiro acabavam no chão, rolando um por cima do outro.
– Ela dizia que você tinha ciúmes da dança dela?
– Era a palavra que ela usava a maioria das vezes: ciúmes.
– Eu dançava no ginásio.
– É? Escuta, obrigado pelo café.
– Tudo bem. Eu tinha um parceiro no ginásio. A gente era os melhores dançarinos da escola. Ele tinha três bagos; eu achava isso um sinal de masculinidade.
– Três bagos?
– É, três bagos. Como eu ia dizendo, a gente sabia mesmo dançar. Eu dava o sinal tocando o pulso dele, e aí a gente saltava e virava em pleno ar, muito alto, e caía de pé. Uma vez, a gente estava dançando, e eu toquei o pulso dele e dei meu salto e virada, mas não caí de pé. Caí de bunda. Ele pôs a mão na boca, ficou me olhando e disse: "Ó, meu deus do céu!" e se mandou. Não me levantou. Era homossexual. Nunca mais dançamos juntos.
– Tem alguma coisa contra homossexuais de três bagos?

— Não, mas nunca mais dançamos.
— Lita era verdadeiramente obcecada pela dança. Entrava em bares desconhecidos e convidava os homens a dançarem com ela. Claro que eles iam. Achavam ela uma foda fácil. Eu não sei se ela fodia ou não. Acho que às vezes fodia. O problema dos homens que dançam ou vivem em bares é que têm uma visão igual à de uma tênia.
— Como sabe disso?
— Eles são apanhados no ritual.
— Que ritual?
— O ritual da energia mal dirigida.

Henry levantou-se e começou a vestir-se.
— Garota, eu tenho de ir.
— Que é isso?
— Tenho de terminar um trabalho. Eu sou, supostamente, um escritor.
— Tem uma peça de Ibsen na TV hoje de noite. Oito e meia. Você vem?
— Claro. Deixei aquele uísque. Não beba todo.

Henry enfiou as roupas, desceu a escada, entrou no carro e dirigiu para casa e sua máquina de escrever. Segundo andar, fundos. Todo dia, enquanto ele batia à máquina, a mulher de baixo batia no teto com a vassoura. Ele escrevia da maneira difícil, sempre tinha sido da maneira difícil: *A Dança do Cachorro Branco*...

Louise ligou às cinco e meia da tarde. Atacara o uísque. Estava bêbada. Embolava as palavras. Não dizia coisa com coisa. A leitora de Thomas Chatterton e D. H. Lawrence. A leitora de nove dos livros dele.
— Henry?
— Sim?
— Oh, aconteceu uma coisa maravilhosa.
— Sim?
— Um rapaz negro veio me visitar. É *lindo*! Mais lindo que você...

— Claro.

— ...mais lindo que você e eu juntos.

— Sim.

— Me deixou tão excitada! Estou a ponto de perder a cabeça!

— Sim.

— Você não liga?

— Não.

— Sabe como passamos a tarde?

— Não.

— Lendo *seus poemas*!

— Oh?

— E sabe o que ele disse?

— Não.

— Disse que seus poemas são *sensacionais*!

— Tudo bem.

— Escuta, ele me deixou muito *excitada*. Não sei o que fazer. Você não vem? Agora? Quero ver você agora...

— Louise, estou trabalhando...

— Escuta, você tem alguma coisa contra negros?

— Não.

— Eu conheço esse garoto há dez anos. Ele trabalhava pra mim quando eu era rica.

— Quer dizer, quando você ainda vivia com seu marido rico.

— Vou ver você depois? Ibsen é às oito e meia.

— Eu lhe informo.

— Por que aquele sacana apareceu? Eu estava bem, e aí ele aparece. Nossa. Estou tão excitada que preciso ver você. Estou ficando maluca. Ele era tão *lindo*.

— Estou trabalhando, Louise. O problema aqui é "Aluguel". Tente entender.

Louise desligou. Tornou a ligar às oito e vinte. Henry disse que continuava trabalhando. E continuava. Depois começou a beber e ficou simplesmente sentado na cadeira, simplesmente sentado na cadeira. Às dez para as dez, ouviu uma batida na porta. Era Booboo Meltzer, o astro de rock número 1 da década de 1970, atualmente desempregado, ainda vivendo de direitos autorais.

– Oi, garoto – disse Henry.

Meltzer entrou e sentou-se.

– Cara – disse –, você é um velho e belo gato. Eu não aguento.

– Calma, garoto, gato está fora de moda, o quente agora é cachorro.

– Tenho um palpite de que você precisa de ajuda, coroa.

– Garoto, nunca foi de outro jeito.

Henry foi à cozinha, pegou duas cervejas, abriu-as e voltou.

– Estou sem xoxota, garoto, o que pra mim é o mesmo que estar sem amor. Não consigo separar as duas coisas. Não sou tão vivo assim.

– Nenhum de nós é vivo, Vovô. Todos precisamos de ajuda.

– É...

Meltzer tinha um tubinho de celuloide. Cuidadosamente, despejou dois montinhos brancos na mesa de café.

– Isso é cocaína, Vovô, *cocaína...*

– Ah, ha.

Meltzer meteu a mão no bolso, puxou uma nota de cinquenta dólares, fez um canudo bem comprimido e enfiou-o no nariz. Apertando a outra narina com um dedo, curvou-se sobre uma das manchas brancas na mesa de café e inalou-a. Depois enfiou a nota de cinquenta dólares na outra narina e cafungou a segunda mancha.

– Neve – disse Meltzer.

– É Natal. Muito apropriado – disse Henry.

Meltzer bateu mais duas manchas e passou os cinquenta. Henry disse:

– Guenta aí, eu uso a minha.

E pegou uma nota de um dólar e cafungou. Uma para cada narina.

– Que acha de *A Dança do Cachorro Branco?* – perguntou Henry.

– Isto aqui é que é "A Dança do Cachorro Branco", disse Meltzer, batendo mais duas carreiras.

– Nossa – disse Henry. – Acho que nunca mais vou ficar de saco cheio. Você não está cheio de mim, está?

– De jeito nenhum – disse Meltzer, cafungando através da nota de cinquenta dólares com toda a força. – Vovô, de jeito nenhum...

Bêbado interurbano

O telefone tocou às três horas da manhã. Francine levantou-se, atendeu e trouxe o telefone para Tony na cama. O telefone era de Francine. Tony atendeu. Era um interurbano de Joanna, de Frisco.

– Escuta – ele disse –, eu disse a você pra nunca me telefonar pra cá.

Joanna estivera bebendo.

– Cala a boca e ouça. Você me deve uma coisa, Tony.

Tony expirou lentamente.

– Tudo bem, manda.

– Como está Francine?

– Bondade sua perguntar. Ela está ótima. Nós dois estamos ótimos. Estávamos dormindo.

– Bem, de qualquer modo, eu fiquei com fome e saí pra comer uma pizza, fui a uma pizzaria.

– É?

– Tem alguma coisa contra pizza?

– Pizza é lixo.

– Ah, você não sabe o que é bom. De qualquer modo, eu me sentei na pizzaria e pedi uma pizza especial. "Me dê a melhor", eu disse a eles. Fiquei lá sentada, e eles trouxeram e disseram que era dezoito dólares. Eu disse que não podia pagar dezoito dólares. Eles riram e se afastaram, e eu comecei a comer a pizza.

– Como estão suas irmãs?

– Não moro mais com elas. As duas me expulsaram. Foram esses interurbanos pra você. Algumas contas de telefone passavam dos duzentos dólares.

– Eu lhe disse pra parar de ligar.

– Cala a boca. Era minha maneira de soltar a pressão devagar. Você me deve uma coisa.

— Tudo bem, vá em frente.

— Bem, como eu ia dizendo, comecei a comer a pizza e a me perguntar como ia pagar. Aí senti sede. Precisava de uma cerveja, e por isso levei a pizza pro balcão e pedi uma cerveja. Bebi e comi mais um pouco de pizza, e depois notei um texano alto parado junto de mim. Devia ter quase dois metros. Me pagou uma cerveja. Estava pondo discos na vitrola automática, só música *country*. O lugar era *country*. Você não gosta de música *country*, gosta?

— Não gosto é de pizza.

— Seja como for, dei um pedaço de pizza ao texano alto e ele me pagou outra cerveja. Ficamos tomando cerveja e comendo pizza até acabar a pizza. Ele pagou a pizza e a gente foi pra outro bar. Dançamos. Ele era bom dançarino. A gente bebia e ia de um bar *country* pra outro. Todo bar que a gente entrava era *country*. A gente tomava cerveja e dançava. Ele era um ótimo dançarino.

— É?

— Finalmente ficamos com fome de novo e fomos a um *drive-in* comer um hambúrguer. Comemos os hambúrgueres e aí, de repente, ele se curvou sobre mim e me beijou. Foi um beijo quente. Uau!

— Oh?

— Eu disse a ele: "Diabos, vamos pra um motel." E ele disse: "Não, vamos pra minha casa." E eu disse: "Não, quero ir prum motel." Mas ele insistiu em ir pra casa dele.

— Havia uma esposa?

— Não, a esposa dele está na cadeia. Matou uma das filhas deles a tiros, de dezessete anos.

— Entendo.

— Bem, ele ainda tinha outra filha. Ela tinha dezoito anos e ele me apresentou a ela e depois fomos pro quarto.

— Eu tenho de ouvir os detalhes?

— Me deixa *falar*! Sou eu que estou pagando este telefonema. Eu paguei *todos* esses telefonemas! Você me deve alguma coisa, logo, me escute!

– Vá em frente.
– Bem, a gente entrou no quarto e tirou a roupa. Ele estava verdadeiramente bêbado, mas tinha o pau terrivelmente roxo.
– Quando os bagos são roxos é que há problema.
– Seja como for, caímos na cama e brincamos um pouco. Mas havia um problema...
– Bêbado demais?
– É. Mas o principal é que ele só sentia tesão quando a filha entrava no quarto ou fazia barulhos... tipo tossir ou usar a descarga no toalete. Qualquer visão ou sinal da filha deixava ele ligado, o cara ficava excitado mesmo.
– Eu compreendo.
– Compreende?
– Sim.
– Seja como for, de manhã ele me disse que eu tinha uma casa pra vida toda, se quisesse. Mais uma pensão de trezentos dólares semanais. Tinha uma casa muito bacana: dois e meio banheiros, três ou quatro aparelhos de TV, uma estante cheia de livros: Pearl S. Buck, Agatha Christie, Shakespeare, Proust, Hemingway, os Clássicos Harvard, centenas de livros de cozinha e a Bíblia. Tinha dois cachorros, um gato, três carros...
– Sim?
– Era só o que eu queria contar a você. Tchau.

Joanna desligou. Tony pôs o fone no gancho, e o telefone no chão. Deitou-se. Esperava que Francine estivesse dormindo. Não estava.

– Que era que ela queria? – ela perguntou.
– Me contou uma história de um cara que comia as filhas.
– Por quê? Por que ela ia lhe contar isso?
– Acho que pensou que me interessaria; além do fato de ter fodido com ele também.
– Você se interessou?
– Na verdade, não.

Francine virou-se para ele e ele passou o braço em torno dela. Os bêbados das três horas da manhã, em todos os Estados Unidos, fitavam as paredes, depois de terem finalmente desistido. Não era preciso ser bêbado para se machucar, para cair sob a mira de uma mulher; mas a gente podia se machucar e se tornar um bêbado. Você podia pensar por algum tempo, sobre tudo quando era jovem, que estava com sorte, e às vezes estava mesmo. Mas havia todo tipo de médias e leis em ação das quais você nada sabia, mesmo quando imaginava que tudo ia indo bem. Uma noite, uma quente noite veranil de quinta-feira, *você* se tornava o bêbado, *você* estava lá fora sozinho num quarto de aluguel barato, e por mais que tivesse visto isso antes, não adiantava, era até pior, porque *você* tinha pensado que não teria de enfrentar aquilo de novo. A única coisa que podia fazer era acender mais um cigarro, servir outra bebida, examinar as paredes descascadas em busca de olhos e lábios. O que homens e mulheres se faziam uns aos outros estava além da compreensão.

Tony puxou Francine para mais perto, comprimiu o corpo tranquilamente contra o dela e ficou ouvindo-a respirar. Era horrível ter de ser sério sobre uma merda daquela de novo.

Los Angeles era muito estranha. Ele ouvia. Os pássaros já haviam despertado, cantando, mas ainda estava escuro como breu. Logo as pessoas estariam se dirigindo para as autoestradas. A gente ouviria as auto-estradas zumbirem, outros carros sendo ligados por toda parte nas ruas. Enquanto isso, os bêbados das três da manhã do mundo estariam deitados em suas camas, tentando em vão dormir, e merecendo esse repouso, se pudessem encontrá-lo.

Como ser editado

Tendo sido, a vida inteira, um escritor marginal, conheci alguns estranhos editores, mas os mais estranhos de todos foram H. R. Mulloch e sua esposa, Honeysuckle. Mulloch, ex-presidiário e ex-ladrão de diamantes, era editor da revista *Falecimento*. Comecei a mandar-lhe poesia, e seguiu-se uma correspondência. Ele dizia que minha poesia o arruinara para a de todos os outros; e eu lhe respondi que também a mim ela arruinara para a de todos os outros. H. R. começou a falar da possibilidade de produzir um livro de meus poemas e eu disse tudo bem, ótimo, vá em frente. Ele escreveu: não posso pagar os direitos autorais, somos pobres como ratos de igreja. Eu respondi: tudo bem, ótimo, esqueça os direitos, eu sou tão pobre quanto o peito murcho de uma rata de igreja. Ele respondeu: espera aí, a maioria dos escritores, bem, eu os conheci, e são completos babacas e seres humanos horríveis. Eu escrevi: tem razão, eu sou um completo babaca e um ser humano horrível. Tudo bem, ele respondeu, eu e Honeysuckle vamos a Los Angeles dar uma conferida em você.

O telefone tocou uma semana e meia depois. Eles estavam na cidade, acabavam de chegar de Nova Orleans, hospedados num hotel da Rua Três cheio de prostitutas, bebuns, batedores de carteira, lavadores de pratos, assaltantes, estranguladores e estupradores. Mulloch adorava a vida inferior, e acho que até amava a pobreza. Por suas cartas, fiquei com a ideia de que H. R. acreditava que a pobreza gerava a pureza. Claro, é o que os ricos sempre quiseram que a gente acreditasse, mas isso já é outra história.

Entrei no carro com Marie e seguimos, primeiro parando para as embalagens de seis cervejas e uma garrafinha de uísque barato. Um homenzinho grisalho de pouco mais de um metro e sessenta estava parado do lado de fora. Vestia azul de operário, mas com um lenço (branco) no pescoço. Na cabeça, usava um sombrero branco de copa muito alta. Marie e eu nos aproximamos. Ele tirava baforadas de um cigarro e sorria.

– Chinaski?

– É – respondi – , e esta aqui é Marie, minha mulher.

– Nenhum homem – ele disse – pode jamais chamar uma mulher de sua. A gente nunca é dono delas, só tomamos de empréstimo por algum tempo.

– É – eu disse –, acho que assim é melhor.

Seguimos H. R. escada acima e por um corredor pintado de azul e vermelho que cheirava a assassinato.

– Foi o único hotel que encontramos na cidade que aceitava os cachorros, um papagaio e nós dois.

– Parece um ótimo lugar – eu disse.

Ele abriu a porta e entramos. Dois cachorros corriam de um lado para outro, e Honeysuckle estava parada no centro da sala com um papagaio no ombro.

– Thomas Wolfe – disse o papagaio – é o maior escritor vivo do mundo.

– Wolfe já morreu – eu disse. – Seu papagaio está errado.

– É um papagaio velho – disse H. R. – Nós temos ele faz muito tempo.

– Há quanto tempo está com Honeysuckle?

– Trinta anos.

– E apenas tomou ela emprestada por algum tempo?

– É o que parece.

Os cachorros corriam em volta e Honeysuckle ficou parada no centro da sala com o papagaio no ombro. Era morena, italiana ou grega, muito magra, com bolsas embaixo dos olhos; tinha um ar trágico, bondoso e perigoso, sobretudo trágico. Pus o uísque e as cervejas na mesa e todo mundo se adiantou para eles. Apareceram copos empoeirados, juntamente com vários cinzeiros. Através da parede à esquerda trovejou de repente uma voz masculina, "Sua puta fodida, eu quero que você coma minha merda!"

Nós nos sentamos e eu servi o uísque pra todos. H. R. me passou um charuto. Eu tirei a embalagem, mordi a ponta fora e acendi.

– Que acha da literatura moderna? – perguntou H. R.

– Na verdade não gosto muito.

H. R. entrecerrou os olhos e me deu um sorrisinho.

– Ah, era o que eu pensava!

– Escuta – eu disse –, por que não tira esse sombrero pra eu ver com quem estou tratando? Você pode ser um ladrão de cavalo.

– Não – ele disse, arrancando o sombrero com um gesto dramático –, mas fui um dos melhores ladrões de diamantes do estado de Ohio.

– É mesmo?

– É.

As garotas bebiam.

– Eu simplesmente adoro meus cachorros – disse Honeysuckle. – Vocês têm cachorros? – ela me perguntou.

– Não sei se gosto deles ou não.

– Ele ama a si mesmo – disse Marie.

– Marie tem uma mente muito penetrante – eu disse.

– Gosto do modo como você escreve – disse H. R. – Sabe dizer muita coisa sem muito babado.

– O gênio talento seja a capacidade de dizer coisas profundas de maneira simples.

– Que é isso? – perguntou H. R.

Eu repeti a declaração e servi mais uísque pro grupo.

– Preciso anotar isso – disse H. R.

Sacou uma caneta do bolso e anotou-a na borda de uma das sacolas de papel pardo em cima da mesa.

O papagaio saltou do ombro de Honeysuckle, atravessou a mesa e subiu em meu ombro esquerdo.

– Legal – disse Honeysuckle.

– James Thurber – disse o papagaio – é o maior escritor vivo do mundo.

– Sacana burro – eu disse ao pássaro.

Senti uma dor aguda na orelha esquerda. O bicho quase a arrancara. Somos todos criaturas muito sensíveis. H. R. destampou mais cervejas. Continuamos bebendo.

A tarde tornou-se noite, e a noite tornou-se meia-noite. Acordei no escuro. Estava dormindo no tapete no centro da sala. H. R. e Honeysuckle dormiam na cama. Marie dormia no sofá. Todos os três roncavam, sobretudo Marie. Eu me levantei e me sentei à mesa. Ainda restava um pouco de uísque. Servi-o e bebi uma cerveja quente. Fiquei ali sentado e bebi mais cerveja quente. O papagaio empoleirava-se nas costas de uma cadeira defronte de mim. De repente, ele saltou e atravessou a mesa por entre os cinzeiros e garrafas vazias e subiu em meu ombro.

– Não diga aquilo – eu lhe disse –, me irrita muito quando você diz aquilo.

– Puta da porra – disse o papagaio.

Eu o peguei pelos pés e coloquei-o de volta na cadeira. Depois me deitei no tapete e fui dormir.

Pela manhã, H. R. Mulloch fez um anúncio.

– Decidi editar um livro com seus poemas. É melhor a gente ir pra casa e começar a trabalhar.

– Quer dizer que compreendeu que eu não sou um ser humano horrível?

– Não – disse H. R. –, não compreendi nada disso, mas decidi ignorar minha opinião e editar você de qualquer jeito.

– Você foi mesmo o melhor ladrão de diamantes do estado de Ohio?

– Ah, sim.

– Sei que cumpriu pena. Como pegaram você?

– Eu fui tão idiota que não quero falar disso.

Eu desci e peguei mais duas embalagens de seis cervejas, voltei e com Marie ajudei H. R. e Honeysuckle a fazerem as malas. Havia caixas especiais para o transporte dos cachorros e do papagaio. Baixamos tudo pela escada para dentro de meu carro, depois nos sentamos e matamos as cervejas. Éramos todos profissionais: ninguém era idiota o bastante para sugerir café da manhã.

– Agora vocês vão nos visitar – disse H. R. – Vamos preparar o livro juntos. Você é um filho da puta, mas a gente pode falar com você. Os outros poetas estão sempre exibindo as plumagens e fazendo um número burro de babaca.

– Você é legal – disse Honeysuckle. – Os cachorros gostam de você.

– E o papagaio – disse H. R.

As garotas ficaram no carro e eu voltei com H. R. para ele devolver a chave. Uma velha de quimono verde, o cabelo pintado de vermelho vivo, abriu a porta.

– Essa é Mama Stafford – me disse H. R. – Mama Stafford, esse é o maior poeta do mundo.

– É mesmo? – perguntou Mama Stafford.

– O maior poeta vivo do mundo – eu disse.

– Por que vocês não entram pra tomar um trago? Parece que estão precisados.

Entramos e cada um engoliu um copo de vinho branco quente. Despedimo-nos e voltamos ao carro...

Na estação ferroviária, H. R. comprou as passagens e embarcou os cachorros e o papagaio no balcão de bagagem. Depois voltou e sentou-se conosco.

– Odeio voar – disse. – Tenho pavor de voar.

Fui pegar uma garrafinha de uísque e a passamos entre nós enquanto esperávamos. Depois começaram a pôr a carga no trem. Ficamos zanzando na plataforma e de repente Honeysuckle saltou em cima de mim e me deu um longo beijo. No fim, enfiou e retirou rapidamente a língua em minha boca. Eu fiquei parado e acendi um charuto, enquanto Marie beijava H. R. Depois H. R. e Honeysuckle embarcaram no trem.

– É um cara legal – disse Marie.

– Querida – eu disse –, acho que você paquerou ele.
– Está com ciúmes?
– Sempre estou.
– Veja, estão na janela, sorrindo pra nós.
– É embaraçoso. Eu queria que a porra do trem fosse embora.

Finalmente o trem se pôs em movimento. Acenamos, é claro, e eles acenaram de volta. H. R. tinha um sorriso satisfeito e feliz. Honeysuckle parecia chorar. Parecia muito trágica. Depois não pudemos mais vê-los. Acabou-se. Eu ia ser editado. *Poemas Seletos*. Demos meia-volta e atravessamos a estação ferroviária.

Aranha

Quando toquei a campainha, ele estava na sexta ou sétima cerveja, e eu fui até a geladeira e peguei uma para mim. Depois voltei e me sentei. Ele parecia realmente na fossa.

– Que é que há, Max?
– Acabei de perder uma. Ela saiu há umas duas horas.
– Não sei o que dizer, Max.

Ele ergueu o olhar.

– Escuta, sei que não vai acreditar nisso, mas não como uma mulher há quatro anos.

Dei uma mamada na minha cerveja.

– Acredito em você, Max. Na verdade, em nossa sociedade há um grande número de pessoas que vão do berço à cova sem comer mulher nenhuma. Ficam sentadas em quartinhos apertados e fazem objetos de papel laminado, que penduram na janela, e ficam vendo o sol batendo neles, vendo eles se virarem no vento...

– Bem, acabo de perder uma. E ela estava bem aqui...
– Me conta como foi.
– Bem, a campainha tocou, e lá estava uma jovem, loura, com um vestido branco e sapatos azuis, e ela disse: "Você é Max Miklovik?" Respondi que era e ela disse que tinha lido minha merda e pediu para entrar. Eu disse que sim, de fato, e deixei ela entrar e ela se dirigiu para uma poltrona no canto e se sentou. Eu fui à cozinha, preparei dois uísques com água, voltei, dei um a ela e fui me sentar no sofá.

– Bonitona? – perguntei.
– Bonitona mesmo, e um corpão, o vestido não escondia nada. Aí ela me perguntou: "Já leu Jerzy Kosinski?" "Li *Pássaro Pintado*", eu disse. "Um escritor horrível." "É um escritor muito bom", ela disse.

Max calou-se, pensando em Kosinski, imagino.

– E aí, que aconteceu?

– Uma aranha tecia uma teia acima dela. Ela deu um gritinho. Disse: "Essa aranha fez cocô em cima de mim."

– E fez mesmo?

– Eu disse a ela que as aranhas não fazem cocô. Ela disse: "Sim, fazem, sim." E eu disse: "Jerzy Kosinski é uma aranha", e ela disse: "Eu me chamo Lyn", e eu disse "Oi, Lyn".

– Belo papo.

– Belo papo. Aí ela disse: "Quero lhe dizer uma coisa." E eu disse: "Manda." E ela disse: "Aprendi a tocar piano aos treze anos com um conde de verdade. O Conde Rudolph Stauffer." "Beba, beba", eu disse a ela.

– Posso pegar outra cerveja, Max?

– Claro, traga uma pra mim.

Quando voltei, ele continuou.

– Ela acabou a bebida e eu fui pegar o copo. Quando estendi a mão, me curvei pra dar um beijo nela. Ela recuou. "Merda, que é um beijinho?", eu perguntei. "As aranhas se beijam." "As aranhas não se beijam", ela disse. Eu não podia fazer nada senão ir preparar mais dois drinques, um pouco mais fortes. Voltei, entreguei a bebida a Lyn e tornei a me sentar no sofá.

– Acho que os dois deviam estar no sofá – eu disse.

– Mas não estávamos. E ela continuou falando. "O Conde", disse, "tinha uma testa alta, olhos de avelã, cabelos cor-de-rosa, longos dedos finos, e vivia cheirando a sêmen."

– Ah.

– Ela disse: "Ele tinha sessenta e seis anos mas era tesudo. Ensinou piano à minha mãe também. Minha mãe tinha trinta e cinco e eu treze, e ele ensinou piano a nós duas."

– Que era que você devia responder a isso? – perguntei.

– Não sei. Por isso disse: "Kosinski não escreve merda nenhuma." E ela disse: "Ele fez amor com minha mãe." E eu disse: "Quem? Kosinski?" E ela: "Não, o Conde." "O

Conde fodeu com você?" perguntei. "Não, ele nunca fodeu comigo. Mas me apalpava em várias partes, me deixava muito excitada. E tocava piano *maravilhosamente.*"

– Como você reagia a isso tudo?

– Bem, falei a ela da época em que trabalhei pra Cruz Vermelha, durante a Segunda Guerra Mundial. A gente saía recolhendo garrafas de sangue. Tinha uma enfermeira, cabelos negros, muito gorda, e depois do almoço ela se deitava na grama com as pernas abertas pro meu lado. Ficava me olhando fixo. Depois que a gente recolhia o sangue, eu levava as garrafas para o depósito. Era frio lá dentro, e as garrafas eram guardadas em pequenos sacos brancos, e às vezes, quando eu as entregava à garota encarregada do quarto de depósito, uma garrafa escorregava do saco e se quebrava no chão. POU! Sangue e vidro pra todo lado. Mas a garota sempre dizia: "Está tudo bem, não se preocupe com isso." Eu achava ela muito bondosa e passei a dar beijos nela quando entregava o sangue. Era muito legal beijar ela dentro daquela geladeira, mas eu nunca conseguia nada com a de cabelos pretos que se deitava na grama depois do almoço e abria as pernas pra mim.

– Você contou isso a ela?

– Contei.

– E que foi que ela disse?

– Disse: "A aranha está descendo! Está descendo pra cima de mim!" "Oh, meu deus!", eu disse, e peguei a *Cartela de Corrida,* abri e peguei a aranha entre o terceiro páreo pra novatos de três anos em mil e duzentos metros e o quarto páreo que tinha um prêmio de cinco mil dólares para cavalos de quatro anos para cima em dois mil metros. Joguei o jornal no chão e consegui dar um beijinho rápido em Lyn. Ela não retribuiu.

– Que foi que ela disse do beijo?

– Disse que o pai dela era um gênio na indústria de computadores e raramente estava em casa, mas de alguma forma descobriu sobre a mãe e o Conde. Pegou ela um dia depois da escola e bateu com a cabeça dela na parede, perguntando por que tinha protegido a mãe. O pai ficou muito furioso quando descobriu a verdade. Terminou parando de bater com a cabeça dela na parede e foi lá dentro e bateu a cabeça da mãe contra a parede. Ela disse que foi horrível, e jamais voltaram a ver o Conde.

– Que foi que você disse a isso?

– Eu disse que um dia encontrei uma mulher num bar e levei ela pra casa. Quando ela tirou a calcinha, tinha tanto sangue e merda que eu não consegui. Ela fedia como um poço de petróleo. Ela me massageou as costas com azeite de oliva e eu lhe dei cinco dólares, meia garrafa de vinho do Porto azedo, o endereço de meu melhor amigo, e mandei embora.

– Isso aconteceu mesmo?

– É. Depois a Lyn me perguntou se eu gostava de T. S. Eliot. Respondi que não. Aí ela disse: "Eu gosto do que você escreve, Max, é tão feio e demente que me fascina. Eu me apaixonei por você. Escrevi uma carta atrás da outra pra você, mas você jamais respondeu." "Desculpa, boneca", eu disse. Ela disse: "Eu fiquei louca. Fui pro México. Me meti em religião. Usava um xale preto e saía cantando nas ruas às três horas da manhã. Ninguém me incomodava. Eu tinha todos os seus livros numa maleta e bebia tequila e acendia velas. Depois conheci um toureiro que me fez esquecer você. Isso durou várias semanas."

– Esses caras arranjam muita xoxota.

– Eu sei – disse Max. – De qualquer modo, ela disse que acabaram se enchendo um do outro, e eu disse: "Deixa eu ser seu toureiro." E ela disse: Você é como todo homem. Só quer foder." "Chupar e foder", eu disse. Me aproximei dela. "Me dê um beijo", disse. "Max", ela disse, "você só quer brincar. Não liga pra *mim.*" "Eu ligo pra mim", respondi. "Se você não fosse um escritor tão grande", ela disse, "nenhuma mulher jamais sequer falaria com você." Vamos foder", eu disse. "Quero que se case comigo", ela disse. "Eu não quero me casar com você", eu disse. Ela pegou a bolsa e foi embora.

– É o fim da história? – perguntei.
– É isso aí – disse Max. – Sem um rabo em quatro anos e perco esse. Orgulho, estupidez, seja lá o que for.
– Você é um bom escritor, Max, mas não é um sedutor.
– Você acha que um bom sedutor teria dado um jeito?
– Claro. Sabe, cada jogada dela deve ser respondida com a resposta certa. Cada resposta certa leva o papo numa outra direção, até que o sedutor tem a mulher acuada num canto, ou, mais adequadamente, estendida.
– Como posso aprender?
– Não tem aprendizado. É um instinto. Você tem de saber o que a mulher está dizendo de fato quando diz outra coisa. Não se pode ensinar.
– Que foi que ela disse mesmo?
– Queria você, mas você não soube como chegar a ela. Não soube construir uma ponte. Fracassou, Max.
– Mas ela leu todos os meus livros. Achava que eu sabia alguma coisa.
– *Agora* ela sabe alguma coisa.
– O quê?
– Que você é um asno burro, Max.
– Sou?
– Todos os escritores são. É por isso que escrevem.
– Que negócio é esse de "é por isso que escrevem"?
– Quero dizer que eles escrevem essas coisas porque não entendem.
– Eu escrevo muitas coisas – disse Max, triste.
– Me lembro de que, quando era menino, li um livro de Hemingway. Um cara vivia indo pra cama com uma mulher e não conseguia, porque amava a mulher e ela o amava. Deus do céu, eu pensei, que livro sensacional. Todos esses séculos, e ninguém escreveu sobre esse aspecto da coisa. Achava que o cara era simplesmente um burro feliz demais pra conseguir. Mais adiante, li no livro que ele tinha perdido os órgãos genitais na guerra. Que decepção.

– Você acha que essa garota vai voltar? – me perguntou Max. – Você devia ter visto aquele corpo, aquele rosto, aqueles olhos.

– Não vai voltar – eu disse, me levantando.

– Mas que faço eu? – perguntou Max.

– Simplesmente continue escrevendo seus pobres poemas, contos e romances...

Deixei-o lá e desci a escada. Nada mais tinha a dizer-lhe. Eram quinze para as oito e eu tinha um jantar. Entrei no carro e fui até o McDonald's, pensando que provavelmente escolheria camarão frito.

A morte do pai I

O velório de meu pai foi um hambúrguer frio. Eu me sentei defronte da casa mortuária, no Alhambra, e tomei um café. Seria um pulo de carro até o hipódromo depois que acabasse. Um homem com um rosto esfolado terrível, óculos muito redondos com lentes grossas, entrou.

– Henry – me disse, e sentou-se e pediu um café.

– Oi, Bert.

– Seu pai e eu nos tornamos grandes amigos. A gente falava muito de você.

– Eu não gostava do meu velho – eu disse.

– Seu pai amava você, Henry. Esperava que você se casasse com Rita. – Era a filha dele. – Ela está saindo com o cara mais legal agora, mas ele não excita ela. Ela parece ter uma queda por impostores. Eu não entendo. Mas deve gostar dele um pouco – disse, animando-se –, porque esconde o filho no armário quando ele chega.

– Vamos, Bert, vamos embora.

Atravessamos a rua e entramos na casa mortuária. Alguém dizia que meu pai tinha sido um bom homem. Me deu vontade de contar a eles o outro lado. Depois alguém cantou. Nós desfilamos diante do caixão. Talvez eu cuspa nele, pensei.

Minha mãe morrera. Eu a enterrara um ano antes, fora às corridas e depois trepara. A fila andou. Aí uma mulher gritou:

– Não, não, não! Ele não pode estar morto!

Enfiou a mão no caixão, ergueu a cabeça dele e beijou-o. Ninguém a deteve. Ela pôs os lábios nos dele. Peguei meu pai e a mulher pelo pescoço e separei-os. Meu pai caiu de volta no caixão e a mulher foi levada para fora, tremendo.

– Era a namorada de seu pai – disse Bert.

– Nada mal – eu disse.

Quando desci os degraus após o serviço, a mulher estava à espera. Correu para mim.

– Você se parece *exatamente* com ele! Você é ele!

– Não – eu disse –, ele está morto, e eu sou mais jovem e melhor.

Ela me abraçou e beijou. Enfiei a língua entre os lábios dela. E recuei.

– Pronto, pronto – disse em voz alta –, se contenha!

Ela tornou a me beijar e desta vez eu enfiei a língua mais fundo. O pênis começou a ficar duro. Vieram uns homens e umas mulheres para levá-la.

– Não – ela disse –, eu quero ir com ele. Preciso conversar com o filho dele!

– Vamos, Maria, por favor, venha conosco!

– Não, não, preciso falar com o filho dele!

– Você se incomoda? – perguntou um homem.

– Tudo bem – eu disse.

Maria entrou em meu carro e fomos para a casa de meu pai. Abri a porta e entramos.

– Dê uma olhada – eu disse. – Pode pegar qualquer coisa dele que queira. Eu vou tomar um banho. Velórios me fazem suar.

Quando voltei, Maria estava sentada na beira da cama de meu pai.

– Oh, está usando o roupão dele!

– Agora é meu.

– Ele simplesmente *adorava* esse roupão. Dei a ele no Natal. Ele tinha tanto orgulho dele! Disse que ia vestir e andar pelo quarteirão pra todos os vizinhos verem.

– Fez isso?

– Não.

– É um ótimo roupão. Agora é meu.

Peguei um maço de cigarros da mesinha de cabeceira.

– Oh, são os cigarros dele!

– Quer um?

– Não.

Acendi um.

– Há quanto tempo conhecia ele?

– Cerca de um ano.

– E não descobriu?

– Descobriu o quê?

– Que ele era um homem ignorante. Cruel. Patriótico. Com fome de dinheiro. Mentiroso. Covarde. Um impostor.

– Não.

– Estou surpreso. Você parece uma mulher inteligente.

– Eu amava seu pai, Henry.

– Quantos anos você tem?

– Quarenta e três.

– Está bem conservada. Tem belas pernas.

– Obrigada.

– Pernas sexy.

Fui à cozinha, peguei uma garrafa de vinho do armário, saquei a rolha, peguei duas taças e voltei. Servi um drinque para ela e entreguei-lhe a taça.

– Seu pai falava muito de você.

– É?

– Dizia que você não tinha ambição.

– Tinha razão.

– É mesmo?

– Minha única ambição é não ser nada, parece a coisa mais sensata.

– Você é estranho.

– Não, meu pai é que era. Me deixa servir outro drinque pra você. É um bom vinho.

– Ele disse que você era um bebum.

– Está vendo, *consegui* alguma coisa.

– Você se parece muito com ele.

– Só na superfície. Ele gostava de ovos moles, eu gosto duros. Ele gostava de companhia, eu gosto de solidão. Ele gostava de dormir à noite, eu gosto de dormir de dia. Ele gostava de cachorros, eu puxava as orelhas deles e enfiava fósforos no rabo deles. Ele gostava do emprego, eu gosto de vagabundar.

Estendi os braços e agarrei-a. Abri os lábios, enfiei a boca na dela e comecei a sugar o ar dos pulmões dela. Cuspi pela garganta dela abaixo e passei o dedo pelo rego da bunda dela. Separamo-nos.

– Ele me beijava com delicadeza – disse Maria. – Me amava.

– Merda – eu disse –, minha mãe só estava há um mês debaixo do chão e ele já estava chupando seus peitos e dividindo o papel higiênico com você.

– Ele me amava.

– Bolas. O medo de ficar só levou ele pra sua vagina.

– Ele dizia que você era um jovem amargo.

– Diabos, sim. Veja o que eu tive como pai.

Suspendi o vestido dela e comecei a beijar as pernas. Comecei nos joelhos. Cheguei à parte interna da coxa e ela se abriu para mim. Mordi-a com força, e ela saltou e soltou um peido.

– Oh, desculpe.

– Está tudo bem – eu disse.

Servi outro drinque para ela, acendi um dos cigarros de meu pai morto e fui à cozinha buscar outra garrafa de vinho. Bebemos por mais uma hora ou duas. A tarde se tornava noite, mas eu estava cansado. A morte era tão chata. Isso era o pior sobre a morte. Era chata. Assim que acontecia, não se podia fazer nada. Não se podia jogar tênis com ela nem transformá-la numa caixa de bombons. Estava ali, como um pneu furado. A morte era estúpida. Enfiei-me na cama. Ouvi Maria tirar os sapatos, a roupa, depois a senti na cama a meu lado. Ela pôs a cabeça em meu peito e senti meus dedos esfregando atrás das orelhas dela. Depois meu pênis começou a subir. Ergui a cabeça dela e pus a boca na dela. Pus delicadamente. Depois peguei a mão dela e a pus em meu pau.

Eu tinha bebido vinho demais. Montei nela. Meti e meti. Chegava na beirinha, mas não conseguia. Estava dando a ela uma longa, suada e interminável foda. A cama rangia e saltava, rebolava e gemia. Maria gemia. Eu a beijava e beijava. Ela abria a boca em busca de ar.

– Deus do céu – disse –, você está me FODENDO MESMO!

Eu só queria acabar, mas o vinho embotara o mecanismo. Acabei rolando para o lado.

– Deus – ela disse. – Deus.

Começamos a nos beijar e começou tudo de novo. Tornei a montar. Desta vez, senti o clímax chegando devagar.

– Oh – eu disse. – Oh, deus!

Finalmente consegui, me levantei, fui ao banheiro, saí fumando um cigarro e voltei à cama. Ela estava quase dormindo.

– Meu deus – ela disse –, você me FODEU mesmo!

Dormimos.

De manhã me levantei, vomitei, escovei os dentes, gargarejei e abri uma garrafa de cerveja. Maria acordou e me olhou.

– A gente fodeu? – perguntou.

– Está falando sério?

– Não. Estou querendo saber. A gente fodeu?

– Não – eu disse. – Não aconteceu nada.

Maria foi ao banheiro e tomou um chuveiro. Cantava. Depois se enxugou e saiu. Me olhou.

– Estou me sentindo como uma mulher que foi fodida.

– Não aconteceu nada, Maria.

Nós nos vestimos e eu a levei a um café na esquina. Ela comeu linguiça com ovos mexidos, torrada de pão de trigo, café. Eu tomei um copo de suco de tomate e comi um bolinho.

– Eu não consigo superar isso. Você se parece com ele.

– Esta manhã, não, Maria, por favor.

Enquanto a observava enfiar os ovos mexidos, linguiça e torrada (coberta de geleia de morango) na boca, percebi que tínhamos perdido o enterro. Tínhamos esquecido de ir ao cemitério ver o velho jogado no buraco. Eu queria ter visto isso. Era a única parte boa da coisa. Não tínhamos nos juntado ao préstito fúnebre, e em vez disso tínhamos ido à casa de meu pai e fumado seus cigarros e bebido seu vinho.

Maria levou um bocado particularmente grande de ovos mexidos amarelo vivo à boca e disse:

— Você deve ter me fodido. Estou sentindo seu sêmen escorrendo pelas minhas pernas.

— Oh, é apenas suor. Está quente esta manhã.

Vi-a enfiar a mão embaixo da mesa e embaixo do vestido. Um dedo voltou. Ela cheirou-o.

— Isso não é suor, é sêmen.

Maria acabou de comer e saímos. Ela me deu seu endereço e eu a levei lá de carro. Estacionei no meio-fio.

— Gostaria de entrar?

— Agora, não. Preciso cuidar das coisas. A herança.

Maria curvou-se e me beijou. Tinha os olhos muito grandes, assustados, azedos.

— Eu sei que você é muito mais jovem, mas eu podia amar você — ela disse. — Tenho certeza de que podia.

Quando chegou à porta, ela se virou. Ambos acenamos. Eu fui à primeira loja de bebidas, peguei meio litro e o *Formulário das Corridas*. Previa um bom dia no hipódromo. Eu sempre me saía melhor depois de um dia de folga.

A morte do pai II

Minha mãe morrera um ano antes. Uma semana após a morte de meu pai, eu estava na casa dele, sozinho. Era em Arcadia, e o mais perto que eu chegara daquela casa em algum tempo fora ao passar pela autoestrada a caminho de Santa Anita.

Eu era desconhecido para os vizinhos. O funeral acabara, e eu me dirigi à pia, enchi um copo d'água, bebi-o, depois saí.

Sem saber que outra coisa fazer, peguei a mangueira, abri a água e comecei a aguar os arbustos. Cortinas correram enquanto eu estava parado no gramado da frente. Depois eles começaram a sair de suas casas. Uma mulher veio do outro lado da rua.

– Você é Henry? – ela me perguntou.

Respondi-lhe que era Henry.

– Conhecíamos seu pai há anos.

Aí o marido aproximou-se.

– Conhecemos sua mãe também – ele disse.

Eu me curvei e fechei a mangueira.

– Não querem entrar? – perguntei.

Eles se apresentaram como Tom e Nellie Miller, e entramos em casa.

– Você é a cara do seu pai.

– É, é o que me dizem.

Sentamo-nos e ficamos olhando uns para os outros.

– Oh – disse a mulher –, ele tinha *tantos* quadros. Devia gostar de quadros.

– É, gostava, né?

– Eu adoro aquele quadro do moinho no pôr do sol.

– Pode ficar com ele.

– Oh, posso?

A campainha tocou. Eram os Gibsons. Eles me disseram que também tinham sido vizinhos de meu pai durante anos.

– Você é a cara do seu pai – disse a Sra. Gibson.

– Henry nos deu o quadro do moinho.

– Isso é ótimo. Eu *adoro* aquele quadro do cavalo azul.

– Pode ficar com ele, Sra. Gibson.

– Oh, não está falando sério.

– Sim, está tudo bem.

A campainha tornou a tocar, e outro casal entrou. Deixei a porta entreaberta. Logo um homem enfiou a cabeça.

– Eu sou Doug Hudson. Minha esposa está no cabeleireiro.

– Entre, Sr. Hudson.

Outros chegaram, a maioria aos pares. Começaram a circular pela casa.

– Vai vender a casa?

– Acho que vou.

– É um bairro adorável.

– Estou vendo.

– Oh, eu *adoro* aquela moldura, mas não gosto do quadro.

– Leve a moldura.

– Mas que vou fazer com o quadro?

– Jogue no lixo. – Olhei em volta. – Se alguém vir um quadro que goste, por favor, leve.

Pegaram. Em breve as paredes estavam nuas.

– Você precisa dessas cadeiras?

– Não, na verdade, não.

Passantes entravam da rua, e nem todos se davam o trabalho de apresentar-se.

– E o sofá? – perguntou alguém em voz muito alta. – Você quer?

– Não quero o sofá – eu disse.

Levaram o sofá, depois a mesa do café da manhã e as cadeiras.

– Tem uma torradeira aí, não tem, Henry?
Levaram a torradeira.
– Não precisa dos pratos, precisa?
– Não.
– E a prataria?
– Não.
– E a chaleira e o liquidificador?
– Levem.

Uma das senhoras abriu um armário na varanda dos fundos.

– E todas essas frutas em conserva? Você jamais vai poder comer tudo isso.

– Tudo bem, peguem todos um pouco. Mas tentem dividir igualmente.

– Oh, eu quero os morangos!
– Oh, eu quero os figos!
– Oh, eu quero a geleia!

As pessoas saíam e voltavam, trazendo outras consigo.

– Escuta, tem uma garrafa de uísque aqui no armário! Você bebe, Henry?

– Deixe o uísque.

A casa estava ficando lotada. A descarga do banheiro funcionou. Alguém derrubou um copo da pia e quebrou-o.

– É melhor ficar com esse aspirador, Henry. Pode usar ele em seu apartamento.

– Tudo bem, vou ficar.

– Ele tinha umas ferramentas de jardinagem na garagem. E elas?

– Não, é melhor eu ficar com essas.
– Dou quinze dólares pelas ferramentas de jardinagem.
– Tudo bem.

Ele me deu quinze dólares e eu lhe dei a chave da garagem. Em breve se podia ouvi-lo rolando o aparador de grama para sua casa no outro lado da rua.

– Você não devia ter vendido todo aquele equipamento a ele por quinze dólares, Henry. Valia muito mais.

Não respondi.

– E o carro? Já tem quatro anos.

– Acho que vou ficar com o carro.

– Dou cinquenta dólares por ele.

– Acho que vou ficar com o carro.

Alguém enrolou o tapete da sala da frente. Depois disso, começaram a perder o interesse. Em breve restavam apenas três ou quatro, depois foram-se todos. Deixaram-me a mangueira do jardim, a cama, a geladeira e o fogão, e um rolo de papel higiênico.

Saí e fechei a porta da garagem. Dois meninos passaram de patins. Pararam quando eu fechava as portas da garagem.

– Está vendo aquele cara?

– Estou.

– O pai dele morreu.

Foram em frente. Eu peguei a mangueira, abri a torneira e comecei a aguar as rosas.

Harry Ann Landers

O telefone tocou. Era o escritor, Paul. Estava deprimido. Estava em Northridge.

– Harry!
– Sim?
– Nancy e eu rompemos.
– Sim?
– Escuta, eu quero voltar com ela. Você pode me ajudar? A não ser que *você* queira voltar com ela.

Harry sorriu para o telefone.

– Não quero voltar com ela, Paul.
– Não sei o que deu errado. Ela começou com o papo do dinheiro. Começou a berrar sobre dinheiro. Sacudia contas de telefone em minha cara. Escuta, andei me prostituindo. Fiz um número. Barney e eu vestidos de pinguim... Ele diz um verso do poema, eu digo o outro... quatro microfones... um grupo de jazz tocando no fundo...
– As contas de telefone, Paul, às vezes são irritantes – disse Harry. – Você devia ficar longe da linha dela quando está mamado. Você conhece gente demais no Maine, Boston e New Hampshire. Nancy é um caso de neurose-ansiedade. Não pode ligar o carro sem ter um ataque. Se amarra com o cinto, começa a tremer e a buzinar. Maluca como um chapeleiro. E isso se estende a outras áreas. Não pode entrar numa mercearia sem se ofender com um servente mastigando uma barra de doce.
– Ela diz que sustentou *você* durante três meses.
– Ela sustentou meu pau. Sobretudo com cartões de crédito.
– Você é tão bom quanto dizem?

Harry deu uma risada.

– Eu dou alma a elas. Isso não pode ser medido em centímetros.

– Eu quero voltar com ela. Me diga o que fazer.

– Ou você chupa xoxota como um homem ou procura um emprego.

– Mas você não trabalha.

– Não se meça por mim. Esse é o erro que a maioria comete.

– Mas onde posso arranjar alguma grana? Me prostituí mesmo. Que vou fazer?

– Sugue ar.

– Você não tem nenhuma piedade?

– As únicas pessoas que sabem de piedade são as que precisam dela.

– Você vai precisar de piedade um dia.

– Eu preciso agora... só que eu preciso de uma forma diferente da sua.

– Preciso de grana, Harry, como vou conseguir?

– Pegue um trabuco. Trêsoitão. Se conseguir, está limpo. Se não, consegue uma cela de cadeia: nada de contas de luz, telefone, gás, megeras. Pode aprender um ofício e ganhar quatro centavos a hora.

– Você sabe mesmo massacrar um cara.

– Tudo bem, deixa de frescura que eu lhe digo uma coisa.

– Certo.

– Eu diria que o motivo de Nancy ter largado você é outro cara. Negro, branco, vermelho ou amarelo. Guarde essa regra e vai sempre estar protegido: uma fêmea raramente se afasta de uma vítima sem ter outra à mão.

– Cara – disse Paul –, eu preciso de ajuda, não de teoria.

– Se não entender a teoria, vai sempre precisar de ajuda...

Harry pegou o telefone, discou o número de Nancy.

– Alô? – ela atendeu.

– É Harry.

– Oh.

– Eu soube que você foi passada pra trás no México. Ele pegou tudo?

— Ah, isso...

— Um toureiro espanhol desbotado, não foi?

— Com os olhos mais *lindos*. Não como os seus. Ninguém pode *ver* seus olhos.

— Não quero que ninguém veja meus olhos.

— Por que não?

— Se vissem o que estou pensando, eu não podia enganar ninguém.

— Então, me ligou pra dizer que está andando de viseira?

— Você sabe disso. Eu liguei pra dizer que Paul quer que você volte. Isso lhe ajuda de algum modo?

— Não.

— Foi o que eu pensei.

— Ele ligou mesmo pra você?

— Ligou.

— Oh, eu estou com um novo cara agora. É maravilhoso!

— Eu disse a Paul que você provavelmente estava interessada em outra pessoa.

— Como você sabia?

— Eu sabia.

— Harry?

— Sim, boneca?

— Vai te foder...

Nancy desligou.

Ora veja, ele pensou, eu tento bancar o pacificador e os dois ficam putos. Harry entrou no banheiro e olhou seu rosto no espelho. Deus do céu, tinha um rosto bondoso. Será que ninguém via isso? Compreensivo. Nobreza. Localizou um cravo perto do nariz. Espremeu. Ele saiu, negro e lindo, trazendo uma cauda amarela de pus. A grande sacada, pensou, está em compreender homens e mulheres. Rolou o cravo e o pus entre os dedos. Ou talvez estivesse na capacidade de matar sem ligar. Sentou-se para dar uma cagada enquanto pensava no assunto.

Cerveja no bar da esquina

Não sei há quantos anos foi, quinze ou vinte. Eu estava sentado em minha casa. Era uma quente noite de verão e eu me sentia embotado.

Saí pela porta e desci a rua. Passara da hora do jantar para a maioria das famílias, e elas se sentavam vendo suas TVs. Fui até o boulevard. Do outro lado da rua tinha um bar de bairro, construção antiga, com um balcão de madeira pintado de verde e branco. Entrei.

Após quase uma vida inteira passada em bares, eu perdera inteiramente o gosto por eles. Quando queria alguma coisa para beber, geralmente pegava numa loja de bebidas, levava para casa e bebia sozinho.

Entrei e encontrei um banquinho distante da turma. Não estava constrangido, apenas me sentia deslocado. Mas se queria sair, não havia nenhum outro lugar aonde ir. Em nossa sociedade, os lugares interessantes, em sua maioria, ou são ilegais ou muito caros.

Pedi uma garrafa de cerveja e acendi um cigarro. Era mais um barzinho de bairro. Todos se conheciam. Contavam piadas pesadas e viam TV. Só havia uma mulher, velha, num vestido preto, peruca ruiva. Tinha uma dúzia de colares e acendia um cigarro atrás do outro. Comecei a desejar estar de volta ao meu quarto, e decidi ir para lá depois de acabar a cerveja.

Entrou um sujeito e pegou o banquinho junto ao meu. Não ergui o olhar, não estava interessado, mas pela voz imaginei que fosse mais ou menos da minha idade. Conheciam-no no bar. O garçom do balcão chamou-o pelo nome e uns dois fregueses o cumprimentaram. Ele ficou sentado junto a mim com sua cerveja por três ou quatro minutos; depois disse:

– Oi, como vai?
– Vou indo bem.
– Novo no bairro?
– Não.
– Não vi você aqui antes.
Não respondi.
– De Los Angeles? – ele perguntou.
– Principalmente.
– Acha que os Dodgers ganham este ano?
– Não.
– Não gosta dos Dodgers?
– Não.
– De quem você gosta?
– Ninguém. Não gosto de beisebol.
– De que é que gosta?
– Boxe. Tourada.
– Tourada é cruel.
– É, tudo é cruel quando a gente perde.
– Mas o touro não tem uma chance.
– Nenhum de nós tem.
– Você é negativo pra caralho. Acredita em Deus?
– Não no seu tipo de deus.
– Que tipo?
– Não sei ao certo.
– Eu vou à igreja desde que me lembro.
Não respondi.
– Posso lhe pagar uma cerveja? – ele perguntou.
– Claro.
Vieram as cervejas.
– Leu os jornais hoje? – ele perguntou.
– Li.
– Leu sobre as cinquenta meninas que morreram queimadas naquele orfanato de Boston?
– Li.
– Não foi horrível?
– Acho que foi.

– Você *acha* que foi?

– É.

– Não *sabe*?

– Se eu estivesse lá, acho que teria pesadelos o resto da vida. Mas é diferente quando a gente apenas lê sobre a coisa nos jornais.

– Não sente pena das cinquenta meninas que morreram queimadas? Elas se penduravam das janelas gritando.

– Acho que foi horrível. Mas a gente vê isso apenas como uma manchete de jornal, uma matéria de jornal. Na verdade não pensei muito nisso. Virei a página.

– Quer dizer que não sentiu nada?

– Na verdade, não.

Ele ficou um momento calado e tomou um gole de sua cerveja. Depois gritou:

– Ei, aqui tem um cara que diz que não sentiu porra nenhuma quando leu sobre aquelas cinquenta órfãs que morreram queimadas em Boston!

Todos olharam para mim. Baixei o olhar para meu cigarro. Fez-se um minuto de silêncio. Então a mulher de peruca vermelha disse:

– Se eu fosse homem, chutava a bunda dele por toda a rua acima e abaixo.

– *Ele também não acredita em Deus!* – disse o cara junto a mim. – *Odeia beisebol. Adora touradas, e gosta de ver menininhas morrerem queimadas!*

Pedi outra cerveja ao garçom, para mim. Ele me empurrou a garrafa com repugnância. Dois rapazes jogavam sinuca. O mais jovem, um garotão grande de camiseta branca, largou o taco e aproximou-se de mim. Ficou atrás de mim enchendo os pulmões de ar, tentando tornar o peito maior.

– Isso aqui é um bom bar. A gente não gosta de babacas por aqui, a gente cobre eles de porrada.

Eu o sentia parado às minhas costas. Peguei a garrafa, servi no copo, bebi e acendi um cigarro. A mão perfeitamente firme. Ele ficou ali parado por algum tempo, depois acabou voltando para a mesa de sinuca. O homem sentado a meu lado desceu de seu banquinho e afastou-se.

— O filho da puta é negativo — ouvi-o dizer. — Odeia as pessoas.

— Se eu fosse homem — disse a mulher de peruca vermelha — fazia ele pedir o penico. Não suporto esses sacanas.

— É assim que falam caras tipo Hitler — disse alguém.

— Verdadeiros panacas cheios de ódio.

Tomei a cerveja, pedi outra. Os dois caras jovens continuavam jogando sinuca. Algumas pessoas saíram e os comentários sobre mim começaram a morrer, exceto no caso da mulher de peruca vermelha. Ela ficava cada vez mais bêbada.

— Canalha, canalha... você é um verdadeiro canalha. Fede como uma fossa! Aposto que odeia seu país também, não odeia? Seu pais, sua mãe e todo mundo mais. Ah, eu conheço vocês! Canalhas, canalhas covardes vulgares.

Acabou saindo lá pela uma e meia da manhã. Um dos garotos que jogavam sinuca saiu. O de camiseta branca sentou-se na ponta do balcão e falou com o cara que tinha pago a cerveja para mim. Às cinco para as duas, eu me levantei devagar e saí.

Ninguém me seguiu. Subi o boulevard, peguei minha rua. As luzes das casas e apartamentos estavam apagadas. Havia uma cerveja na geladeira. Abri e bebi.

Depois tirei a roupa, fui ao banheiro, mijei, escovei os dentes, apaguei a luz, fui para a cama, me deitei e dormi.

O pássaro em ascensão

Íamos entrevistar a conhecidíssima poetisa Janice Altrice. O editor de *America in Poetry* estava me pagando 175 dólares para entrevistá-la. Tony me acompanhava com sua câmera. Ia ganhar cinquenta dólares pelas fotos. Eu tomara um gravador emprestado. A casa ficava nos morros, subindo uma longa estrada. Encostei o carro, tomei um trago de vodca e passei a garrafa para Tony.

– Ela bebe? – perguntou Tony.

– Provavelmente não – respondi.

Liguei o carro e seguimos. Dobramos à direita e subimos uma estrada de terra estreita. Janice nos esperava, parada na frente. Vestia calça comprida e uma blusa branca com gola alta de renda. Saltamos do carro e fomos até onde ela se postara, na encosta gramada. Apresentamo-nos e eu liguei o gravador de pilha.

– Tony vai fazer umas fotos de você – eu disse –, seja natural.

– Claro – ela disse.

Subimos a encosta e ela apontou a casa.

– Compramos quando os preços estavam muito baixos. Agora não poderíamos. – Depois apontou uma casa menor no lado do morro. – Ali é meu estúdio, nós mesmos construímos. Tem até banheiro. Venham ver.

Nós a seguimos. Ela tornou a apontar.

– Esses leitos de flores. Nós mesmos plantamos. Temos mesmo jeito com as flores.

– Lindo – disse Tony.

Ela abriu a porta de seu estúdio e entramos. Era grande e frio, com ótimas mantas e artesanatos indígenas nas paredes. Havia uma lareira, a estante, uma mesa grande com uma máquina de escrever elétrica, um dicionário não condensado, papel ofício, cadernos. Ela era pequena, com um corte de cabelo muito curto. Sobrancelhas grossas. Sorria muito. No canto de um olho, tinha uma cicatriz profunda que parecia ter sido esculpida com um canivete.

– Vejamos – eu disse –, você tem um metro e cinquenta e cinco e pesa...?

– Cinquenta e um quilos.

– Idade?

Janice riu quando Tony fez a foto.

– É uma prerrogativa feminina não responder a esta pergunta. – Tornou a rir. – Diga apenas que eu sou atemporal.

Era uma mulher imponente. Eu podia vê-la atrás do pódio de uma universidade, recitando seus poemas, respondendo perguntas, preparando uma nova geração de poetas, orientando-os para a vida. Provavelmente tinha boas pernas também. Tentei imaginá-la na cama, mas não consegui.

– Em que está pensando? – ela perguntou.

– Você é intuitiva?

– Claro. Vou preparar um café. Vocês dois precisam beber alguma coisa.

– Tem razão.

Janice preparou o café e saímos. Saímos por uma porta lateral. Havia um *playground* em miniatura, balanços e trapézios, montes de areia, coisas desse tipo. Um garoto de uns dez anos desceu correndo a encosta.

– Esse é Jason, meu caçula, meu bebê – disse Janice, da entrada.

Jason era um jovem deus de cabelos assanhados, louro, calças curtas e uma blusa roxa frouxa. Sapatos azul e branco. Parecia saudável e vivo.

– Mamãe, mamãe! Me empurra no balanço! Empurra, empurra! – Jason correu para o balanço, trepou e ficou à espera.

– Agora, não, Jason, estamos ocupados.

– Empurra, empurra, mamãe!

– Agora, não, Jason...
– *MAMÃE MAMÃE MAMÃE MAMÃE MAMÃE MAMÃE MAMÃE* – berrou Jason.

Janice aproximou-se e pôs-se a balançar Jason. Ele ia para a frente e para trás. Esperamos. Após bastante tempo, acabaram e Jason desceu. Um grosso fio de ranho verde escorria-lhe de uma das narinas. Ele se aproximou de mim.

– Eu gosto de me masturbar – disse, e correu.

– Nós não o inibimos – disse Janice. Olhou acima dos morros, sonhadoramente. – Antes a gente cavalgava aqui. Lutamos contra os especuladores imobiliários. Agora o mundo externo está se aproximando cada vez mais. Mas ainda é bonito. Foi depois que caí de um cavalo e quebrei uma perna que escrevi meu livro, *O Pássaro em Ascensão, um Coro de Magia.*

– É, eu me lembro – disse Tony.

– Plantei aquela sequoia há vinte e cinco anos – ela apontou. – A nossa era a única casa aqui naquele tempo, mas tudo muda, não é? Sobretudo a poesia. Tem muita coisa nova e sensacional. E também tem tanta coisa horrível.

Voltamos para dentro e ela serviu o café. Ficamos sentados, tomando o café. Perguntei-lhe quem eram seus poetas favoritos. Janice apressou-se a citar alguns dos mais jovens: Sandra Merrill, Cynthia Westfall, Roberta Lowell, Irmã Sarah Norbert e Adrian Poor.

– Escrevi meu primeiro poema na escola primária, um poema do Dia das Mães. A professora gostou tanto que me pediu para eu ler diante da classe.

– Seu primeiro recital de poesia, hem?

Janice riu.

– É, pode-se dizer que sim. Tenho muitas saudades de meus pais. Morreram há mais de vinte anos.

– Isso não é comum.

– Não tem nada de incomum no amor – ela disse.

Nascera em Huntington Beach e vivera toda a sua vida na costa oeste. O pai era um policial. Janice começara a escrever sonetos no ginásio, onde tivera a sorte de pertencer a uma classe que tinha como professora Inez Claire Dickey.

– Ela me introduziu na disciplina da forma poética.

Serviu mais café.

– Eu sempre levei a sério a condição de poeta. Estudei com Ivor Summers em Stanford. Minha primeira publicação foi *Uma Antologia de Poetas Ocidentais*, editada por Summers.

Summers exercera uma profunda influência sobre ela – a princípio. O grupo de Summers era bom: Ashberry Charleton, Webdon Wilbur e Mary Cather Henderson.

Mas depois Janice desligara-se e juntara-se aos poetas do "verso longo".

Fazia direito e também estudava poesia. Depois de formar-se, tornara-se secretária jurídica. Casara-se com o namorado do ginásio no início da década de 1940, "aqueles sombrios e trágicos anos de guerra". O marido era bombeiro.

– Evoluí para poetisa-dona-de-casa.

– Tem um banheiro? – perguntei.

– A porta à esquerda.

Entrei no banheiro, enquanto Tony circulava em torno dela fazendo fotos. Urinei e tomei uma boa talagada de vodca. Fechei o zíper, saí do banheiro e tornei a me sentar.

No fim da década de 1940, os poemas de Janice Altrice começaram a desabrochar em várias publicações periódicas. Seu primeiro livro, *Ordeno que Tudo Seja Verde,* foi publicado por Allan Swillout. Seguiu-se *Pássaro, Pássaro, Pássaro, Nunca Morra,* também publicado por Swillout.

– Voltei para a escola – ela disse. – A UCLA. Fiz um bacharelado em jornalismo e outro em inglês. Obtive o Ph.D. em inglês um ano depois, e desde o início da década de 1960 ensino inglês e Literatura de Criação aqui na Universidade do Estado.

Muitos prêmios adornavam as paredes de Janice: uma medalha de prata do Clube de Afídios de Los Angeles por seu poema "Tintella"; um diploma de primeiro lugar do Grupo de Poesia da Montanha de Lodestone por seu poema

"O Tambor Sábio". Muitos outros prêmios e homenagens. Janice foi à sua mesa e pegou algumas de suas obras em andamento. Leu-nos vários poemas longos. Mostravam um crescimento impressionante. Perguntei-lhe o que achava do panorama da poesia contemporânea.

– *Muita* gente – ela disse – se diz *poeta*. Mas não tem formação, sentimento pelo ofício. Os selvagens tomaram o castelo. Não há carpintaria, cuidado, apenas uma exigência de ser aceito. E todos esses novos poetas parecem admirar-se uns aos outros. Isso me preocupa, e tenho conversado com muitos de meus amigos poetas. Todo jovem poeta parece pensar que só precisa de uma máquina de escrever e algumas folhas de papel. Não estão preparados, não têm nenhum preparo.

– Acho que não – eu disse. – Tony, já tem fotos o bastante?

– Já – disse Tony.

– Outra coisa que me perturba – disse Janice – é que os poetas do *Establishment* do leste recebem prêmios e bolsas demais. Os do oeste são ignorados.

– Talvez os poetas do leste sejam melhores – eu disse.

– Eu certamente não acho.

– Bem – eu disse –, acho que é hora de a gente ir embora. Uma última pergunta: como você vê a escrita de um poema?

Ela fez uma pausa. Seus longos dedos alisaram delicadamente o grosso tecido que cobria sua poltrona. O sol poente entrava enviesado pela janela e lançava sombras na sala. Ela falou devagar, como num sonho.

– Eu começo a sentir um poema de muito longe. Ele se aproxima de mim, como um gato, atravessando o tapete. Suavemente, mas não com desprezo. Leva sete ou oito dias. Eu sinto uma agitação deliciosa, uma excitação, é uma sensação muito especial. Sei que ele está ali, e depois se precipita, e é fácil, tão fácil. A glória que é criar um poema, é tão nobre, tão sublime!

Desliguei o gravador.

– Obrigado, Janice, vou lhe mandar exemplares da entrevista quando for publicada.

– Espero que tenha saído tudo bem.

– Foi tudo muito bem, estou certo.

Ela nos acompanhou até a porta. Tony e eu descemos a encosta até o carro. Eu me voltei uma vez. Ela estava lá parada. Acenei. Janice sorriu e acenou de volta. Entramos, contornamos a curva, e eu parei o carro e destampei a garrafa de vodca.

– Deixe um gole pra mim – disse Tony.

Eu tomei um gole e deixei outro para ele.

Tony jogou a garrafa pela janela. Seguimos, descendo rapidamente os morros. Bem, era melhor do que trabalhar numa lavadora de carros. Eu só tinha de datilografar a transcrição da fita e escolher duas ou três fotos. Saímos das colinas bem a tempo de pegar a hora do *rush*. Foi absolutamente uma merda. Podíamos ter cronometrado muito melhor.

Noite fria

Leslie andava sob as palmeiras. Parou diante de um cocô de cachorro. Eram dez e quinze da noite em Hollywood leste. O mercado subira 22 pontos naquele dia e os especialistas não sabiam explicar o motivo. Eram muito melhores para explicar quando o mercado caía. A catástrofe deixava-os felizes. Fazia frio em Hollywood leste. Leslie abotoou o botão de cima do casaco e teve um arrepio. Curvou os ombros contra o frio.

Um homenzinho de chapéu de feltro cinza aproximou-se dele. O rosto parecia a frente de uma melancia, sem expressão. Leslie pegou um cigarro e atravessou o caminho do homenzinho. O outro tinha seus quarenta e cinco anos, um metro e sessenta e poucos, uns setenta quilos talvez.

– Tem fósforo, senhor? – ele perguntou ao homem.
– Ah, sim...

O homem enfiou a mão no bolso, e enquanto fazia isso Leslie meteu-lhe o joelho nas virilhas. O homem rosnou e curvou-se, e Leslie deu-lhe uma porrada atrás de uma das orelhas. Quando o homem caiu, Leslie ajoelhou-se, sacou a faca e cortou-lhe a garganta, ao frio luar de Hollywood leste.

Foi tudo muito estranho. Foi como um sonho meio lembrado. Leslie não sabia ao certo se aquilo estava acontecendo de fato ou não. A princípio, o sangue pareceu hesitar, era apenas um corte profundo, depois o sangue esguichou. Leslie recuou enojado. Levantou-se, afastou-se. Depois voltou, meteu a mão no bolso do homem, encontrou os fósforos, levantou-se, acendeu o cigarro e afastou-se rua abaixo, em direção a seu apartamento. Leslie nunca tinha fósforos suficientes, a gente sempre vivia sem fósforos, ao que parecia. Fósforos e esferográficas...

Leslie sentou-se com um uísque com água. O rádio tocava Copeland. Bem, Copeland não era grande coisa, mas era melhor que Sinatra. A gente pegava o que conseguia e tentava satisfazer-se. Era o que seu velho lhe dizia. Foda-se seu velho. Fodam-se todos os meninos de Jesus. Foda-se Billy Graham.

Ouviu uma batida na porta. Era Sonny, o garoto louro que morava defronte dele, no lado oposto do pátio. Sonny era meio homem e meio pau, e vivia confuso. A maioria dos caras de pau grande tinha problemas quando acabava a trepada. Mas Sonny era mais legal que a maioria; era suave, era delicado e tinha um pouco de inteligência. Às vezes era até engraçado.

– Escuta, Leslie, quero falar com você uns minutos.

– Tudo bem. Mas, merda, estou cansado. Passei o dia todo nas corridas.

– Mal, hum?

– Quando voltei ao estacionamento, depois que acabou, descobri que um filho da puta tinha arrancado meu para-choque ao sair. Isso é uma merda, você sabe.

– Como se saiu com os cavalinhos?

– Ganhei duzentos e oitenta dólares. Mas estou cansado.

– Tudo bem, não vou demorar muito.

– Tudo bem. Que é que há? Sua velha? Por que não dá umas porradas pra valer em sua velha? Os dois vão se sentir melhor.

– Não, minha velha está bem. Só que... merda, eu não sei. Essas coisas, você sabe. Parece que não consigo *entrar* em nada. Parece que não me *ligo*. Tudo travado. Todas as cartas tomadas.

– Porra, isso é o normal. A vida é um jogo unilateral. Mas você só tem vinte e sete anos, talvez dê sorte em alguma coisa, de algum modo.

– Que fazia você quando tinha minha idade?

– Estava pior que você. Ficava deitado no escuro à noite, bêbado, na rua, esperando que alguém me atropelasse. Não dei sorte.

— Não conseguia pensar em outra saída?

— Isso é uma das coisas mais difíceis, imaginar qual deve ser a primeira jogada da gente.

— É... Tudo parece tão inútil.

— Nós matamos o filho de Deus. Acha que aquele Sacana vai nos perdoar? Eu posso ser louco, mas sei que Ele não vai!

— Você só fica sentado aí, com seu roupão rasgado, e passa metade do tempo bêbado, mas eu sei que é mais são do que qualquer um que eu conheço.

— Opa, gosto disso. Você conhece muita gente?

Sonny apenas deu de ombros.

— O que eu preciso saber é se há uma saída. Há alguma espécie de saída?

— Garoto, não há saída. Os analistas aconselham a gente a jogar xadrez ou colecionar selos ou jogar bilhar. Qualquer coisa, menos pensar nos problemas maiores.

— Xadrez é um saco.

— Tudo é um saco. Não há como escapar. Sabe que alguns vagabundos de antigamente tatuavam no braço: "NASCIDO PRA MORRER." Por mais primitivo que pareça isso, é sabedoria fundamental.

— Que acha que os vagabundos tatuariam no braço hoje?

— Não sei. Na certa alguma coisa tipo "JESUS BARBEIA".*

— Não podemos fugir de Deus, podemos?

— Talvez Ele não possa fugir de nós.

— Bem, escuta, é sempre bom conversar com você. Sempre me sinto melhor depois de conversar com você.

— Quando quiser, garoto.

Sonny levantou-se, abriu a porta, fechou-a e se foi. Leslie serviu outro uísque com água. Bem, os Rams de Los Angeles tinham formado sua linha de defesa. Uma boa joga-

---

* "JESUS SHAVES" – Trocadilho com *saves* (salva), de "*Jesus Saves*", com *shaves* (barbeia). (N. T.)

da. Tudo na vida evoluía para a DEFESA. A Cortina de Ferro, a mente de ferro, a vida de ferro. Um treinador realmente durão ia acabar mandando chutar no ar toda vez que sua equipe pegasse a bola, e jamais perderia o jogo.

Leslie acabou o seu uísque, baixou as calças e coçou o rabo, enterrando os dedos. As pessoas que curavam suas hemorroidas eram idiotas. Quando não havia ninguém mais em volta, era melhor do que ficar sozinho. Leslie serviu-se outro uísque. O telefone tocou.

– Alô?

Era Francine. Francine gostava de impressioná-lo. Gostava de achar que o impressionava. Mas era uma chata elefantina. Leslie muitas vezes pensava em como era bom deixando que ela o chateasse daquele jeito. O cara médio bateria o telefone na cara dela como uma guilhotina.

Quem escrevera aquele excelente ensaio sobre a guilhotina? Camus? Era, Camus. Camus tinha sido um chato, também. Mas o ensaio sobre a guilhotina e *O Estrangeiro* eram sensacionais.

– Almocei hoje no Beverly Hills Hotel – ela disse. – Tive uma mesa só pra mim. Salada e drinques. Dustin Hoffman estava lá, e algumas outras estrelas de cinema também. Conversei com as pessoas sentadas perto e elas sorriram e balançaram a cabeça, mesas inteiras de sorrisos e acenos de cabeça, carinhas amarelas como narcisos. Continuei falando e eles sorrindo. Achavam que eu era alguma doida, e o jeito de se livrarem era sorrindo. Foram ficando cada vez mais nervosos. Você entende?

– Claro.

– Achei que você gostaria de saber disso.

– É...

– Está sozinho? Quer companhia?

– Esta noite estou realmente cansado, Francine.

Após algum tempo Francine desligou. Leslie despiu-se, tornou a coçar o rabo e entrou no banheiro. Correu o fio dental entre os poucos dentes que lhe restavam. Que feiúra, aquelas coisas penduradas. Devia espatifar os dentes restantes com um martelo. Todas as brigas de beco que tivera e ninguém pegara os dentes da frente. Bem, tudo acabaria ficando bem. Acabado. Leslie pôs Crest na escova elétrica e tentou ganhar algum tempo.

Depois disso, sentou-se na cama por um longo tempo, com um último uísque e um cigarro. Pelo menos era alguma coisa a fazer enquanto se esperava para ver no que daria. Ele olhou a caixa de fósforos em sua mão, e de repente lembrou-se que era a que tirara do homem da cara de melancia. O pensamento espantou-o. Aquilo tinha acontecido de fato ou não? Ele fitava a caixa de fósforos, imaginando. Olhou a tampa:

1.000 RÓTULOS PERSONALIZADOS
COM SEU NOME E ENDEREÇO
APENAS 1 DÓLAR

Bem, pensou, isso não parece um mau negócio.

Um favor para Don

Rolei na cama e peguei o telefone. Era Lucy Sanders. Eu a conhecia há dois ou três anos, sexualmente há três meses. Acabávamos de romper. Ela contava a história de que me chutara porque eu era um bêbado, mas a verdade era que eu a deixara por minha namorada anterior.

Ela não aceitara bem a coisa. Decidi que devia ir explicar-lhe o motivo pelo qual tinha de deixá-la. Segundo as regras, isso se chama "deixá-las numa boa". Eu queria ser um cara legal. Quando cheguei lá, fui recebido pela amiga dela.

– Que diabos você quer?

– Quero deixar Lucy numa boa.

– Ela está no quarto.

Entrei. Ela estava na cama, bêbada, só de calcinha. Já quase esvaziara uma garrafa de uísque. No chão, um penico onde ela vomitara.

– Lucy – eu disse.

Ela virou a cabeça.

– É você, você voltou! Eu sabia que você não ia ficar com aquela puta.

– Espere um minuto, boneca, eu só vim pra explicar por que deixei você. Sou um cara legal. Pensei em explicar.

– Você é um sacana. É um cara horrível.

Sentei-me na beira da cama, peguei a garrafa da cabeceira e tomei um bom gole.

– Obrigado. Você sabia que eu amava Lilly. Sabia disso quando eu morei com você. Ela e eu... temos um acordo.

– Mas você disse que ela estava matando você!

– Só teatro. As pessoas vivem se separando e tornando a se juntar. Isso faz parte do processo.

– Eu aceitei você. Salvei você.

– Eu sei. Me salvou pra Lilly.

– Seu sacana. Você não reconhece uma boa mulher quando tem.

– Lucy curvou-se sobre a borda da cama e vomitou.

Eu acabei a garrafinha de uísque.

– Não devia beber essa coisa. É veneno.

Ela se recompôs.

– Fique comigo, Larry. Não volte pra ela. Fique comigo!

– Não posso, boneca.

– Veja minhas pernas! Eu tenho belas pernas. Veja meus seios. Tenho belos seios!

Joguei a garrafa na cesta de lixo.

– Desculpe, tenho de ir, boneca.

Lucy saltou da cama em cima de mim com os punhos cerrados. Os socos me atingiram na boca, no nariz. Deixei-a bater por alguns segundos, depois agarrei seus punhos e joguei-a de volta na cama. Voltei-me e saí do quarto. A amiga estava na sala da frente.

– A gente tenta ser um cara legal, toma um pau no nariz – eu disse a ela.

– Não há como você ser um cara legal – ela disse.

Bati a porta, entrei em meu carro e parti.

Era Lucy no telefone.

– Larry?

– É. Que é que há?

– Escuta, quero conhecer seu amigo, Don.

– Por quê?

– Você disse que era seu único amigo. Eu gostaria de conhecer seu único amigo.

– Bem, diabos, tudo bem.

– Obrigada.

– Vou à casa dele depois de visitar minha filha na quarta-feira. Vou estar lá por volta das cinco. Por que você não chega às cinco e meia e eu a apresento?

Dei-lhe o endereço e as instruções. Don era um pintor. Era vinte anos mais jovem que eu, e vivia numa casinha na praia. Virei-me e voltei a dormir. Sempre dormia até o meio-dia. Era o segredo de minha bem-sucedida existência.

◆◆◆

Don e eu tomamos duas ou três cervejas antes de Lucy chegar. Ela parecia excitada e trouxera consigo uma garrafa de vinho. Fiz as apresentações e Don desarrolhou a garrafa de vinho. Lucy sentou-se entre nós e enxugou seu copo de vinho. Don e eu ficamos com nossa cerveja.

– Oh – disse Lucy, olhando para Don – mas ele é simplesmente *sensacional*!

Don não disse nada. Ela puxou-o pela camisa.

– Mas você é *sensacional*! – Esvaziou seu copo e serviu outro. – Acabou de sair do chuveiro?

– Há mais ou menos uma hora.

– Oh, você tem cachos nos cabelos! É *sensacional*!

– Como vai indo a pintura, Don? – perguntei.

– Não sei. Estou ficando cheio de meu estilo. Acho que tenho de entrar em outra área.

– Oh, são seus esses quadros na parede? – perguntou Lucy.

– São.

– São maravilhosos! Você vende?

– Às vezes.

– Eu *adoro* seus peixes! Onde arranjou os aquários?

– Comprei.

– Veja o peixe laranja! Eu *adoro* aquele laranja!

– É. É bonito.

– Eles comem uns aos outros?

– Às vezes.

– Você é *sensacional*!

Lucy bebia um copo de vinho atrás do outro.

– Está bebendo com muita pressa – eu disse.

– Veja quem está falando.

– Você continua com Lilly? – perguntou Don.

– Firme como rocha – respondi.

Lucy enxugou o seu copo. A garrafa se esvaziara.

– Desculpe – ela disse.

Correu para o banheiro. Nós a ouvimos vomitando.

– Como vão indo os cavalinhos? – perguntou Don.

– Muito bem no momento. Como vai sua vida? Boas fodas ultimamente?

– Estou numa maré de azar.

– Mantenha a fé. Sua sorte pode mudar.

– Eu certamente espero muito.

– Lilly está cada vez melhor. Não sei como ela consegue.

Lucy saiu do banheiro.

– Deus, estou enjoada, estou tonta! – Jogou-se na cama de Don e estendeu-se. – Estou tonta.

– É só fechar os olhos – eu disse.

Lucy ficou deitada na cama, me olhando e gemendo. Don e eu tomamos mais cerveja. Depois eu disse a ele que tinha de ir andando.

– Cuide da saúde – eu disse.

– Amém – ele disse.

Deixei-o parado na porta, meio bêbado, e fui embora.

Rolei na cama e peguei o telefone.

– Alô?

Era Lucy.

– Desculpe por ontem de noite. Eu tomei aquele vinho depressa demais. Mas limpei o banheiro como uma menina boazinha. Don é um cara legal. Gosto mesmo dele. Podia comprar um dos quadros dele.

– Ótimo. Ele precisa dos trocados.

– Você não está puto comigo, está?

– Por quê?

Ela deu uma risada.

– Por vomitar e tudo mais.

– Todo mundo nos Estados Unidos vomita um dia ou outro.

– Eu não estou bêbada.

– Eu sei.
– Volto pra casa no fim de semana, se você decidir que quer me ver.
– Não quero.
– Não está puto, Larry?
– Não.
– Tudo bem então. Tchaaaauuu.
– Tchaaauuu.

Pus o telefone no gancho e fechei os olhos. Se continuasse ganhando nas corridas, ia comprar um carro novo. Ia me mudar para Beverly Hills. O telefone tornou a tocar.
– Alô?
Era Don.
– Você está bem? – ele perguntou.
– Eu estou bem, e você?
– Estou ótimo.
– Vou me mudar pra Beverly Hills.
– Sensacional.
– Quero morar mais perto de minha filha.
– Como vai ela?
– Está linda. Tem tudo, por dentro e por fora.
– Tem notícias de Lucy?
– Ela acabou de ligar.
– Ela me enrolou.
– Como foi?
– Não consegui gozar.
– Sinto muito.
– Não foi sua culpa.
– Espero que não.
– Bem, você está bem então, Larry?
– Acho que sim.
– Tudo bem, dê notícias.
– Claro. Tchau, Don.
Pus o telefone de volta no gancho e fechei os olhos. Eram só quinze pras onze da manhã, e eu sempre durmo até o meio-dia. A vida é tão boa quanto a gente permite.

Louva-a-deus

Hotel Vista Angélica. Marty pagou ao recepcionista, pegou a chave e subiu a escada. A noite não estava muito agradável. Quarto 222. Que significava aquilo? Ele entrou e acendeu a luz. Uma dúzia de baratas correu para dentro do papel de parede, roendo, correndo e roendo. Havia um telefone, de moeda. Ele pôs os dez centavos e discou um número. Ela respondeu.

– Toni? – ele perguntou.

– É, é Toni... – ela disse.

– Toni, eu vou ficar louco.

– Eu lhe disse que ia ver você. Onde está?

– No Vista Angélica, Seis com Coronado, Quarto 222.

– Estou aí dentro de umas duas horas.

– Não pode vir agora?

– Escuta, preciso levar as crianças pra casa do Carl, depois quero passar pra dar uma olhada em Jeff e Helen, não vejo eles há anos...

– Toni, eu te amo, pelo amor de Deus, quero ver você agora!

– Talvez se você se livrasse de sua esposa, Marty...

– Essas coisas levam tempo.

– Vejo você dentro de umas duas horas, Marty.

– Escuta, Toni...

Ela desligou. Marty aproximou-se da cama e sentou-se na borda. Esse seria o seu último envolvimento. Exigia muito dele. As mulheres eram mais fortes que os homens. Elas conheciam todas as jogadas. Ele não conhecia nenhuma.

Uma batida na porta. Ele foi abrir. Era uma loura de quarenta e tantos anos, com um vestido azul rasgado. Usava uma sombra roxa nos olhos e batom pesado. Um leve cheiro de gim.

— Escuta, você não se incomoda se eu ligar minha TV, se incomoda?

— Tudo bem, fique à vontade.

— O último cara em seu quarto era meio doido. Era só eu ligar a TV e ele começava a bater nas paredes.

— Está tudo bem. Pode ligar sua TV.

Marty fechou a porta. Pegou o último cigarro do maço e acendeu-o. Toni estava no seu sangue, precisava tirá-la de lá. Outra batida na porta. A loura de novo. A sombra dos olhos era roxa, e os olhos quase combinavam; claro que era impossível, mas parecia que ela acrescentara mais uma camada de batom.

— Sim? — perguntou Marty.

— Escuta — ela disse —, sabe o que a louva-a-deus fêmea faz quando eles fazem aquilo?

— Aquilo o quê?

— Foder.

— Que é que ela faz?

— Ela come a cabeça dele. Enquanto fazem aquilo, ela come a cabeça dele. Bem, acho que há formas piores de morrer, você não acha?

— É — disse Marty —, como o câncer.

A loura entrou no quarto e fechou a porta atrás. Aproximou-se e sentou-se na única poltrona. Marty sentou-se na cama.

— Você se excitou quando falei "foder"? — ela perguntou.

— É, um pouco.

A loura levantou-se da poltrona, aproximou-se da cama e pôs a cabeça muito perto da de Marty, olhou dentro dos olhos dele e chegou os lábios muito perto dos dele. Depois disse:

— *Foder, foder, foder!* — Chegou ainda mais perto e disse mais uma vez: — FODER!

Depois voltou e sentou-se na poltrona.

– Como você se chama? – perguntou Marty.

– Lilly. Lilly LaVell. Fazia *strip-tease* em Burbank.

– Eu me chamo Marty Evans. É um prazer conhecer você, Lilly.

– *Foder* – ela disse bem devagar, escancarando os lábios e mostrando a língua.

– Pode ligar a TV quando quiser – disse Marty.

– Já ouviu falar da aranha viúva negra? – ela perguntou.

– Não sei.

– Bem, eu lhe conto. Depois que fazem aquilo... *foder*... ela come ele vivo.

– Oh – disse Marty.

– Mas tem outras maneiras piores de morrer, você não acha?

– Claro, como a lepra, talvez.

A loura levantou-se e pôs-se a andar de um lado para outro, de um lado para outro.

– Tomei um porre ontem de noite, estava na autoestrada, ouvindo um concerto de trompa, Mozart, a trompa me *penetrou,* eu ia a cento e trinta por hora, dirigindo com o cotovelo e ouvindo o concerto de trompa, você acredita?

– Claro, acredito, sim.

Lilly parou de andar e olhou para Marty.

– Você acredita que eu posso baixar a boca em você e fazer coisas que nunca, nunca ninguém fez com um homem?

– Bem, não sei no que acreditar.

– Bem, eu posso, eu posso...

– Você é legal, Lilly, mas estou esperando minha namorada aqui dentro de uma hora.

– Bem, eu preparo você pra ela.

Lilly aproximou-se, abriu o zíper das calças dele, puxou o pênis para fora da cueca.

– Oh, que lindo!

Umedeceu o dedo médio da mão direita e começou a esfregar a cabeça e um pouco atrás.

— Mas é tão roxo!

— Como a sua sombra...

— Oh, está ficando tão GRANDE!

Marty deu uma risada. Uma barata saiu de trás do papel de parede para assistir à cena. Depois outra. Mexiam as antenas. De repente, a boca de Lilly engolira o pênis dele. Ela pegou pouco abaixo da cabeça e chupou. A língua parecia quase uma lixa; parecia conhecer todos os pontos certos. Marty olhava a nuca dela e excitava-se. Pôs-se a alisar os cabelos dela e a emitir sons. Então, de repente, ela mordeu-lhe o pênis, com força. Quase o decepou. Depois, ainda mordendo, levantou a cabeça com um safanão. Arrancou um pedaço da cabeça. Marty gritou e rolou na cama. A loura levantou-se e cuspiu. Pedaços de carne e sangue espalharam-se pelo tapete. Ela se afastou, abriu a porta, fechou-a e desapareceu.

Marty tirou a fronha do travesseiro e comprimiu-a contra o pênis. Tinha medo de olhar. Sentia as batidas do coração pulsarem por todo o corpo, sobretudo lá embaixo. O sangue começou a encharcar a fronha. Então o telefone tocou. Ele conseguiu levantar-se, aproximar-se e atender.

— Sim?

— Marty?

— É.

— É Toni.

— Sim, Toni...

— Você está falando esquisito...

— É, Toni...

— E só isso que tem a dizer? Estou na casa de Jeff e Helen. Vejo você dentro de mais ou menos uma hora.

— Claro.

— Escuta, que é que há com você? Achei que me amava.

— Não sei mais, Toni...

— Tudo bem então — ela disse furiosa, e desligou.

Marty conseguiu encontrar dez centavos e enfiá-lo no telefone.

— Telefonista, preciso de um serviço de ambulância particular. Consiga qualquer uma, mas depressa. Talvez eu esteja morrendo...

— Já consultou o seu médico, senhor?

— Telefonista, por favor, me consiga uma ambulância particular!

No quarto ao lado, à esquerda, a loura sentava-se diante de seu aparelho de TV. Estendeu o braço e ligou-a. Chegara bem a tempo para o Programa Dick Cavett.

Mercadoria quebrada

Frank entrou no trânsito da autoestrada.

Era embalador da American Clock Company. Há seis anos já. Nunca ficara seis anos num emprego e agora o filho da puta estava realmente acabando com ele. Mas aos quarenta e dois anos, sem educação superior e com o desemprego chegando a dez por cento, não tinha muita escolha. Era seu décimo quinto ou décimo sexto emprego, e todos tinham sido terríveis.

Frank estava cansado e queria chegar em casa e tomar uma cerveja. Manobrou o Fusca para entrar na pista de alta velocidade. Quando conseguiu, não estava mais tão certo de que tinha pressa de chegar em casa. Fran estaria à espera. Quatro anos já.

Ele sabia o que o esperava. Fran mal podia esperar o primeiro tiro verbal. Ele sempre esperava o primeiro tiro dela. Nossa, ela não podia esperar pra lhe dar a porrada. Depois, porrada, porrada, porrada...

Frank sabia que era um perdedor. Não precisava que Fran lhe lembrasse desse fato, o ilustrasse. Seria de pensar que duas pessoas que vivem juntas ajudariam uma à outra. Mas não, caíam no hábito da crítica. Ele a criticava, ela o criticava. Eram perdedores os dois. Agora só lhes restava ver quem podia ser mais sarcástico sobre isso.

E aquele filho da puta, Meyers. Ele voltara ao departamento de remessas dez minutos antes da hora da saída e ficara lá parado.

– Frank.

– Sim.

– Está pondo rótulos de FRÁGIL em todas as embalagens?

– Estou.

— Está embalando com cuidado?

— Estou.

— Estamos recebendo um número cada vez maior de reclamações de clientes sobre mercadorias quebradas.

— Acho que os acidentes em trânsito acontecem.

— Tem certeza de que está embalando os produtos corretamente?

— Tenho.

— Talvez a gente devesse experimentar empresas de caminhão diferentes.

— São todas iguais.

— Bem, quero ver uma melhora. Menos coisas quebradas.

— Sim, senhor.

Meyers outrora controlara toda a American Clock Company, mas a bebida e um mau casamento o tinham arruinado. Tivera de vender a maioria de suas ações, e agora era apenas administrador assistente. Deixara a bebida, e em consequência vivia sempre irritável. Meyers estava continuamente tentando provocar Frank para deixá-lo furioso. Aí teria uma desculpa para despedi-lo.

Não havia nada pior que um bêbado reformado e um convertido religioso, e Meyers era as duas coisas juntas...

Frank meteu-se atrás de um carro velho na pista de alta velocidade. Era um esbodegado bebe-gasolina, um sedan, e soltava uma trilha imunda de fumaça do cano de descarga. Tinha os para-choques amassados, que vibravam com a marcha do sedan. A pintura quase sumira do carro, que era quase sem cor, um cinza fumacento.

Nada disso preocupava Frank. O que o preocupava era que o carro ia devagar demais, na mesma velocidade do carro na pista ao lado. Ele verificou o velocímetro. Estavam indo a oitenta e cinco por hora. Por quê?

Talvez não tivesse importância. Fran estava à espera. Era Fran numa ponta e Meyers na outra. A única hora que tinha sozinho, a única hora em que ninguém o atacava, era quando dirigia na ida e na volta do trabalho. Ou quando dormia.

Mesmo assim, não gostava de ver-se preso na autoestrada. Não tinha sentido. Ele olhou os dois caras sentados na frente do sedan. Os dois falavam e riam ao mesmo tempo. Eram dois jovens vagabundos de 23 ou 24 anos. Frank sentia-se satisfeito por não ouvir a conversa. Aqueles vagabundos começavam a irritá-lo.

Então Frank viu sua chance. O carro à direita do velho sedan ia um pouco mais rápido, forçava à frente. Frank passou para trás do outro carro.

Começou a desfrutar a liberdade de meter o pé ali. Seria uma pequena vitória depois de um dia horrível, com uma noite horrível à frente. Ia vencer.

Então, no momento em que se preparava para cortar a frente do velho sedan, o vagabundo ao volante acelerou fundo, encostou, fechou-o e emparelhou de novo com o outro carro.

Frank meteu-se atrás do carro do vagabundo. Os dois continuavam falando e rindo. Ele viu o adesivo no para-choque. JESUS TE AMA.

Então notou o decalque no para-brisa traseiro. THE WHO. Bem, eles tinham Jesus e The Who. Por que diabos não podiam deixá-lo passar?

Frank seguia atrás deles, colado no para-choque traseiro. Eles continuavam conversando e rindo. E dirigindo exatamente na mesma velocidade do carro à direita. Oitenta quilômetros.

Frank conferiu o retrovisor. Até onde podia ver, o fluxo de tráfego lá para trás era ininterrupto.

Frank passou o Fusca da pista de alta velocidade para a do lado, depois para a de baixa velocidade. O trânsito ia mais rápido ali. Ele contornou um carro lançando-se para a esquerda e depois soltou-se no vazio. Ao fazer isso, viu o velho sedan acelerar. Os vagabundos encostaram a seu lado.

Frank conferiu o velocímetro. Noventa quilômetros por hora. Frank acelerou para cem. Os vagabundos continuavam ali. Ele subiu para cento e dez. Os vagabundos continuavam juntos.

Agora tinham pressa. Por quê?

Frank pisou no acelerador até o fundo. O Fusca só ia até cento e dez. Ele ia fundir o motor ou pedir o penico. Os vagabundos se mantinham emparelhados com ele, mesmo torrando o carro deles.

Ele olhou-os. Dois jovens louros, com fios de barbicha. Os rostos voltaram-se para ele. Rostos vazios, como traseiros de peru, com buraquinhos servindo de boca.

O vagabundo ao lado do motorista mostrou o dedo médio para Frank.

Frank apontou o dedo primeiro para o cara que fizera o gesto, depois para o motorista. Depois apontou a saída da auto-estrada. Os dois fizeram que sim com a cabeça.

Frank saiu na frente. Parou num sinal. Os outros esperaram atrás. Depois Frank tomou à direita e foi em frente, os vagabundos atrás. Ele dirigiu até ver um supermercado. Entrou no estacionamento. Notou a plataforma de descarga. Estava escuro ali, o supermercado fechado. A plataforma deserta, as portas de ferro baixadas. Nada havia ali além de espaço e pilhas de caixas de madeira vazias. Frank encostou na plataforma de descarga. Saltou do carro, fechou-o, subiu a rampa e percorreu a plataforma. Os vagabundos pararam o carro ao lado do dele e saltaram.

Subiram a rampa atrás dele. Nenhum dos dois pesava mais de sessenta e cinco quilos. Juntos, só pesavam mais quinze quilos que ele.

Então o cara que mostrara o dedo disse:

– Tudo bem, seu velho merda!

Lançou-se contra Frank, emitindo um som alto, estridente, as mãos espalmadas numa espécie de golpe de caratê. O vagabundo girou, tentou um coice para trás, errou, depois se voltou e atingiu a orelha de Frank com o lado da mão. Não foi mais que um tapa. Frank lançou todos os seus cento e quinze quilos numa forte direita na barriga do vagabundo, e o garoto caiu na calçada segurando as tripas.

O outro vagabundo sacou um faca de mola, abriu-a.

– Vou cortar as porras de seus bagos! – disse a Frank.

Frank esperou o vagabundo se aproximar, passando nervosamente a faca de uma mão para outra. Frank recuou para as caixas. O vagabundo aproximava-se emitindo sons sibilantes. Frank esperou, de costas para as caixas. Aí, quando o vagabundo atacou, Frank estendeu o braço, pegou uma caixa e jogou-a nele. Ela pegou a cara do vagabundo, e enquanto isso Frank avançou e segurou o braço da faca. A lâmina caiu no chão e Frank torceu o braço para as costas do vagabundo. Suspendeu o braço até onde pôde.

– *Por favor, não quebre meu braço!*– guinchou o vagabundo.

Frank soltou o vagabundo, e ao fazê-lo deu-lhe um chute na bunda. O garoto caiu de cara, agarrando o traseiro. Frank pegou a faca, fechou a lâmina, guardou-a no bolso e voltou devagar para seu carro. Quando entrou e ligou o Fusca, podia ver os dois vagabundos parados juntos ao lado do velho sedan, olhando-o. Não falavam nem riam mais.

De repente, ele apontou o carro e lançou-se contra eles. Os dois se separaram, e no último instante ele se desviou. Diminuiu a marcha e deixou o estacionamento.

Notou que tinha as mãos trêmulas. Fora um dia dos infernos. Seguiu pelo boulevard. O Fusca andava mal, aos esturros, como para protestar contra o maltrato na autoestrada.

Então Frank viu o bar. O Cavaleiro de Sorte. Tinha estacionamento na frente. Ele parou, saltou e entrou.

Sentou-se e pediu uma Bud.

– Onde fica o telefone?

O garçom do balcão lhe disse. Era perto do cagador. Ele pôs a moeda e discou o número.

– Sim? – atendeu Fran.

– Escuta, Fran, vou chegar um pouco atrasado. Fui atacado. Até logo.

— Atacado? Quer dizer que foi assaltado?

— Não, me meti numa briga.

— Uma *briga*? Não me venha com essa. Você não aguentaria brigar nem com uma criança de peito!

— Fran, eu gostaria que você não usasse essas expressões velhas, rançosas.

— Bem, é verdade! Você não aguentaria brigar nem com uma criança de peito.

Frank desligou e voltou para o banquinho do balcão. Pegou a garrafa de Bud e tomou um gole.

— Gosto de um homem que bebe direto da garrafa!

Tinha alguém sentado junto dele. Uma mulher. Seus trinta e oito anos, as unhas sujas, o cabelo louro oxigenado empilhado frouxo no alto da cabeça. Duas argolas de prata pendiam-lhe das orelhas, a boca coberta de batom. Ela lambeu os lábios, devagar, depois enfiou na boca um Virginia Slim e acendeu-o.

— Eu me chamo Diana.

— Frank. Que é que você bebe?

— Ele sabe...

Ela acenou com a cabeça para o garçom do balcão e ele pegou uma garrafa da marca de uísque preferida dela e aproximou-se. Frank puxou uma nota de dez e colocou-a sobre o balcão.

— Você tem um rosto fascinante — disse Diana. — Que é que faz?

— Nada.

— Exatamente o tipo de homem que eu gosto.

Ela ergueu sua bebida e apertou a perna na dele enquanto bebia. Frank descascou devagar com a unha o rótulo úmido de sua garrafa. Diana acabou sua bebida. Frank fez um gesto para o garçom.

— Mais duas.

— O que é que vai tomar?

— O dela.

— Vai tomar o dela? — perguntou o garçom. — *Uau*!

Todos riram. Frank acendeu um cigarro e o garçom baixou a garrafa. De repente, parecia uma noite muito boa, afinal.

Corrida para casa

Acho que eu tinha uns vinte e oito anos naquela época. Não estava trabalhando, mas tinha algum dinheiro porque dera sorte nas corridas – finalmente. Eram umas nove horas da noite. Eu estivera bebendo em meu quarto alugado há umas duas horas. Fiquei chateado, saí e comecei a descer a rua. Cheguei a um bar defronte do que eu frequentava, e por algum motivo entrei. Era bem mais limpo e vistoso que o meu bar de sempre, e eu pensei: bem, talvez eu dê sorte de arranjar um rabo de classe.

Sentei-me perto da entrada, a uns dois banquinhos de distância de uma garota. Ela estava sozinha e havia mais quatro ou cinco pessoas, homens e mulheres, na outra ponta do balcão. O garçom estava lá conversando com elas e rindo. Devo ter ficado ali sentado uns três ou quatro minutos. O garçom simplesmente continuou conversando e rindo. Eu detestava esses babacas, bebiam tudo que queriam, recebiam gorjetas, pegavam mulher, conquistavam admiração, conseguiam tudo que queriam.

Saquei um maço de cigarros. Tirei um. Não tinha fósforos. No balcão também não. Olhei para a dona.

– Perdão, tem fósforos?

Irritada, ela enfiou a mão na bolsa. Tirou uma caixa e, sem me olhar, jogou-a no balcão.

– Fique com ela – disse.

Tinha cabelos longos e um belo corpo. Usava um casaco e um chapeuzinho de peles. Vi-a jogar a cabeça para trás depois de chupar seu cigarro. Soltou a fumaça como se realmente soubesse da porra de alguma coisa. Essas são do tipo em que a gente gostaria de dar umas cintadas.

O garçom continuou a me ignorar.

Peguei um cinzeiro, segurei-o uns dois palmos acima do balcão e deixei-o cair. Isso chamou a atenção dele. Ele se aproximou, pisando nas tábuas. Era grandão, talvez um metro e noventa e cinco, cento e trinta quilos. Um pouco de gordura na barriga, mas ombros largos, cabeça grande, mãos grandes. Era bonitão, de um tipo burro, uma bêbada mecha de cabelo caindo sobre um olho.

– Um Cutty Sark duplo com gelo – eu disse.

– Foi bom não ter quebrado esse cinzeiro – ele disse.

– Foi bom você ter ouvido – respondi.

As tábuas rangeram e gemeram quando ele voltou para preparar a bebida.

– Espero que ele não me prepare um Mickey[*] – eu disse à garota de mink falso.

– Jimmy é legal – ela disse. – Não faz essas coisas.

– Nunca encontrei um cara legal chamado "Jimmy" – eu disse.

Jimmy retornou com minha bebida. Peguei minha carteira e joguei uma nota de cinquenta dólares no balcão. Jimmy pegou-a, ergueu-a contra a luz e disse:

– Merda!

– Que é que há, rapaz? – perguntei. – Nunca viu uma nota de cinquenta dólares antes?

Ele tornou a percorrer as tábuas. Tomei um gole de minha bebida. Era um duplo, sem dúvida.

– Os caras agem como se nunca tivessem visto uma nota de cinquenta dólares – eu disse à garota de chapéu de pele. – Eu *só* ando com notas de cinquenta.

– Você é cheio de merda – ela disse.

– Não, não sou – eu disse. – Dei uma cagada há uns vinte minutos.

– Grande coisa...

– Posso lhe comprar qualquer coisa.

– Não está à venda – ela disse.

---

[*] *Mickey Finn* – gíria que se refere a bebida em que se acrescenta narcótico ou laxante, às escondidas.

– Que é que há? Está com cadeado? Se está, não se preocupe, ninguém vai pedir a chave.

Tomei outro gole.

– Quer beber? – perguntei.

– Só bebo com pessoas de quem gosto – ela disse.

– Ora, *você* é que é cheia de merda – eu disse.

Onde está o garçom com meu troco, pensei. Está demorando muito...

Já ia deixar o cinzeiro cair de novo quando ele voltou, estalando a madeira com seus pés de chumbo.

Pôs o troco no balcão. Olhei-o, quando ele começou a se afastar.

– EI! – berrei.

Ele voltou.

– Que foi?

– Isso é troco de dez. Eu lhe dei cinquenta dólares.

– Você me deu dez...

Eu me voltei para a garota.

– Escuta, você viu, não viu? Eu dei cinquenta dólares a ele!

– Você deu a Jimmy uma nota de dez – ela disse.

– Que porra é essa? – perguntei.

Jimmy começou a afastar-se.

– *Você não vai se safar assim!* – eu berrei.

Ele continuou andando. Voltou para a turma na ponta do balcão e todos se puseram a falar e a rir.

Fiquei ali sentado, pensando. A garota perto de mim soprou uma pluma de fumo das narinas, a cabeça jogada para trás.

Pensei em espatifar o espelho atrás do balcão. Tinha feito isso em outro lugar. Mas hesitava.

Estava perdendo?

Aquele filho da puta tinha me desmoralizado, com todo mundo olhando.

A calma dele me preocupava mais que o seu tamanho. Tinha alguma coisa mais em sua vantagem. Uma arma embaixo do balcão? Queria que eu fizesse o jogo dele. As testemunhas seriam dele...

Eu não sabia o que fazer. Havia uma cabine telefônica perto da saída. Levantei-me, fui até lá, entrei, pus uma moeda, disquei um número ao acaso. Ia fingir que estava chamando meus cupinchas, que eles iam vir e estourar o bar. Fiquei ouvindo o número tocar do outro lado da linha. Parou. Atendeu uma mulher.

– Alô – ela disse.
– Sou eu – eu disse.
– É você, Sam?
– É, é, escuta...
– Sam, aconteceu uma coisa terrível hoje! Wooly foi atropelado!
– Wooly?
– Nosso *cachorro,* Sam! Está *morto*!
– Agora escuta. Estou no Olho Vermelho! Sabe onde fica? Ótimo! Quero que traga Lefty, Larry, Tony e Big Angelo aqui, *rápido*! Sacou? E *Wooly* também!

Desliguei e fiquei ali sentado. Pensei em chamar a polícia. Sabia o que ia acontecer. Eles defenderiam o garçom. E eu acabaria no depósito de bêbados.

Saí da cabine telefônica e voltei ao banquinho do balcão. Acabei minha bebida. Depois peguei o cinzeiro e deixei-o cair, com força. O garçom ergueu o olhar para mim. Eu me levantei, ergui o braço e mostrei-lhe o dedo médio. Depois dei meia-volta e saí, sob as risadas dele e da sua turma...

Parei na loja de bebidas, peguei duas garrafas de vinho e fui para o Hotel Helen, que ficava defronte do bar onde eu estivera. Tinha uma namorada lá, bebum como eu. Era dez anos mais velha e trabalhava como criada. Subi dois lances, bati na porta dela, esperando que estivesse sozinha.

– Boneca! – chamei – estou com um problema. Fui passado pra trás...

A porta abriu-se. Betty estava sozinha e mais bêbada que eu.

Entrei e fechei a porta atrás de mim.

– Onde estão os copos de bebida?

Ela mostrou e eu desembrulhei uma garrafa e servi dois copos. Ela sentou-se na borda da cama e eu numa cadeira. Passei-lhe a garrafa. Ela acendeu um cigarro.

– Eu detesto este lugar, Benny. Por que a gente não mora mais juntos?

– Você começou a bater calçada, boneca, me deixou louco.

– Bem, você sabe como eu sou.

– É...

Betty pegou seu cigarro e distraidamente enterrou-o no lençol. Vi a fumaça começar a subir. Aproximei-me e levantei a mão dela. Havia um prato sobre a cômoda. Eu o peguei e trouxe. Tinha comida ressecada dentro, parecia um tamale. Pus o prato junto a ela, na cama.

– Aí está um cinzeiro...

– Você sabe que eu sinto falta de você – ela disse.

Enxuguei meu vinho, servi outro.

– Escuta, me deram troco a menos em cinquenta dólares aí defronte.

– Onde *você* ia arranjar cinquenta dólares?

– Deixa pra lá, eu arranjei. Aquele filho da puta me deu o troco a menos...

– Por que não acabou com ele? Está com medo? Aquele é Jimmy. As mulheres *adoram* ele! Toda noite, depois que o bar fecha, ele vai para o estacionamento e canta. Elas ficam em torno dele ouvindo, e depois uma delas consegue ir pra casa com ele.

– Ele é um monte de merda...

– Jogou rúgbi pelo Notre Dame.

– Que merda é essa? Está caída por esse cara?

– Eu não suporto ele.

– Ótimo. Porque eu vou estourar o saco dele.

– Acho que você está com medo...
– Já me viu correr de uma briga?
– Vi você perder algumas.

Não respondi a esta observação. Continuamos bebendo e a conversa derivou para outras coisas. Não me lembro muito da conversa. Quando não estava batendo calçada, Betty era uma alma muito boa. Tinha sensatez, mas era confusa, vocês sabem. Uma alcoólatra total. Eu podia deixar por um ou dois dias. Ela não podia nunca. Era triste. Conversamos. Tínhamos um acordo que tornava fácil a companhia um do outro. Depois deu duas horas da manhã. Betty disse:
– Venha cá, veja...
Fomos à janela, e lá estava o garçom Jimmy no estacionamento. Não havia dúvida, cantava. Três ou quatro garotas olhavam-no. Muitas risadas.

Grande parte sobre minha nota de cinquenta dólares, pensei.

Então uma das garotas entrou no carro com ele. As outras duas foram embora. O carro ficou parado um instante. Os faróis acenderam-se, o motor deu uns estouros, e ele partiu.

Que babaca exibido, pensei. Eu só ligo os faróis depois que o motor pegou.

Olhei para Betty.

– Aquele filho da puta realmente acha que é o tal. Vou estourar o saco dele.

– Você não tem colhões – ela respondeu.

– Escuta – pedi –, você ainda tem aquele bastão de beisebol debaixo da cama?

– Tenho, mas não posso me separar dele...

– Claro que pode – eu disse, passando-lhe uma de dez.

– Tudo bem. – Ela escorregou para fora da cama. – Espero que faça uma grande jogada...

Na noite seguinte, às duas horas da manhã, eu vigiava o estacionamento, encostado ao lado do bar, agachado atrás de umas duas latas de lixo grandes. Tinha o bastão de beisebol de Betty, um velho Jimmy Foxx especial.

Não tive de esperar muito tempo. O garçom saiu com suas garotas.

– Canta pra gente, Jimmy!
– Canta pra gente uma de *suas* músicas!
– Bem... está certo – disse ele.

Ele tirou a gravata, enfiou-a no bolso, desabotoou a camisa no pescoço, ergueu a cabeça para a lua.

"Eu sou o homem por quem você espera...
Sou o homem que você deve adorar...
Sou o homem que vai foder você no chão...
Sou o homem que vai fazer você pedir mais...
e mais...
...e mais..."

As três garotas aplaudiram, riram e se amontoaram em volta dele.

– Oh, Jimmy!
– Oh, JIMMY!

Jimmy recuou e conferiu as garotas. Elas esperavam. Finalmente, ele disse:

– Tudo bem, esta noite é... Caroline...

Com isso, as outras duas pareceram de crista caída, baixaram obedientemente a cabeça e deixaram lentamente o estacionamento juntas, voltando-se para dar um sorriso e um aceno a Jimmy e Caroline, quando chegaram ao boulevard.

Caroline ficou ali parada, ligeiramente bêbada, oscilando nos saltos altos. Tinha um belo corpo, cabelos compridos. Parecia conhecida, de algum modo.

– Você é um homem de verdade, Jimmy – ela disse.
– Eu te amo.

– Cascata, sua puta, você só quer chupar meu pau.
– É, isso também, Jimmy! – Caroline deu uma risada.
– Vai chupar meu pau agora mesmo – disse Jimmy.

De repente, parecia mau.
- Não, espere... Jimmy, está indo *rápido* demais.
- Você disse que me ama, então me *chupa*.
- Não, espere...

Jimmy estava muito bêbado. Tinha de estar, para agir daquele jeito. Não havia muita luz no estacionamento, mas também não estava tão escuro assim. Alguns caras são tarados. Gostam de fazer isso em situações públicas.

- Você vai me chupar, sua puta, já...

Jimmy abriu o ziper, agarrou-a pelos cabelos compridos e forçou a cabeça dela para baixo. Achei que ela ia fazer. Ela pareceu ceder.

Aí Jimmy gritou. *Gritou.*

Ela o mordera. Ele puxou-a pelo cabelo e esbofeteou-a, de punho fechado, no rosto. Depois enfiou o joelho entre as pernas dela, e ela caiu, imóvel.

Apagou, pensei. Talvez eu arraste ela pra trás daquelas latas e foda ela quando ele for embora.

Diabos se ele não me assustara. Decidi não sair detrás daquelas latas de lixo. Agarrei o bastão Jimmy Foxx e esperei que ele saísse.

Observei-o fechar o zíper e dirigir-se com cuidado para seu carro. Abriu a porta, entrou e ficou lá sentado algum tempo. Aí as luzes se acenderam e o motor esturrou.

Ele continuou lá, acelerando o motor.

Então o vi sair. O motor continuava funcionando. Os faróis acesos.

Ele contornou a frente do carro.

- Ei! – disse em voz alta. – Que é isso? Eu estou vendo... você...

Pôs-se a avançar em minha direção.

...Estou vendo... você... quem caralhos... está... escondido atrás dessas latas? Estou vendo... você... Saia já daí!

Veio para cima de mim. A lua por trás das suas costas fazia-o parecer uma criatura esquecida por Deus, saída de um filme de horror barato.

– Sua barata da porra! – ele berrou. –Vou esmagar você!

Veio para cima de mim. Eu estava acuado entre as latas de lixo. Ergui o bastão Jimmy Foxx, desci-o e peguei-o em cheio no alto da cabeça.

Ele não caiu. Só ficou ali parado me olhando. Tornei a bater. Era como um filme cômico dos velhos tempos, em preto e branco. Ele continuou ali, me fazendo uma careta horrível.

Eu me esgueirei por trás das latas de lixo e comecei a me afastar. Ele me seguiu.

Eu me voltei.

– Me deixe em paz – eu disse. – Vamos deixar isso pra lá.

– Eu vou matar você, vagabundo! – ele disse.

As duas mãos enormes avançaram para minha garganta. Eu me abaixei e sentei o bastão numa das rótulas dele. Houve um barulho, como um revólver disparando, e ele caiu.

– Vamos deixar isso pra lá – eu disse. – Vamos deixar por aí mesmo.

Ele estava de quatro, engatinhando para mim.

– Vou matar você, vagabundo!

Sentei o cacete na nuca dele com toda a força que tinha então. Ele estava caído junto à sua amiga inconsciente. Olhei a garota, Caroline. Era a da pele falsa. Decidi que não a queria, afinal.

Corri ao carro do garçom, apaguei os faróis, desliguei o motor, tirei as chaves e joguei-as no telhado do prédio. Depois corri para junto dos corpos e peguei a carteira de Jimmy.

Saí correndo do estacionamento, dei alguns passos para o sul e disse:

– Merda!

Voltei e corri para o estacionamento e as latas de lixo. Tinha deixado meu uísque lá. Numa sacola de papel. Peguei-o.

Em seguida andei para o sul de novo até a esquina, atravessei a rua, encontrei uma caixa de correspondência, olhei em volta. Ninguém. Tirei as notas da carteira, joguei a carteira na caixa.

Em seguida andei para o norte até chegar ao Hotel Helen. Entrei, subi a escada, bati na porta.

– BETTY, É BENNY! PELO AMOR DE DEUS, ABRA!

A porta abriu-se.

– Merda... que foi? – ela perguntou.

– Tenho um pouco de uísque.

Entrei, passei a corrente na porta. Ela estava com as luzes acesas. Saí em volta apagando-as. Ficou escuro.

– Que é que há? – ela perguntou. – Ficou louco?

Peguei os copos e com mão trêmula servi dois.

Levei-a até a janela. Os carros da polícia já estavam lá, as luzes piscando.

– Que diabos aconteceu? – ela perguntou.

– Algum cara estourou o saco de Jimmy – eu disse.

Ouvia-se a ambulância aproximando-se. Depois, já estava no estacionamento. Embarcaram a garota primeiro. Depois pegaram Jimmy.

– Quem pegou a garota? – perguntou Betty.

– Jimmy...

– Quem pegou Jimmy?

– Que diabos importa isso?

Pus minha bebida na balaustrada da janela e enfiei a mão no bolso. Contei as cédulas. Quatrocentos e oitenta dólares.

– Toma, boneca...

Dei-lhe cinquenta dólares.

– Nossa, obrigada, Benny!

– Não é nada...

– Os cavalinhos devem estar dando mesmo!

– Melhor que nunca, boneca...

– Saúde! – ela disse, erguendo seu copo.
– Saúde! – eu disse, erguendo o meu.
Batemos os copos e os liquidamos, enquanto a ambulância dava ré e virava para o sul, sirene ligada.
Ainda não era a nossa vez.

Enganando Marie

Era uma noite quente nas corridas de quarto de milha. Ted chegara trazendo duzentos dólares, e agora, entrando no quarto páreo, estava com quinhentos e trinta. Conhecia os cavalinhos. Talvez não fosse muito bom em nada mais, mas conhecia os cavalinhos. Ted ficou olhando o placar e as pessoas. Elas não tinham a menor capacidade para avaliar um cavalo. Mas mesmo assim trazem o seu dinheiro e seus sonhos para as pistas. O hipódromo tinha uma dupla de dois dólares em quase toda corrida para atraí-los. Isso e o Pick-6. Ted jamais escolhia o Pick-6 nem as duplas. Só a vitória direta no melhor cavalo, que não era necessariamente o favorito.

Marie enchia tanto o saco sobre sua ida às corridas que ele só ia duas ou três vezes por semana. Vendera sua empresa e se aposentara cedo do ramo da construção. Na verdade não havia muito mais coisas que ele pudesse fazer.

Os quatro cavalos pareciam bons a seis por um, mas ainda havia dezoito minutos para a chegada. Sentiu um puxão na manga do paletó.

– Perdão, senhor, mas eu perdi nas duas primeiras corridas. Vi o senhor trocando suas pules. O senhor parece exatamente um cara que sabe o que está fazendo. Quem prefere nessa próxima corrida?

Era uma ruiva, de uns vinte e quatro anos, quadris estreitos, seios surpreendentemente grandes, pernas compridas, um lindo narizinho arrebitado, boca de flor, usando um vestido azul-claro e sapatos brancos de saltos altos. Os olhos azuis dela olhavam-no de baixo para cima.

– Bem – sorriu-lhe Ted –, eu geralmente prefiro o vencedor.

— Estou acostumada a jogar em puros-sangues – disse a ruiva. – Esses páreos de quarto de milha são muito *rápidos*!

— É. A maioria é corrida em menos de dezoito segundos. A gente descobre muito rápido se acertou ou errou.

— Se minha mãe descobrisse que estou aqui perdendo meu dinheiro, ela me daria uma surra de cinto.

— Eu mesmo gostaria de lhe dar uma surra de cinto – disse Ted.

— Você não é desses, é? – ela perguntou.

— Brincadeira – disse Ted. – Vamos, vamos ao bar. Talvez a gente consiga escolher um vencedor pra você.

— Tudo bem, Sr...?

— Pode me chamar de Ted. E você, como se chama?

— Victoria.

Entraram no bar.

— Que vai tomar? – perguntou Ted.

— O que você tomar – disse Victoria.

Ele pediu dois Jack Daniels. De pé, ele virou o seu, e ela bebericou o dela, olhando direto em frente. Ted conferiu o traseiro dela: perfeito. Era melhor do que muita candidatazinha ao estrelato no cinema, e não parecia mimada.

— Agora – disse Ted, apontando seu programa – na próxima corrida o cavalo quatro aparece melhor, e está dando possibilidades de seis por um...

Victoria exalou um "Ooohhh...?" muito sexy. Curvou-se para olhar o programa dele, tocando-o com o braço. Depois ele sentiu a perna dela comprimir-se contra a sua.

— As pessoas não sabem avaliar uma corrida – ele disse. – Me mostre um cara que sabe avaliar uma corrida, que eu lhe mostro um cara que pode ganhar todo o dinheiro que possa levar.

Ela sorriu para ele.

— Eu queria ter o que você tem.

— Você tem muita coisa, boneca. Quer outra bebida?

— Oh, não, obrigada...

– Bem, escuta – disse Ted –, é melhor fazermos as apostas.

– Tudo bem, vou apostar dois dólares no vencedor. Qual é, o cavalo número quatro?

– É, boneca, é o quatro...

Fizeram suas apostas e saíram para assistir ao páreo. O quatro não largou bem, foi abalroado de ambos os lados, endireitou-se, ficou em quinto num campo de nove, mas aí começou a acelerar e chegou à linha cabeça a cabeça com o favorito de dois a um. Foto.

Porra, pensou Ted, eu *tenho* de ganhar essa. Por favor, me dê *essa*!

– Oh – disse Victoria –, estou tão *excitada!*

O placar anunciou o número. *Quatro.*

Victoria gritou e pulou de alegria.

– Nós ganhamos, nós ganhamos, nós GANHAMOS!

Agarrou Ted e ele sentiu o beijo no rosto.

– Vá com calma, boneca, o melhor cavalo venceu, só isso.

Esperaram o aviso oficial e aí o placar exibiu o pagamento. Quatorze dólares e sessenta.

– Quanto você apostou? – perguntou Victoria.

– Quarenta no vencedor – disse Ted.

– Quanto vai receber?

– Duzentos e noventa e dois. Vamos pegar.

Dirigiram-se para os guichês. Então Ted sentiu a mão de Victoria na sua. Ela o fez parar.

– Se abaixe – ela disse –, que eu quero dizer uma coisa em seu ouvido.

Ted abaixou-se, sentiu os frios lábios róseos dela em sua orelha.

– Você e um... mágico... Eu quero... foder com você...

Ele ficou ali parado sorrindo debilmente para ela.

– Deus do céu – disse.

– Que é que há? Está com medo?

– Não, não, não é isso.
– Que é que há então?
– É Marie... minha esposa... eu sou casado... e ela me controla no mínimo minuto. Sabe quando as corridas acabam e quando devo chegar.

Victoria deu uma risada.
– A gente sai *agora*! Vamos a um motel!
– Bem, claro – disse Ted...

Trocaram as pules e voltaram para o estacionamento.
– Vamos no meu carro. Eu trago você de volta quando a gente acabar – disse Victoria.

Foram ao carro dela, um Fiat azul 1982, combinando com o vestido. A placa dizia VICKY. Quando ela pôs a chave na porta, hesitou.
– Você não é mesmo um daqueles, é?
– Daqueles quais?
– Que batem com o cinto, um daqueles. Minha mãe teve uma experiência terrível uma vez...
– Relaxe – ele disse. – Eu sou inofensivo.

◆◆◆

Encontraram um motel a pouco mais de dois quilômetros do hipódromo. O Lua Azul. Só que a Lua Azul estava pintada de verde. Victoria estacionou e saltaram, se registraram, deram-lhes o quarto 302. Tinham parado para pegar uma garrafa de Cutty Sark no caminho.

Ted rasgou a embalagem de celofane dos copos, acendeu um cigarro e serviu duas doses enquanto Victoria se despia. A calcinha e o sutiã eram cor-de-rosa, e o corpo cor-de-rosa e branco e lindo. Era espantoso como de vez em quando se criava uma mulher daquelas, quando todas as outras, a maioria das outras, não tinham nada, ou quase nada. Era de enlouquecer. Victoria era um sonho lindo, enlouquecedor.

Victoria estava nua. Aproximou-se e sentou-se na borda da cama junto a Ted. Cruzou as pernas. Tinha os seios firmes e parecia já estar com tesão. Ele realmente não acreditava em sua sorte. Aí ela deu uma risadinha.

– Que foi? – ele perguntou.

– Está pensando em sua mulher?

– Bem, não, estava pensando em outra coisa.

– Bem, *devia* pensar em sua mulher...

– Diabos – disse Ted –, foi *você* quem sugeriu a foda!

– Eu gostaria que você não usasse essa palavra...

– Está recuando?

– Bem, não. Escuta, tem um cigarro?

– Claro...

Ted pegou um, entregou a ela, acendeu-o e ela o manteve na boca.

– Você tem o corpo mais lindo que eu já vi – disse Ted.

– Eu não duvido – ela disse, sorrindo.

– Escuta, você está recuando dessa coisa? – ele perguntou.

– Claro que não – ela respondeu –, tire a roupa.

Ted começou a despir-se, sentindo-se gordo, velho e feio, mas também sortudo – tinha sido seu melhor dia nas corridas, em muitos aspectos. Dobrou suas roupas numa cadeira e sentou-se junto a Victoria.

Serviram mais um drinque para cada um.

– Sabe – ele disse –, você é um número de classe, mas eu também sou. Nós dois temos nossa própria maneira de mostrar isso. Eu faturei uma nota no ramo da construção, e ainda estou faturando nas corridas. Nem todo mundo tem esse instinto.

Victoria bebeu metade de seu Cutty Sark e sorriu para ele.

– Oh, você é meu grande Buda gordo!

Ted enxugou a sua bebida.

– Escuta, se você não quiser, a gente não faz. Esqueça.

– Me deixa ver o que é que Buda tem aí...

Victoria baixou o braço e enfiou a mão entre as pernas dele. Pegou-o, segurou-o.

– Oh, oh... estou sentindo uma coisa... – disse.

– Claro... E daí?

Então ela baixou a cabeça. Beijou-o a princípio. Depois ele sentiu que ela abria a boca, e a língua.

– Sua *puta*! – disse.

Victoria ergueu a cabeça e olhou-o.

– *Por favor*. Eu não gosto de palavrão.

– Tudo bem, Vicky, tudo bem. Nada de palavrão.

– Se meta entre os lençóis, Buda.

Ted se meteu e sentiu o corpo dela junto ao seu. A pele era fria, e a boca abriu-se e ele a beijou e enfiou a língua. Gostava daquilo assim, fresco, com o frescor da primavera, jovem, novo, bom. Que prazer do caralho. Ia lascar ela ao meio! Masturbou-a, ela demorou muito para gozar. Depois ele a sentiu abrir-se e enfiou o dedo. Pegara-a, a puta. Puxou o dedo e esfregou o clitóris. Você quer aquecimento, vai ter aquecimento!, pensou.

Sentiu os dentes dela enterrarem-se em seu lábio inferior, a dor foi terrível. Ted afastou-se, sentindo o gosto do sangue e a ferida no lábio. Ergueu-se pela metade e deu-lhe um tapa no rosto, depois com as costas da mão no outro lado. Encontrou-a lá embaixo, enfiou e estocou, pondo a boca de volta na dela. Prosseguiu em selvagem vingança, de vez em quando recuando a cabeça e olhando-a. Tentou segurar, se conter, e agora via aquela nuvem de cabelos cor de morango espalhados no travesseiro ao luar.

Ted gemia e suava como um ginasiano. Era aquilo. Nirvana. O lugar a se alcançar. Victoria continuava calada. Os gemidos de Ted foram diminuindo, e então, após um instante, ele rolou para o lado.

Ficou fitando a escuridão.

Esqueci de chupar os peitos dela, pensou.

Então ouviu a voz dela.

– Sabe de uma coisa? – ela perguntou.

– Que é?

–Você me lembra um daqueles cavalos de quarto de milha.

– Que quer dizer?

– Tudo acaba em dezoito segundos.

– A gente corre de novo, boneca – ele disse...

Ela foi ao banheiro. Ted limpou-se no lençol, o velho profissional. Victoria era uma coisa meio desagradável, de certa forma. Mas podia ser manobrada. Ele tinha alguma coisa. Quantos homens eram donos de sua própria casa e tinham cento e cinquenta mil paus no banco na sua idade? Ele era um número de classe, e ela sabia disso muito bem.

Victoria saiu do banheiro ainda parecendo fresca, intocada, quase virginal. Ted acendeu o abajur de cabeceira. Sentou-se e serviu dois drinques. Ela sentou-se na beira da cama com sua bebida e ele desceu e sentou-se na beira da cama junto dela.

– Victoria – disse –, posso tornar tudo bom pra você.

– Acho que você tem lá seus meios, Buda.

– E vou ser um amante melhor.

– Claro.

– Escuta, devia ter me conhecido quando eu era jovem. Era durão, mas bom. Eu tinha aquilo. Ainda tenho.

Ela sorriu para ele.

– Ora, vamos, Buda, não é tão ruim assim. Você tem uma esposa, você tem um monte de coisas a seu favor.

– Menos uma coisa – ele disse, enxugando sua bebida e olhando-a. – Menos a única coisa que eu quero mesmo...

– Veja o seu *lábio*! Está sangrando!

Ted baixou o olhar para seu copo. Viu gotas de sangue na bebida e sentiu o sangue escorrendo pelo queixo. Limpou o queixo com as costas da mão.

– Vou ao banheiro lavar isso, boneca, já volto.

Entrou no banheiro, correu a porta do chuveiro e abriu a água, testando-a com a mão. Parecia mais ou menos no ponto e ele entrou, a água escorrendo dele. Via o sangue na água escorrendo para o ralo. Que gata selvagem. Só precisava de uma mão forte.

Marie era legal, era bondosa, na verdade meio chata. Perdera a intensidade da juventude. Não era culpa dela. Talvez ele pudesse arranjar um meio de continuar com Marie e ter Victoria por fora. Victoria renovava sua juventude. Precisava de uma porra de uma renovação. E de mais umas boas fodas como aquela. Claro, as mulheres eram todas loucas. Não entendiam que vencer não era uma experiência gloriosa, só necessária.

– Vamos com isso, Buda! – ouviu-a gritar. – Não me deixe aqui sozinha!

– Não demoro, boneca – ele gritou debaixo do chuveiro. Ensaboou-se bem, lavando tudo.

Depois saiu, enxugou-se, abriu a porta do banheiro e foi para o quarto.

O quarto de motel estava vazio. Ela se fora.

A distância entre os objetos comuns e entre os fatos era notável. De repente, ele viu as paredes, o tapete, a cama, as cortinas, a mesa de café, a penteadeira, o cinzeiro com os cigarros deles. A distância entre essas coisas era imensa. O então e o agora estavam anos-luz separados.

Num impulso, ele correu para o armário e abriu a porta. Nada além de cabides.

Então Ted percebeu que suas roupas haviam desaparecido. A roupa de baixo, a camisa, as calças, as chaves do carro e a carteira, seu dinheiro, seus sapatos, suas meias, tudo.

Em outro impulso, olhou embaixo da cama. Nada.

Então viu a garrafa de Cutty Sark, pela metade, sobre a penteadeira, e aproximou-se, pegou-a e serviu-se uma dose. E ao fazer isso viu duas palavras riscadas no espelho da penteadeira com batom cor-de-rosa: "ADEUS, BUDA!"

Ted tomou a bebida, depôs o copo e viu-se no espelho – muito gordo, muito velho. Não tinha ideia do que fazer em seguida.

Levou o Cutty Sark de volta para a cama, sentou-se pesadamente na beira do colchão onde ele e Victoria tinham-se sentado juntos. Ergueu a garrafa e sugou-a, enquanto as vívidas luzes de néon do boulevard entravam pelas persianas empoeiradas.

Ficou sentado, olhando para fora, sem se mover, vendo os carros passarem de um lado para outro.

Livros de Bukowski publicados pela **L&PM** EDITORES:

Ao sul de lugar nenhum: histórias da vida subterrânea
O amor é um cão dos diabos
Bukowski: 3 em 1 (*Mulheres*; *O capitão saiu para o almoço e os marinheiros tomaram conta do navio*; *Cartas na rua*)
O capitão saiu para o almoço e os marinheiros tomaram conta do navio (c/ ilustrações de Robert Crumb)
Cartas na rua
Crônica de um amor louco
Delírios cotidianos (c/ ilustrações de Matthias Schultheiss)
Escrever para não enlouquecer
Fabulário geral do delírio cotidiano
Factótum
Hollywood
Miscelânea septuagenária: contos e poemas
Misto-quente
A mulher mais linda da cidade e outras histórias
Mulheres
Notas de um velho safado
Numa fria
Pedaços de um caderno manchado de vinho
As pessoas parecem flores finalmente
Pulp
Queimando na água, afogando-se na chama
Sobre bêbados e bebidas
Sobre gatos
Sobre o amor
Tempestade para os vivos e para os mortos
Textos autobiográficos (Editado por John Martin)
Você fica tão sozinho às vezes que até faz sentido

Poesias, contos e todos os romances em mais de 20 títulos

L&PM EDITORES

Coleção L&PM POCKET (Lançamentos mais recentes)

485. **Sermões do Padre Antonio Vieira**
486. **Garfield numa boa (4)** – Jim Davis
487. **Mensagem** – Fernando Pessoa
488. **Vendeta** seguido de **A paz conjugal** – Balzac
489. **Poemas de Alberto Caeiro** – Fernando Pessoa
490. **Ferragus** – Honoré de Balzac
491. **A duquesa de Langeais** – Honoré de Balzac
492. **A menina dos olhos de ouro** – Honoré de Balzac
493. **O lírio do vale** – Honoré de Balzac
497. **A noite das bruxas** – Agatha Christie
498. **Um passe de mágica** – Agatha Christie
499. **Nêmesis** – Agatha Christie
500. **Esboço para uma teoria das emoções** – Sartre
501. **Renda básica de cidadania** – Eduardo Suplicy
502.(1). **Pílulas para viver melhor** – Dr. Lucchese
503.(2). **Pílulas para prolongar a juventude** – Dr. Lucchese
504.(3). **Desembarcando o diabetes** – Dr. Lucchese
505.(4). **Desembarcando o sedentarismo** – Dr. Fernando Lucchese e Cláudio Castro
506.(5). **Desembarcando a hipertensão** – Dr. Lucchese
507.(6). **Desembarcando o colesterol** – Dr. Fernando Lucchese e Fernanda Lucchese
508. **Estudos de mulher** – Balzac
509. **O terceiro tira** – Flann O'Brien
510. **100 receitas de aves e ovos** – J. A. P. Machado
511. **Garfield em toneladas de diversão (5)** – Jim Davis
512. **Trem-bala** – Martha Medeiros
513. **Os cães ladram** – Truman Capote
514. **O Kama Sutra de Vatsyayana**
515. **O crime do Padre Amaro** – Eça de Queiroz
516. **Odes de Ricardo Reis** – Fernando Pessoa
517. **O inverno da nossa desesperança** – Steinbeck
518. **Piratas do Tietê (1)** – Laerte
519. **Rê Bordosa: do começo ao fim** – Angeli
520. **O Harlem é escuro** – Chester Himes
522. **Eugénie Grandet** – Balzac
523. **O último magnata** – F. Scott Fitzgerald
524. **Carol** – Patricia Highsmith
525. **100 receitas de patisseria** – Sílvio Lancellotti
527. **Tristessa** – Jack Kerouac
528. **O diamante do tamanho do Ritz** – F. Scott Fitzgerald
529. **As melhores histórias de Sherlock Holmes** – Arthur Conan Doyle
530. **Cartas a um jovem poeta** – Rilke
532. **O misterioso sr. Quin** – Agatha Christie
533. **Os analectos** – Confúcio
536. **Ascensão e queda de César Birotteau** – Balzac
537. **Sexta-feira negra** – David Goodis
538. **Ora bolas – O humor de Mario Quintana** – Juarez Fonseca
539. **Longe daqui aqui mesmo** – Antonio Bivar
540. **É fácil matar** – Agatha Christie
541. **O pai Goriot** – Balzac
542. **Brasil, um país do futuro** – Stefan Zweig
543. **O processo** – Kafka
544. **O melhor de Hagar 4** – Dik Browne
545. **Por que não pediram a Evans?** – Agatha Christie
546. **Fanny Hill** – John Cleland
547. **O gato por dentro** – William S. Burroughs
548. **Sobre a brevidade da vida** – Sêneca
549. **Geraldão (1)** – Glauco
550. **Piratas do Tietê (2)** – Laerte
551. **Pagando o pato** – Ciça
552. **Garfield de bom humor (6)** – Jim Davis
553. **Conhece o Mário?** vol.1 – Santiago
554. **Radicci 6** – Iotti
555. **Os subterrâneos** – Jack Kerouac
556(1). **Balzac** – François Taillandier
557(2). **Modigliani** – Christian Parisot
558(3). **Kafka** – Gérard-Georges Lemaire
559(4). **Júlio César** – Joël Schmidt
560. **Receitas da família** – J. A. Pinheiro Machado
561. **Boas maneiras à mesa** – Celia Ribeiro
562(9). **Filhos sadios, pais felizes** – R. Pagnoncelli
563(10). **Fatos & mitos** – Dr. Fernando Lucchese
564. **Ménage à trois** – Paula Taitelbaum
565. **Mulheres!** – David Coimbra
566. **Poemas de Álvaro de Campos** – Fernando Pessoa
567. **Medo e outras histórias** – Stefan Zweig
568. **Snoopy e sua turma (1)** – Schulz
569. **Piadas para sempre (1)** – Visconde da Casa Verde
570. **O alvo móvel** – Ross Macdonald
571. **O melhor do Recruta Zero (2)** – Mort Walker
572. **Um sonho americano** – Norman Mailer
573. **Os broncos também amam** – Angeli
574. **Crônica de um amor louco** – Bukowski
575(5). **Freud** – René Major e Chantal Talagrand
576(6). **Picasso** – Gilles Plazy
577(7). **Gandhi** – Christine Jordis
578. **A tumba** – H. P. Lovecraft
579. **O príncipe e o mendigo** – Mark Twain
580. **Garfield, um charme de gato (7)** – Jim Davis
581. **Ilusões perdidas** – Balzac
582. **Esplendores e misérias das cortesãs** – Balzac
583. **Walter Ego** – Angeli
584. **Striptiras (1)** – Laerte
585. **Fagundes: um puxa-saco de mão cheia** – Laerte
586. **Depois do último trem** – Josué Guimarães
587. **Ricardo III** – Shakespeare
588. **Dona Anja** – Josué Guimarães
589. **24 horas na vida de uma mulher** – Stefan Zweig
591. **Mulher no escuro** – Dashiell Hammett
592. **No que acredito** – Bertrand Russell

593. **Odisseia (1): Telemaquia** – Homero
594. **O cavalo cego** – Josué Guimarães
595. **Henrique V** – Shakespeare
596. **Fabulário geral do delírio cotidiano** – Bukowski
597. **Tiros na noite 1: A mulher do bandido** – Dashiell Hammett
598. **Snoopy em Feliz Dia dos Namorados! (2)** – Schulz
600. **Crime e castigo** – Dostoiévski
601. **Mistério no Caribe** – Agatha Christie
602. **Odisseia (2): Regresso** – Homero
603. **Piadas para sempre (2)** – Visconde da Casa Verde
604. **À sombra do vulcão** – Malcolm Lowry
605(8). **Kerouac** – Yves Buin
606. **E agora são cinzas** – Angeli
607. **As mil e uma noites** – Paulo Caruso
608. **Um assassino entre nós** – Ruth Rendell
609. **Crack-up** – F. Scott Fitzgerald
610. **Do amor** – Stendhal
611. **Cartas do Yage** – William Burroughs e Allen Ginsberg
612. **Striptiras (2)** – Laerte
613. **Henry & June** – Anaïs Nin
614. **A piscina mortal** – Ross Macdonald
615. **Geraldão (2)** – Glauco
616. **Tempo de delicadeza** – A. R. de Sant'Anna
617. **Tiros na noite 2: Medo de tiro** – Dashiell Hammett
618. **Snoopy em Assim é a vida, Charlie Brown! (3)** – Schulz
619. **1954 – Um tiro no coração** – Hélio Silva
620. **Sobre a inspiração poética (Íon)** e ... – Platão
621. **Garfield e seus amigos (8)** – Jim Davis
622. **Odisseia (3): Ítaca** – Homero
623. **A louca matança** – Chester Himes
624. **Factótum** – Bukowski
625. **Guerra e Paz: volume 1** – Tolstói
626. **Guerra e Paz: volume 2** – Tolstói
627. **Guerra e Paz: volume 3** – Tolstói
628. **Guerra e Paz: volume 4** – Tolstói
629(9). **Shakespeare** – Claude Mourthé
630. **Bem está o que bem acaba** – Shakespeare
631. **O contrato social** – Rousseau
632. **Geração Beat** – Jack Kerouac
633. **Snoopy: É Natal! (4)** – Charles Schulz
634. **Testemunha da acusação** – Agatha Christie
635. **Um elefante no caos** – Millôr Fernandes
636. **Guia de leitura (100 autores que você precisa ler)** – Organização de Léa Masina
637. **Pistoleiros também mandam flores** – David Coimbra
638. **O prazer das palavras** – vol. 1 – Cláudio Moreno
639. **O prazer das palavras** – vol. 2 – Cláudio Moreno
640. **Novíssimo testamento: com Deus e o diabo, a dupla da criação** – Iotti
641. **Literatura Brasileira: modos de usar** – Luís Augusto Fischer
642. **Dicionário de Porto-Alegrês** – Luís A. Fischer
643. **Clô Dias & Noites** – Sérgio Jockymann
644. **Memorial de Isla Negra** – Pablo Neruda
645. **Um homem extraordinário e outras histórias** – Tchékhov
646. **Ana sem terra** – Alcy Cheuiche
647. **Adultérios** – Woody Allen
651. **Snoopy: Posso fazer uma pergunta, professora? (5)** – Charles Schulz
652(10). **Luís XVI** – Bernard Vincent
653. **O mercador de Veneza** – Shakespeare
654. **Cancioneiro** – Fernando Pessoa
655. **Non-Stop** – Martha Medeiros
656. **Carpinteiros, levantem bem alto a cumeeira & Seymour, uma apresentação** – J.D. Salinger
657. **Ensaios céticos** – Bertrand Russell
658. **O melhor de Hagar 5** – Dik e Chris Browne
659. **Primeiro amor** – Ivan Turguêniev
660. **A trégua** – Mario Benedetti
661. **Um parque de diversões da cabeça** – Lawrence Ferlinghetti
662. **Aprendendo a viver** – Sêneca
663. **Garfield, um gato em apuros (9)** – Jim Davis
664. **Dilbert (1)** – Scott Adams
666. **A imaginação** – Jean-Paul Sartre
667. **O ladrão e os cães** – Naguib Mahfuz
669. **A volta do parafuso** seguido de **Daisy Miller** – Henry James
670. **Notas do subsolo** – Dostoiévski
671. **Abobrinhas da Brasilônia** – Glauco
672. **Geraldão (3)** – Glauco
673. **Piadas para sempre (3)** – Visconde da Casa Verde
674. **Duas viagens ao Brasil** – Hans Staden
676. **A arte da guerra** – Maquiavel
677. **Além do bem e do mal** – Nietzsche
678. **O coronel Chabert** seguido de **A mulher abandonada** – Balzac
679. **O sorriso de marfim** – Ross Macdonald
680. **100 receitas de pescados** – Sílvio Lancellotti
681. **O juiz e seu carrasco** – Friedrich Dürrenmatt
682. **Noites brancas** – Dostoiévski
683. **Quadras ao gosto popular** – Fernando Pessoa
685. **Kaos** – Millôr Fernandes
686. **A pele de onagro** – Balzac
687. **As ligações perigosas** – Choderlos de Laclos
689. **Os Lusíadas** – Luís Vaz de Camões
690(11). **Átila** – Éric Deschodt
691. **Um jeito tranquilo de matar** – Chester Himes
692. **A felicidade conjugal** seguido de **O diabo** – Tolstói
693. **Viagem de um naturalista ao redor do mundo** – vol. 1 – Charles Darwin
694. **Viagem de um naturalista ao redor do mundo** – vol. 2 – Charles Darwin
695. **Memórias da casa dos mortos** – Dostoiévski
696. **A Celestina** – Fernando de Rojas
697. **Snoopy: Como você é azarado, Charlie Brown! (6)** – Charles Schulz
698. **Dez (quase) amores** – Claudia Tajes

699. **Poirot sempre espera** – Agatha Christie
701. **Apologia de Sócrates** *precedido de* **Êutifron e** *seguido de* **Críton** – Platão
702. **Wood & Stock** – Angeli
703. **Striptiras (3)** – Laerte
704. **Discurso sobre a origem e os fundamentos da desigualdade entre os homens** – Rousseau
705. **Os duelistas** – Joseph Conrad
706. **Dilbert (2)** – Scott Adams
707. **Viver e escrever (vol. 1)** – Edla van Steen
708. **Viver e escrever (vol. 2)** – Edla van Steen
709. **Viver e escrever (vol. 3)** – Edla van Steen
710. **A teia da aranha** – Agatha Christie
711. **O banquete** – Platão
712. **Os belos e malditos** – F. Scott Fitzgerald
713. **Libelo contra a arte moderna** – Salvador Dalí
714. **Akropolis** – Valerio Massimo Manfredi
715. **Devoradores de mortos** – Michael Crichton
716. **Sob o sol da Toscana** – Frances Mayes
717. **Batom na cueca** – Nani
718. **Vida dura** – Claudia Tajes
719. **Carne trêmula** – Ruth Rendell
720. **Cris, a fera** – David Coimbra
721. **O anticristo** – Nietzsche
722. **Como um romance** – Daniel Pennac
723. **Emboscada no Forte Bragg** – Tom Wolfe
724. **Assédio sexual** – Michael Crichton
725. **O espírito do Zen** – Alan W.Watts
726. **Um bonde chamado desejo** – Tennessee Williams
727. **Como gostais** *seguido de* **Conto de inverno** – Shakespeare
728. **Tratado sobre a tolerância** – Voltaire
729. **Snoopy: Doces ou travessuras? (7)** – Charles Schulz
730. **Cardápios do Anonymous Gourmet** – J.A. Pinheiro Machado
731. **100 receitas com lata** – J.A. Pinheiro Machado
732. **Conhece o Mário?** vol.2 – Santiago
733. **Dilbert (3)** – Scott Adams
734. **História de um louco amor** *seguido de* **Passado amor** – Horacio Quiroga
735(11). **Sexo: muito prazer** – Laura Meyer da Silva
736(12). **Para entender o adolescente** – Dr. Ronald Pagnoncelli
737(13). **Desembarcando a tristeza** – Dr. Fernando Lucchese
738. **Poirot e o mistério da arca espanhola & outras histórias** – Agatha Christie
739. **A última legião** – Valerio Massimo Manfredi
741. **Sol nascente** – Michael Crichton
742. **Duzentos ladrões** – Dalton Trevisan
743. **Os devaneios do caminhante solitário** – Rousseau
744. **Garfield, o rei da preguiça (10)** – Jim Davis
745. **Os magnatas** – Charles R. Morris
746. **Pulp** – Charles Bukowski
747. **Enquanto agonizo** – William Faulkner
748. **Aline: viciada em sexo (3)** – Adão Iturrusgarai
749. **A dama do cachorrinho** – Anton Tchékhov
750. **Tito Andrônico** – Shakespeare
751. **Antologia poética** – Anna Akhmátova
752. **O melhor de Hagar 6** – Dik e Chris Browne
753(12). **Michelangelo** – Nadine Sautel
754. **Dilbert (4)** – Scott Adams
755. **O jardim das cerejeiras** *seguido de* **Tio Vânia** – Tchékhov
756. **Geração Beat** – Claudio Willer
757. **Santos Dumont** – Alcy Cheuiche
758. **Budismo** – Claude B. Levenson
759. **Cleópatra** – Christian-Georges Schwentzel
760. **Revolução Francesa** – Frédéric Bluche, Stéphane Rials e Jean Tulard
761. **A crise de 1929** – Bernard Gazier
762. **Sigmund Freud** – Edson Sousa e Paulo Endo
763. **Império Romano** – Patrick Le Roux
764. **Cruzadas** – Cécile Morrisson
765. **O mistério do Trem Azul** – Agatha Christie
768. **Senso comum** – Thomas Paine
769. **O parque dos dinossauros** – Michael Crichton
770. **Trilogia da paixão** – Goethe
773. **Snoopy: No mundo da lua! (8)** – Charles Schulz
774. **Os Quatro Grandes** – Agatha Christie
775. **Um brinde de cianureto** – Agatha Christie
776. **Súplicas atendidas** – Truman Capote
779. **A viúva imortal** – Millôr Fernandes
780. **Cabala** – Roland Goetschel
781. **Capitalismo** – Claude Jessua
782. **Mitologia grega** – Pierre Grimal
783. **Economia: 100 palavras-chave** – Jean-Paul Betbèze
784. **Marxismo** – Henri Lefebvre
785. **Punição para a inocência** – Agatha Christie
786. **A extravagância do morto** – Agatha Christie
787(13). **Cézanne** – Bernard Fauconnier
788. **A identidade Bourne** – Robert Ludlum
789. **Da tranquilidade da alma** – Sêneca
790. **Um artista da fome** *seguido de* **Na colônia penal e outras histórias** – Kafka
791. **Histórias de fantasmas** – Charles Dickens
796. **O Uraguai** – Basílio da Gama
797. **A mão misteriosa** – Agatha Christie
798. **Testemunha ocular do crime** – Agatha Christie
799. **Crepúsculo dos ídolos** – Friedrich Nietzsche
802. **O grande golpe** – Dashiell Hammett
803. **Humor barra pesada** – Nani
804. **Vinho** – Jean-François Gautier
805. **Egito Antigo** – Sophie Desplancques
806(14). **Baudelaire** – Jean-Baptiste Baronian
807. **Caminho da sabedoria, caminho da paz** – Dalai Lama e Felizitas von Schönborn
808. **Senhor e servo e outras histórias** – Tolstói
809. **Os cadernos de Malte Laurids Brigge** – Rilke
810. **Dilbert (5)** – Scott Adams
811. **Big Sur** – Jack Kerouac
812. **Seguindo a correnteza** – Agatha Christie
813. **O álibi** – Sandra Brown
814. **Montanha-russa** – Martha Medeiros
815. **Coisas da vida** – Martha Medeiros
816. **A cantada infalível** *seguido de* **A mulher do centroavante** – David Coimbra

819. **Snoopy: Pausa para a soneca (9)** – Charles Schulz
820. **De pernas pro ar** – Eduardo Galeano
821. **Tragédias gregas** – Pascal Thiercy
822. **Existencialismo** – Jacques Colette
823. **Nietzsche** – Jean Granier
824. **Amar ou depender?** – Walter Riso
825. **Darmapada: A doutrina budista em versos**
826. **J'Accuse...! – a verdade em marcha** – Zola
827. **Os crimes ABC** – Agatha Christie
828. **Um gato entre os pombos** – Agatha Christie
831. **Dicionário de teatro** – Luiz Paulo Vasconcellos
832. **Cartas extraviadas** – Martha Medeiros
833. **A longa viagem de prazer** – J. J. Morosoli
834. **Receitas fáceis** – J. A. Pinheiro Machado
835. **(14).Mais fatos & mitos** – Dr. Fernando Lucchese
836. **(15).Boa viagem!** – Dr. Fernando Lucchese
837. **Aline: Finalmente nua!!! (4)** – Adão Iturrusgarai
838. **Mônica tem uma novidade!** – Mauricio de Sousa
839. **Cebolinha em apuros!** – Mauricio de Sousa
840. **Sócios no crime** – Agatha Christie
841. **Bocas do tempo** – Eduardo Galeano
842. **Orgulho e preconceito** – Jane Austen
843. **Impressionismo** – Dominique Lobstein
844. **Escrita chinesa** – Viviane Alleton
845. **Paris: uma história** – Yvan Combeau
846. **(15).Van Gogh** – David Haziot
848. **Portal do destino** – Agatha Christie
849. **O futuro de uma ilusão** – Freud
850. **O mal-estar na cultura** – Freud
853. **Um crime adormecido** – Agatha Christie
854. **Satori em Paris** – Jack Kerouac
855. **Medo e delírio em Las Vegas** – Hunter Thompson
856. **Um negócio fracassado e outros contos de humor** – Tchékhov
857. **Mônica está de férias!** – Mauricio de Sousa
858. **De quem é esse coelho?** – Mauricio de Sousa
860. **O mistério Sittaford** – Agatha Christie
861. **Manhã transfigurada** – L. A. de Assis Brasil
862. **Alexandre, o Grande** – Pierre Briant
863. **Jesus** – Charles Perrot
864. **Islã** – Paul Balta
865. **Guerra da Secessão** – Farid Ameur
866. **Um rio que vem da Grécia** – Cláudio Moreno
868. **Assassinato na casa do pastor** – Agatha Christie
869. **Manual do líder** – Napoleão Bonaparte
870. **(16).Billie Holiday** – Sylvia Fol
871. **Bidu arrasando!** – Mauricio de Sousa
872. **Os Sousa: Desventuras em família** – Mauricio de Sousa
874. **E no final a morte** – Agatha Christie
875. **Guia prático do Português correto – vol. 4** – Cláudio Moreno
876. **Dilbert (6)** – Scott Adams
877. **(17).Leonardo da Vinci** – Sophie Chauveau
878. **Bella Toscana** – Frances Mayes
879. **A arte da ficção** – David Lodge
880. **Striptiras (4)** – Laerte
881. **Skrotinhos** – Angeli
882. **Depois do funeral** – Agatha Christie
883. **Radicci 7** – Iotti
884. **Walden** – H. D. Thoreau
885. **Lincoln** – Allen C. Guelzo
886. **Primeira Guerra Mundial** – Michael Howard
887. **A linha de sombra** – Joseph Conrad
888. **O amor é um cão dos diabos** – Bukowski
890. **Despertar: uma vida de Buda** – Jack Kerouac
891. **(18).Albert Einstein** – Laurent Seksik
892. **Hell's Angels** – Hunter Thompson
893. **Ausência na primavera** – Agatha Christie
894. **Dilbert (7)** – Scott Adams
895. **Ao sul de lugar nenhum** – Bukowski
896. **Maquiavel** – Quentin Skinner
897. **Sócrates** – C.C.W. Taylor
899. **O Natal de Poirot** – Agatha Christie
900. **As veias abertas da América Latina** – Eduardo Galeano
901. **Snoopy: Sempre alerta! (10)** – Charles Schulz
902. **Chico Bento: Plantando confusão** – Mauricio de Sousa
903. **Penadinho: Quem é morto sempre aparece** – Mauricio de Sousa
904. **A vida sexual da mulher feia** – Claudia Tajes
905. **100 segredos de liquidificador** – José Antonio Pinheiro Machado
906. **Sexo muito prazer 2** – Laura Meyer da Silva
907. **Os nascimentos** – Eduardo Galeano
908. **As caras e as máscaras** – Eduardo Galeano
909. **O século do vento** – Eduardo Galeano
910. **Poirot perde uma cliente** – Agatha Christie
911. **Cérebro** – Michael O'Shea
912. **O escaravelho de ouro e outras histórias** – Edgar Allan Poe
913. **Piadas para sempre (4)** – Visconde da Casa Verde
914. **100 receitas de massas light** – Helena Tonetto
915. **(19).Oscar Wilde** – Daniel Salvatore Schiffer
916. **Uma breve história do mundo** – H. G. Wells
917. **A Casa do Penhasco** – Agatha Christie
919. **John M. Keynes** – Bernard Gazier
920. **(20).Virginia Woolf** – Alexandra Lemasson
921. **Peter e Wendy** seguido de **Peter Pan em Kensington Gardens** – J. M. Barrie
922. **Aline: numas de colegial (5)** – Adão Iturrusgarai
923. **Uma dose mortal** – Agatha Christie
924. **Os trabalhos de Hércules** – Agatha Christie
926. **Kant** – Roger Scruton
927. **A inocência do Padre Brown** – G.K. Chesterton
928. **Casa Velha** – Machado de Assis
929. **Marcas de nascença** – Nancy Huston
930. **Aulete de bolso**
931. **Hora Zero** – Agatha Christie
932. **Morte na Mesopotâmia** – Agatha Christie
934. **Nem te conto, João** – Dalton Trevisan
935. **As aventuras de Huckleberry Finn** – Mark Twain
936. **(21).Marilyn Monroe** – Anne Plantagenet
937. **China moderna** – Rana Mitter
938. **Dinossauros** – David Norman

939. **Louca por homem** – Claudia Tajes
940. **Amores de alto risco** – Walter Riso
941. **Jogo de damas** – David Coimbra
942. **Filha é filha** – Agatha Christie
943. **M ou N?** – Agatha Christie
945. **Bidu: diversão em dobro!** – Mauricio de Sousa
946. **Fogo** – Anaïs Nin
947. **Rum: diário de um jornalista bêbado** – Hunter Thompson
948. **Persuasão** – Jane Austen
949. **Lágrimas na chuva** – Sergio Faraco
950. **Mulheres** – Bukowski
951. **Um pressentimento funesto** – Agatha Christie
952. **Cartas na mesa** – Agatha Christie
954. **O lobo do mar** – Jack London
955. **Os gatos** – Patricia Highsmith
956(22). **Jesus** – Christiane Rancé
957. **História da medicina** – William Bynum
958. **O Morro dos Ventos Uivantes** – Emily Brontë
959. **A filosofia na era trágica dos gregos** – Nietzsche
960. **Os treze problemas** – Agatha Christie
961. **A massagista japonesa** – Moacyr Scliar
963. **Humor do miserê** – Nani
964. **Todo o mundo tem dúvida, inclusive você** – Édison de Oliveira
965. **A dama do Bar Nevada** – Sergio Faraco
969. **O psicopata americano** – Bret Easton Ellis
970. **Ensaios de amor** – Alain de Botton
971. **O grande Gatsby** – F. Scott Fitzgerald
972. **Por que não sou cristão** – Bertrand Russell
973. **A Casa Torta** – Agatha Christie
974. **Encontro com a morte** – Agatha Christie
975(23). **Rimbaud** – Jean-Baptiste Baronian
976. **Cartas na rua** – Bukowski
977. **Memória** – Jonathan K. Foster
978. **A abadia de Northanger** – Jane Austen
979. **As pernas de Úrsula** – Claudia Tajes
980. **Retrato inacabado** – Agatha Christie
981. **Solanin (1)** – Inio Asano
982. **Solanin (2)** – Inio Asano
983. **Aventuras de menino** – Mitsuru Adachi
984(16). **Fatos & mitos sobre sua alimentação** – Dr. Fernando Lucchese
985. **Teoria quântica** – John Polkinghorne
986. **O eterno marido** – Fiódor Dostoiévski
987. **Um safado em Dublin** – J. P. Donleavy
988. **Mirinha** – Dalton Trevisan
989. **Akhenaton e Nefertiti** – Carmen Seganfredo e A. S. Franchini
990. **On the Road – o manuscrito original** – Jack Kerouac
991. **Relatividade** – Russell Stannard
992. **Abaixo de zero** – Bret Easton Ellis
993(24). **Andy Warhol** – Mériam Korichi
995. **Os últimos casos de Miss Marple** – Agatha Christie
996. **Nico Demo: Aí vem encrenca** – Mauricio de Sousa
998. **Rousseau** – Robert Wokler
999. **Noite sem fim** – Agatha Christie
1000. **Diários de Andy Warhol (1)** – Editado por Pat Hackett
1001. **Diários de Andy Warhol (2)** – Editado por Pat Hackett
1002. **Cartier-Bresson: o olhar do século** – Pierre Assouline
1003. **As melhores histórias da mitologia: vol. 1** – A.S. Franchini e Carmen Seganfredo
1004. **As melhores histórias da mitologia: vol. 2** – A.S. Franchini e Carmen Seganfredo
1005. **Assassinato no beco** – Agatha Christie
1006. **Convite para um homicídio** – Agatha Christie
1008. **História da vida** – Michael J. Benton
1009. **Jung** – Anthony Stevens
1010. **Arsène Lupin, ladrão de casaca** – Maurice Leblanc
1011. **Dublinenses** – James Joyce
1012. **120 tirinhas da Turma da Mônica** – Mauricio de Sousa
1013. **Antologia poética** – Fernando Pessoa
1014. **A aventura de um cliente ilustre** *seguido de* **O último adeus de Sherlock Holmes** – Sir Arthur Conan Doyle
1015. **Cenas de Nova York** – Jack Kerouac
1016. **A corista** – Anton Tchékhov
1017. **O diabo** – Leon Tolstói
1018. **Fábulas chinesas** – Sérgio Capparelli e Márcia Schmaltz
1019. **O gato do Brasil** – Sir Arthur Conan Doyle
1020. **Missa do Galo** – Machado de Assis
1021. **O mistério de Marie Rogêt** – Edgar Allan Poe
1022. **A mulher mais linda da cidade** – Bukowski
1023. **O retrato** – Nicolai Gogol
1024. **O conflito** – Agatha Christie
1025. **Os primeiros casos de Poirot** – Agatha Christie
1027(25). **Beethoven** – Bernard Fauconnier
1028. **Platão** – Julia Annas
1029. **Cleo e Daniel** – Roberto Freire
1030. **Til** – José de Alencar
1031. **Viagens na minha terra** – Almeida Garrett
1032. **Profissões para mulheres e outros artigos feministas** – Virginia Woolf
1033. **Mrs. Dalloway** – Virginia Woolf
1034. **O cão da morte** – Agatha Christie
1035. **Tragédia em três atos** – Agatha Christie
1037. **O fantasma da Ópera** – Gaston Leroux
1038. **Evolução** – Brian e Deborah Charlesworth
1039. **Medida por medida** – Shakespeare
1040. **Razão e sentimento** – Jane Austen
1041. **A obra-prima ignorada** *seguido de* **Um episódio durante o Terror** – Balzac
1042. **A fugitiva** – Anaïs Nin
1043. **As grandes histórias da mitologia greco-romana** – A. S. Franchini
1044. **O corno de si mesmo & outras historietas** – Marquês de Sade
1045. **Da felicidade** *seguido de* **Da vida retirada** – Sêneca
1046. **O horror em Red Hook e outras histórias** – H. P. Lovecraft

1047. **Noite em claro** – Martha Medeiros
1048. **Poemas clássicos chineses** – Li Bai, Du Fu e Wang Wei
1049. **A terceira moça** – Agatha Christie
1050. **Um destino ignorado** – Agatha Christie
1051(26). **Buda** – Sophie Royer
1052. **Guerra Fria** – Robert J. McMahon
1053. **Simons's Cat: as aventuras de um gato travesso e comilão – vol. 1** – Simon Tofield
1054. **Simons's Cat: as aventuras de um gato travesso e comilão – vol. 2** – Simon Tofield
1055. **Só as mulheres e as baratas sobreviverão** – Claudia Tajes
1057. **Pré-história** – Chris Gosden
1058. **Pintou sujeira!** – Mauricio de Sousa
1059. **Contos de Mamãe Gansa** – Charles Perrault
1060. **A interpretação dos sonhos: vol. 1** – Freud
1061. **A interpretação dos sonhos: vol. 2** – Freud
1062. **Frufru Rataplã Dolores** – Dalton Trevisan
1063. **As melhores histórias da mitologia egípcia** – Carmem Seganfredo e A.S. Franchini
1064. **Infância. Adolescência. Juventude** – Tolstói
1065. **As consolações da filosofia** – Alain de Botton
1066. **Diários de Jack Kerouac – 1947-1954**
1067. **Revolução Francesa – vol. 1** – Max Gallo
1068. **Revolução Francesa – vol. 2** – Max Gallo
1069. **O detetive Parker Pyne** – Agatha Christie
1070. **Memórias do esquecimento** – Flávio Tavares
1071. **Drogas** – Leslie Iversen
1072. **Manual de ecologia (vol.2)** – J. Lutzenberger
1073. **Como andar no labirinto** – Affonso Romano de Sant'Anna
1074. **A orquídea e o serial killer** – Juremir Machado da Silva
1075. **Amor nos tempos de fúria** – Lawrence Ferlinghetti
1076. **A aventura do pudim de Natal** – Agatha Christie
1078. **Amores que matam** – Patricia Faur
1079. **Histórias de pescador** – Mauricio de Sousa
1080. **Pedaços de um caderno manchado de vinho** – Bukowski
1081. **A ferro e fogo: tempo de solidão (vol.1)** – Josué Guimarães
1082. **A ferro e fogo: tempo de guerra (vol.2)** – Josué Guimarães
1084(17). **Desembarcando o Alzheimer** – Dr. Fernando Lucchese e Dra. Ana Hartmann
1085. **A maldição do espelho** – Agatha Christie
1086. **Uma breve história da filosofia** – Nigel Warburton
1088. **Heróis da História** – Will Durant
1089. **Concerto campestre** – L. A. de Assis Brasil
1090. **Morte nas nuvens** – Agatha Christie
1092. **Aventura em Bagdá** – Agatha Christie
1093. **O cavalo amarelo** – Agatha Christie
1094. **O método de interpretação dos sonhos** – Freud
1095. **Sonetos de amor e desamor** – Vários
1096. **120 tirinhas do Dilbert** – Scott Adams
1097. **200 fábulas de Esopo**
1098. **O curioso caso de Benjamin Button** – F. Scott Fitzgerald
1099. **Piadas para sempre: uma antologia para morrer de rir** – Visconde da Casa Verde
1100. **Hamlet (Mangá)** – Shakespeare
1101. **A arte da guerra (Mangá)** – Sun Tzu
1104. **As melhores histórias da Bíblia (vol.1)** – A. S. Franchini e Carmen Seganfredo
1105. **As melhores histórias da Bíblia (vol.2)** – A. S. Franchini e Carmen Seganfredo
1106. **Psicologia das massas e análise do eu** – Freud
1107. **Guerra Civil Espanhola** – Helen Graham
1108. **A autoestrada do sul e outras histórias** – Julio Cortázar
1109. **O mistério dos sete relógios** – Agatha Christie
1110. **Peanuts: Ninguém gosta de mim... (amor)** – Charles Schulz
1111. **Cadê o bolo?** – Mauricio de Sousa
1112. **O filósofo ignorante** – Voltaire
1113. **Totem e tabu** – Freud
1114. **Filosofia pré-socrática** – Catherine Osborne
1115. **Desejo de status** – Alain de Botton
1118. **Passageiro para Frankfurt** – Agatha Christie
1120. **Kill All Enemies** – Melvin Burgess
1121. **A morte da sra. McGinty** – Agatha Christie
1122. **Revolução Russa** – S. A. Smith
1123. **Até você, Capitu?** – Dalton Trevisan
1124. **O grande Gatsby (Mangá)** – F. S. Fitzgerald
1125. **Assim falou Zaratustra (Mangá)** – Nietzsche
1126. **Peanuts: É para isso que servem os amigos (amizade)** – Charles Schulz
1127(27). **Nietzsche** – Dorian Astor
1128. **Bidu: Hora do banho** – Mauricio de Sousa
1129. **O melhor do Macanudo Taurino** – Santiago
1130. **Radicci 30 anos** – Iotti
1131. **Show de sabores** – J.A. Pinheiro Machado
1132. **O prazer das palavras – vol. 3** – Cláudio Moreno
1133. **Morte na praia** – Agatha Christie
1134. **O fardo** – Agatha Christie
1135. **Manifesto do Partido Comunista (Mangá)** – Marx & Engels
1136. **A metamorfose (Mangá)** – Franz Kafka
1137. **Por que você não se casou... ainda** – Tracy McMillan
1138. **Textos autobiográficos** – Bukowski
1139. **A importância de ser prudente** – Oscar Wilde
1140. **Sobre a vontade na natureza** – Arthur Schopenhauer
1141. **Dilbert (8)** – Scott Adams
1142. **Entre dois amores** – Agatha Christie
1143. **Cipreste triste** – Agatha Christie
1144. **Alguém viu uma assombração?** – Mauricio de Sousa
1145. **Mandela** – Elleke Boehmer
1146. **Retrato do artista quando jovem** – James Joyce
1147. **Zadig ou o destino** – Voltaire
1148. **O contrato social (Mangá)** – J.-J. Rousseau
1149. **Garfield fenomenal** – Jim Davis
1150. **A queda da América** – Allen Ginsberg
1151. **Música na noite & outros ensaios** – Aldous Huxley

1152. **Poesias inéditas & Poemas dramáticos** – Fernando Pessoa
1153. **Peanuts: Felicidade é...** – Charles M. Schulz
1154. **Mate-me por favor** – Legs McNeil e Gillian McCain
1155. **Assassinato no Expresso Oriente** – Agatha Christie
1156. **Um punhado de centeio** – Agatha Christie
1157. **A interpretação dos sonhos (Mangá)** – Freud
1158. **Peanuts: Você não entende o sentido da vida** – Charles M. Schulz
1159. **A dinastia Rothschild** – Herbert R. Lottman
1160. **A Mansão Hollow** – Agatha Christie
1161. **Nas montanhas da loucura** – H.P. Lovecraft
1162.(28). **Napoleão Bonaparte** – Pascale Fautrier
1163. **Um corpo na biblioteca** – Agatha Christie
1164. **Inovação** – Mark Dodgson e David Gann
1165. **O que toda mulher deve saber sobre os homens: a afetividade masculina** – Walter Riso
1166. **O amor está no ar** – Mauricio de Sousa
1167. **Testemunha de acusação & outras histórias** – Agatha Christie
1168. **Etiqueta de bolso** – Celia Ribeiro
1169. **Poesia reunida (volume 3)** – Affonso Romano de Sant'Anna
1170. **Emma** – Jane Austen
1171. **Que seja em segredo** – Ana Miranda
1172. **Garfield sem apetite** – Jim Davis
1173. **Garfield: Foi mal...** – Jim Davis
1174. **Os irmãos Karamázov (Mangá)** – Dostoiévski
1175. **O Pequeno Príncipe** – Antoine de Saint-Exupéry
1176. **Peanuts: Ninguém mais tem o espírito aventureiro** – Charles M. Schulz
1177. **Assim falou Zaratustra** – Nietzsche
1178. **Morte no Nilo** – Agatha Christie
1179. **Ê, soneca boa** – Mauricio de Sousa
1180. **Garfield a todo o vapor** – Jim Davis
1181. **Em busca do tempo perdido (Mangá)** – Proust
1182. **Cai o pano: o último caso de Poirot** – Agatha Christie
1183. **Livro para colorir e relaxar** – Livro 1
1184. **Para colorir sem parar**
1185. **Os elefantes não esquecem** – Agatha Christie
1186. **Teoria da relatividade** – Albert Einstein
1187. **Compêndio da psicanálise** – Freud
1188. **Visões de Gerard** – Jack Kerouac
1189. **Fim de verão** – Mohiro Kitoh
1190. **Procurando diversão** – Mauricio de Sousa
1191. **E não sobrou nenhum e outras peças** – Agatha Christie
1192. **Ansiedade** – Daniel Freeman & Jason Freeman
1193. **Garfield: pausa para o almoço** – Jim Davis
1194. **Contos do dia e da noite** – Guy de Maupassant
1195. **O melhor de Hagar 7** – Dik Browne
1196.(29). **Lou Andreas-Salomé** – Dorian Astor
1197.(30). **Pasolini** – René de Ceccatty
1198. **O caso do Hotel Bertram** – Agatha Christie
1199. **Crônicas de motel** – Sam Shepard
1200. **Pequena filosofia da paz interior** – Catherine Rambert
1201. **Os sertões** – Euclides da Cunha
1202. **Treze à mesa** – Agatha Christie
1203. **Bíblia** – John Riches
1204. **Anjos** – David Albert Jones
1205. **As tirinhas do Guri de Uruguaiana 1** – Jair Kobe
1206. **Entre aspas (vol.1)** – Fernando Eichenberg
1207. **Escrita** – Andrew Robinson
1208. **O spleen de Paris: pequenos poemas em prosa** – Charles Baudelaire
1209. **Satíricon** – Petrônio
1210. **O avarento** – Molière
1211. **Queimando na água, afogando-se na chama** – Bukowski
1212. **Miscelânea septuagenária: contos e poemas** – Bukowski
1213. **Que filosofar é aprender a morrer e outros ensaios** – Montaigne
1214. **Da amizade e outros ensaios** – Montaigne
1215. **O medo à espreita e outras histórias** – H.P. Lovecraft
1216. **A obra de arte na era de sua reprodutibilidade técnica** – Walter Benjamin
1217. **Sobre a liberdade** – John Stuart Mill
1218. **O segredo de Chimneys** – Agatha Christie
1219. **Morte na rua Hickory** – Agatha Christie
1220. **Ulisses (Mangá)** – James Joyce
1221. **Ateísmo** – Julian Baggini
1222. **Os melhores contos de Katherine Mansfield** – Katherine Mansfied
1223.(31). **Martin Luther King** – Alain Foix
1224. **Millôr Definitivo: uma antologia de *A Bíblia do Caos*** – Millôr Fernandes
1225. **O Clube das Terças-Feiras e outras histórias** – Agatha Christie
1226. **Por que sou tão sábio** – Nietzsche
1227. **Sobre a mentira** – Platão
1228. **Sobre a leitura *seguido do* Depoimento de Céleste Albaret** – Proust
1229. **O homem do terno marrom** – Agatha Christie
1230.(32). **Jimi Hendrix** – Franck Médioni
1231. **Amor e amizade e outras histórias** – Jane Austen
1232. **Lady Susan, Os Watson e Sanditon** – Jane Austen
1233. **Uma breve história da ciência** – William Bynum
1234. **Macunaíma: o herói sem nenhum caráter** – Mário de Andrade
1235. **A máquina do tempo** – H.G. Wells
1236. **O homem invisível** – H.G. Wells
1237. **Os 36 estratagemas: manual secreto da arte da guerra** – Anônimo
1238. **A mina de ouro e outras histórias** – Agatha Christie
1239. **Pic** – Jack Kerouac
1240. **O habitante da escuridão e outros contos** – H.P. Lovecraft

1241. **O chamado de Cthulhu e outros contos** – H.P. Lovecraft
1242. **O melhor de Meu reino por um cavalo!** – Edição de Ivan Pinheiro Machado
1243. **A guerra dos mundos** – H.G. Wells
1244. **O caso da criada perfeita e outras histórias** – Agatha Christie
1245. **Morte por afogamento e outras histórias** – Agatha Christie
1246. **Assassinato no Comitê Central** – Manuel Vázquez Montalbán
1247. **O papai é pop** – Marcos Piangers
1248. **O papai é pop 2** – Marcos Piangers
1249. **A mamãe é rock** – Ana Cardoso
1250. **Paris boêmia** – Dan Franck
1251. **Paris libertária** – Dan Franck
1252. **Paris ocupada** – Dan Franck
1253. **Uma anedota infame** – Dostoiévski
1254. **O último dia de um condenado** – Victor Hugo
1255. **Nem só de caviar vive o homem** – J.M. Simmel
1256. **Amanhã é outro dia** – J.M. Simmel
1257. **Mulherzinhas** – Louisa May Alcott
1258. **Reforma Protestante** – Peter Marshall
1259. **História econômica global** – Robert C. Allen
1260(33). **Che Guevara** – Alain Foix
1261. **Câncer** – Nicholas James
1262. **Akhenaton** – Agatha Christie
1263. **Aforismos para a sabedoria de vida** – Arthur Schopenhauer
1264. **Uma história do mundo** – David Coimbra
1265. **Ame e não sofra** – Walter Riso
1266. **Desapegue-se!** – Walter Riso
1267. **Os Sousa: Uma família do barulho** – Mauricio de Sousa
1268. **Nico Demo: O rei da travessura** – Mauricio de Sousa
1269. **Testemunha de acusação e outras peças** – Agatha Christie
1270(34). **Dostoiévski** – Virgil Tanase
1271. **O melhor de Hagar 8** – Dik Browne
1272. **O melhor de Hagar 9** – Dik Browne
1273. **O melhor de Hagar 10** – Dik e Chris Browne
1274. **Considerações sobre o governo representativo** – John Stuart Mill
1275. **O homem Moisés e a religião monoteísta** – Freud
1276. **Inibição, sintoma e medo** – Freud
1277. **Além do princípio de prazer** – Freud
1278. **O direito de dizer não!** – Walter Riso
1279. **A arte de ser flexível** – Walter Riso
1280. **Casados e descasados** – August Strindberg
1281. **Da Terra à Lua** – Júlio Verne
1282. **Minhas galerias e meus pintores** – Kahnweiler
1283. **A arte do romance** – Virginia Woolf
1284. **Teatro completo v. 1: As aves da noite** *seguido de* **O visitante** – Hilda Hilst
1285. **Teatro completo v. 2: O verdugo** *seguido de* **A morte do patriarca** – Hilda Hilst
1286. **Teatro completo v. 3: O rato no muro** *seguido de* **Auto da barca de Camiri** – Hilda Hilst
1287. **Teatro completo v. 4: A empresa** *seguido de* **O novo sistema** – Hilda Hilst
1288. **Sapiens: Uma breve história da humanidade** – Yuval Noah Harari
1289. **Fora de mim** – Martha Medeiros
1290. **Divã** – Martha Medeiros
1291. **Sobre a genealogia da moral: um escrito polêmico** – Nietzsche
1292. **A consciência de Zeno** – Italo Svevo
1293. **Células-tronco** – Jonathan Slack
1294. **O fim do ciúme e outros contos** – Proust
1295. **A jangada** – Júlio Verne
1296. **A ilha do dr. Moreau** – H.G. Wells
1297. **Ninho de fidalgos** – Ivan Turguêniev
1298. **Jane Eyre** – Charlotte Brontë
1299. **Sobre gatos** – Bukowski
1300. **Sobre o amor** – Bukowski
1301. **Escrever para não enlouquecer** – Bukowski
1302. **222 receitas** – J. A. Pinheiro Machado
1303. **Reinações de Narizinho** – Monteiro Lobato
1304. **O Saci** – Monteiro Lobato
1305. **Memórias da Emília** – Monteiro Lobato
1306. **O Picapau Amarelo** – Monteiro Lobato
1307. **A reforma da Natureza** – Monteiro Lobato
1308. **Fábulas** *seguido de* **Histórias diversas** – Monteiro Lobato
1309. **Aventuras de Hans Staden** – Monteiro Lobato
1310. **Peter Pan** – Monteiro Lobato
1311. **Dom Quixote das crianças** – Monteiro Lobato
1312. **O Minotauro** – Monteiro Lobato
1313. **Um quarto só seu** – Virginia Woolf
1314. **Sonetos** – Shakespeare
1315(35). **Thoreau** – Marie Berthoumieu e Laura El Makki
1316. **Teoria da arte** – Cynthia Freeland
1317. **A arte da prudência** – Baltasar Gracián
1318. **O louco** *seguido de* **Areia e espuma** – Khalil Gibran
1319. **O profeta** *seguido de* **O jardim do profeta** – Khalil Gibran
1320. **Jesus, o Filho do Homem** – Khalil Gibran
1321. **A luta** – Norman Mailer
1322. **Sobre o sofrimento do mundo e outros ensaios** – Schopenhauer
1323. **Epidemiologia** – Rodolfo Saracci
1324. **Japão moderno** – Christopher Goto-Jones
1325. **A arte da meditação** – Matthieu Ricard
1326. **O adversário secreto** – Agatha Christie
1327. **Pollyanna** – Eleanor H. Porter
1328. **Espelhos** – Eduardo Galeano
1329. **A Vênus das peles** – Sacher-Masoch
1330. **O 18 de brumário de Luís Bonaparte** – Karl Marx
1331. **Um jogo para os vivos** – Patricia Highsmith
1332. **A tristeza pode esperar** – J.J. Camargo
1333. **Vinte poemas de amor e uma canção desesperada** – Pablo Neruda
1334. **Judaísmo** – Norman Solomon
1335. **Esquizofrenia** – Christopher Frith & Eve Johnstone
1336. **Seis personagens em busca de um autor** – Luigi Pirandello

lepmeditores
www.lpm.com.br
o site que conta tudo

IMPRESSÃO:

PALLOTTI
GRÁFICA

Santa Maria - RS | Fone: (55) 3220.4500
www.graficapallotti.com.br